MICHAEL GERWIEN

Andechser Tod

UFOS ÜBER MACHTLFING? Walpurgisnacht im schönen Fünfseenland zwischen Ammersee und Starnberger See. Die Nacht der Hexen und des Aberglaubens. Exkommissar Max Raintaler und seine Freunde amüsieren sich bei einer feuchtfröhlichen Maifeier samt riesigem Feuer nahe Machtlfing. Zu vorgerückter Stunde sieht Max' Kindergartenfreund und Exkollege bei der Münchner Kripo, Franz Wurmdobler, ein Ufo. Kein Zweifel. So geräuschlos und schnell, wie das Licht am Nachthimmel hin- und hersaust ist, kann es nur ein Ufo sein. Die anderen sehen es nicht. Wahrscheinlich hat der gute Franz zu viel Andechser Bergbock erwischt, wird vermutet.

Noch in derselben Nacht geschieht ein tödlicher Unfall. Oder war es ein brutaler Mord? Als Max mehr darüber herausfinden will, stößt er auf eine weitere Leiche. Bringen die Außerirdischen Menschen um? Steht der Weltuntergang wirklich kurz bevor? Oder gibt es eine irdische Erklärung für alles? Eine spannende Verbrecherjagd in München und um München herum beginnt …

Michael Gerwien, aufgewachsen in Mittenwald, lebt seit 1972 in München und arbeitet dort als Autor und Texter. Er hat bis heute auch zahlreiche CDs als Musiker veröffentlicht. Seine liebsten Hobbys außer Schreiben und Musik sind Skifahren, Kochen, Tennisspielen, Schwimmen, Radfahren, Bergwandern und bayrische Biergärten. Andechser Tod *ist sein siebter Kriminalroman.*

Bisherige Veröffentlichungen im Gmeiner-Verlag:
Alpentod (2014)
Wer mordet schon am Chiemsee? (2014)
Mordswiesen (2013)
Raintaler ermittelt (2013)
Isarhaie (2013)
Isarblues (2012)
Isarbrodeln (2012)
Alpengrollen (2011)

MICHAEL GERWIEN

Andechser Tod

Ein Fall für Exkommissar Max Raintaler

Personen und Handlung sind frei erfunden.
Ähnlichkeiten mit lebenden oder toten Personen
sind rein zufällig und nicht beabsichtigt.

Besuchen Sie uns im Internet:
www.gmeiner-verlag.de

Im Ehnried 5, 88605 Meßkirch
Telefon 07575/2095-0
info@gmeiner-verlag.de

2. Auflage 2014

Lektorat: Claudia Senghaas, Kirchardt
Herstellung: Mirjam Hecht
Umschlaggestaltung: U.O.R.G. Lutz Eberle, Stuttgart
unter Verwendung eines Fotos von: © Wolfgang Zwanzger – Fotolia.com
und © Kautz15 – Fotolia.com
Druck: GGP Media GmbH, Pößneck
Printed in Germany
ISBN 978-3-8392-1595-1

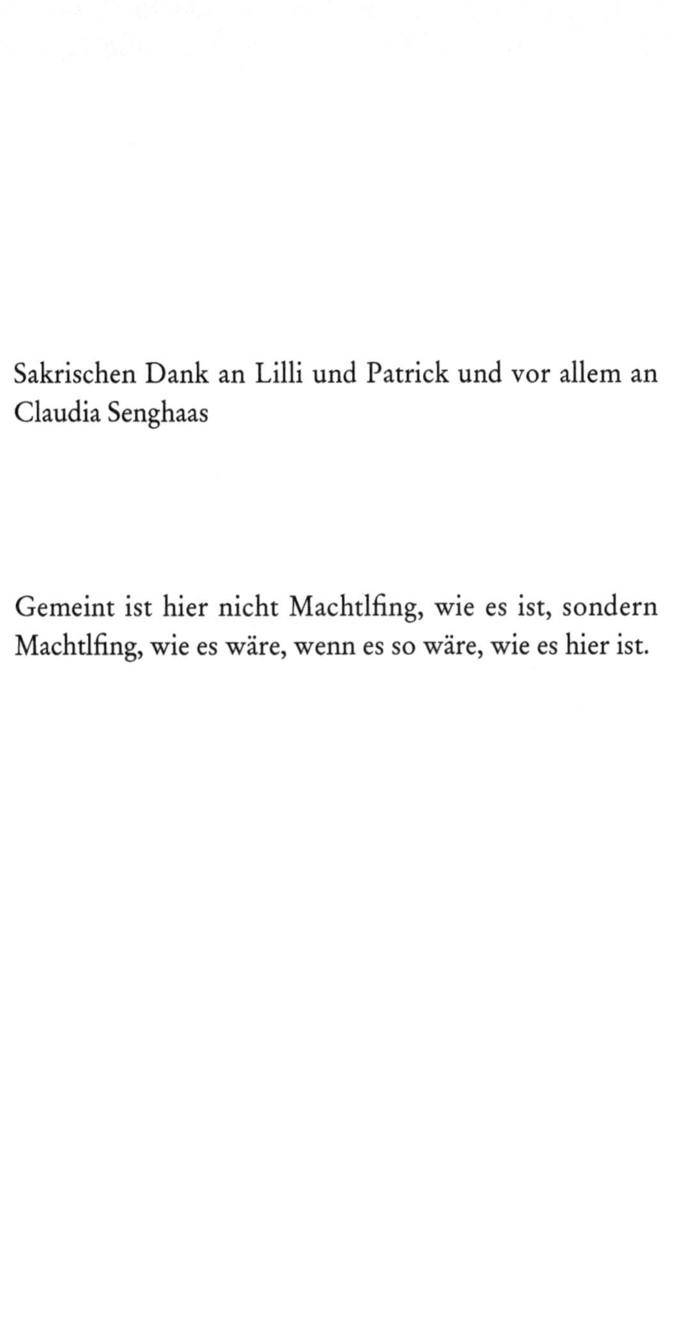

Sakrischen Dank an Lilli und Patrick und vor allem an Claudia Senghaas

Gemeint ist hier nicht Machtlfing, wie es ist, sondern Machtlfing, wie es wäre, wenn es so wäre, wie es hier ist.

1

»Hey, schaut mal, Leute! Das ist doch … ein … verdammt noch mal, da fliegt doch ein Ufo!«

Hauptkommissar Franz Wurmdobler zeigte mit vor Aufregung wackelnden Backen in den sternenübersäten Nachthimmel.

»Blödsinn, Franzi. Das Einzige, was hier draußen um diese Zeit fliegt, sind die Mücken.« Exkommissar Max Raintaler, der gerade einen großen Schluck aus seiner Bierflasche gemacht hatte, schlug sich zum Beweis seiner These kräftig auf den Unterarm. »Scheißviecher!«, rief er dabei. »Habt ihr gewusst, dass die inzwischen auch in unseren Breitengraden die Malaria übertragen können?«

»Geh Schmarrn, Max. Du immer mit deiner Krankheitspanik. Wo ist ein Ufo, Franzi?« Der schnauzbärtige dunkelhaarige Torwart des Thalkirchner FC Kneipenluft, Josef Stirner, der ihnen, wie gewöhnlich in Jeans, Hemd und Sakko gekleidet, gegenübersaß, drehte sich neugierig um. »Ich sehe nichts.«

Josef hatte Max, seinen pfeilschnellen blonden Spielerkollegen beim FC, und den kleinen dicken Franz samt weiblichem Anhang auf das Maifeuer bei Machtlfing eingeladen. Es hatte sich so ergeben, weil er hier im Fünfseenland zwischen Starnberger See und Ammersee seit einem halben Jahr ein großes von seinem Vater geerbtes Anwesen bewohnte. Wegen der guten Landluft. Natürlich hatte der reiche Millionenerbe und alte Schulfreund der beiden, der in München-Thalkirchen sowie in Malibu zwei weitere sehr ansehnliche Villen besaß, erstklassige Ehrenplätze an einem gemütlichen lang gestreckten Biertisch nahe dem Feuer für sie alle besorgt.

Um sie herum tobte das Leben in der fast schon sommerlich warmen Samstagnacht. Ansässige Bauern, Besucher aus der Stadt, von gestern übriggebliebene Freaks, langhaarige Reggaetypen von gestern und heute, Punks in Lederjacken, Oberwichtige im Anzug oder in der Tracht, Arbeiter im Vollrausch, Akademiker im Vollrausch. Fantasievoll verkleidete Frauen, Männer, Alte, Junge. Hier war heute schätzungsweise alles, was in der nächsten Umgebung zwei Beine hatte und über 18 oder knapp darunter war, vertreten und feierte gemeinsam die Nacht der Hexen und des Aberglaubens, der Teufel und der Leidenschaft, des Tanzes und der Drogen, des Alkohols und des seit jeher bösen Erwachens danach: die Walpurgisnacht.

Alles in allem war es eine bunte Schar von vielleicht 300 Leuten, die sich in der weitläufigen Senke gleich beim Waldrand versammelt hatte. Die meisten von ihnen tanzten. Andere standen, etwas abseits vom Tanzgeschehen, staunend vor den riesigen Flammen des Feuers. Mit ihren Peitschen knallende, furchterregend maskierte Gesellen rannten laut schreiend zwischen den Grüppchen herum. Über allem dröhnte seit zwei Stunden eine ohrenbetäubende Mixtur aus billigem volkstümlichem Schlager, gnadenlos harter Rockmusik, chilligem Esoteriksound und fremdartigen mittelalterlichen Klängen.

»Ich sehe auch nichts. Außerdem gibt es keine UFOs, Franzi!« Max, der wie immer in Jeans, T-Shirt und schwarzer Lederjacke aufgetaucht war, setzte eine überlegene Besserwissermiene auf. Wahrscheinlich hat der gute Franzi wieder mal einen sauberen Rausch von seinen paar Halben

Bier, sagte er sich. Dass er selbst ebenfalls reichlich angetrunken war, hielt er in diesem Zusammenhang für nicht weiter erwähnenswert.

»Und was ist dann *das* da? Schau doch wenigstens mal richtig hin.«

So leicht gab einer nicht auf, der seit über 20 Jahren Verbrecher jagte. Franz streckte erneut seinen Zeigefinger in die Luft, wobei ihm der Ärmel seiner viel zu knappen dunkelgrünen Lieblingswolljacke bis zum Ellenbogen zurückrutschte.

»Was denn? Wo denn?« Max sah nur massenhaft blinkende Sterne.

»Na, da hinten. Da fliegt es.«

»Stimmt, jetzt sehe ich es auch.« Der Thalkirchner Exkommissar riss staunend die stahlblauen Augen auf. »Da fliegt tatsächlich was. Aber das ist sicher bloß ein Flugzeug. Oder ein Satellit. Hundertprozentig.«

»Könnte wirklich ein Satellit sein«, schloss sich Josef an, der das von Franz angesprochene Licht am Sternenhimmel nun ebenfalls wahrzunehmen meinte. »Aber so hell? Schon komisch.«

»Finde ich auch. Ich hab nämlich noch nie Flugzeuge oder Satelliten gesehen, die im Zickzack fliegen.« Franz klang jetzt fast wieder nüchtern.

»Du hast doch ein Rad ab, Franzi.« Monika, die wie Max lässig in Jeans und T-Shirt zur Feier erschienen war, bekam die lautstarke Diskussion ungewollt mit einem Ohr mit. Mit dem anderen war sie bei der Musik, während sie die fantasievollen Masken der Umherlaufenden bewunderte. »Es gibt weder UFOs noch Außerirdische. Das weiß doch jedes Kind.«

»Eben«, stimmte ihr Franz' bessere Hälfte Sandra mit entschiedenem Kopfnicken zu.

Sie hatte ein rotes Minikleid an, das zwar unbedingt ihre makellose Figur unterstrich, ihr im Laufe des Abends aber wohl sicher schnell zu kühl werden würde. Jedenfalls meinte Max, das treffsicher vorhersagen zu können. Vorausgesetzt, es hätte ihn jemand danach gefragt, was aber niemand tat.

»Trinkt nicht so viel. Bier macht sowieso nur dick.« Sie musterte die enorme Leibesfülle ihres zu kurz geratenen Göttergatten mit einem abschätzigen Blick.

»Ja, ja, schon recht. Frauen sind die Vernünftigeren. Wissen wir alle. Aber wie wäre es denn, wenn ihr wenigstens ein Mal schaut?« Franz deutete, ohne hinzusehen, auf einen imaginären Punkt rechts über dem Feuer.

»Wohin denn?«, erkundigten sich Monika und Sandra wie aus einem Munde, nachdem sie seiner ausgestreckten Hand mit den Augen gefolgt waren.

»Na dahin!« Er drehte seinen Kopf in ihre Blickrichtung. »Zu dem fliegenden Licht da! Ja wo ist es denn auf einmal? Mist. Es ist weg.« Er schüttelte den kahlen Kopf. »Aber da war was. Es war kein normales Flugzeug. Auch kein Satellit oder so etwas. Ich schwöre es.« Er war sich seiner Sache absolut sicher. Schließlich beschäftigte er sich seit seiner Kindheit mit dem Phänomen der Außerirdischen und ihrer Raumschiffe.

»Vielleicht haben wir aber auch bloß einen großen Funken aus dem Feuer durch die Luft fliegen sehen«, mutmaßte Max. »Bei so einem Feuer hat man schnell mal eine optische Täuschung. Und nach ein paar Flaschen Andechser Bergbock erst recht.«

»Das mit dem Feuer kann sein«, räumte Josef ein, während er sich zu dem Bierkasten unter ihrem Tisch hinunterbeugte, um sie alle mit Nachschub zu versorgen. »Aber merkwürdig war das gerade schon mit diesem Licht. Da kann ich unserem Franzi nur recht geben.« Er blickte noch einmal prüfend zum blinkenden Firmament empor, wo sich inzwischen alles wieder am gewohnten Platz befand.

»Egal. Was soll's?«, meinte Franz achselzuckend. »Vielleicht war es wirklich bloß ein Funke. Ich muss auf jeden Fall mal kurz den Waldrand aufsuchen. Dringende Geschäfte.«

»Aber verlauf dich nicht, alter Freund«, rief ihm Max hinterher. »Und pass auf die Hexen und Elfen auf, die sich heute Nacht herumtreiben.«

»Keine Angst. Ich lass mich nicht ansprechen.«

Franz verschwand lachend in der Dunkelheit.

»Und? Was meint ihr? Gibt es Außerirdische? Oder gibt es sie nicht?« Max blickte neugierig in die verbliebene Runde.

»Hab ich doch gerade schon gesagt«, erwiderte Monika, während sie schnaubend ihre wunderschönen blauen Augen verdrehte. »Es gibt keine. Sonst wäre uns längst einer begegnet.«

»Eben.« Die neuerdings blond gefärbte Sandra nickte zustimmend und nippte an ihrer Maibowle.

»Ich bin mir da nicht ganz so sicher wie ihr.« Josef trank einen großen Schluck Bier. Danach stellte er die halb leere Flasche vor sich auf dem Tisch ab. »Nehmt bloß mal die Sache mit Roswell, 1947, und mit der Area 51 in Nevada. Da gab es sogar Beweise für ihre Existenz. Sie wurden natürlich von der US-Regierung beiseitegeschafft, damit keine Panik entsteht.«

»Echt?« Sandra schien nicht schlecht zu staunen. Davon hatte sie anscheinend noch nie gehört. Obwohl sie doch sonst immer so gut wie alles wusste.

»Hohe Militärs bezeugen in etlichen Filmaufnahmen die Existenz eines abgestürzten UFOs, das samt außerirdischer Besatzung von einem Farmer aufgefunden wurde.«

»Das glaube ich erst, wenn ich es mit eigenen Augen sehe.« Monika blieb wie stets mit beiden Beinen auf dem Boden.

»Da brauchst du bloß mal ins Internet gehen. Wer weiß? Vielleicht sind sie ja längst unter uns, und wir erkennen sie bloß nicht.« Josef grinste schelmisch. Er schien das Thema trotz seiner schlagenden Argumente nicht so ganz ernst zu nehmen.

»Nichts als unbewiesener Schmarrn, Josef.« Monika schüttelte ihr dunkle Lockenpracht und winkte, ebenfalls grinsend, ab.

»Wieso? Könnte doch sein, dass sie unser menschliches Aussehen angenommen haben, um nicht weiter aufzufallen«, widersprach er.

»Und was sollten sie dann hier wollen? Einfach bloß so unter uns herumspazieren und nicht weiter auffallen?« Sie lachte höhnisch auf.

»Vielleicht wollen sie die Menschheit auf unauffällige Art übernehmen. Zuerst müssen sie dazu unsere Gesellschaft langsam infiltrieren, ohne dass wir es merken, und eines Tages sind dann auf einmal alle Menschen Außerirdische. Möglich wäre es.« Josef legte, immer noch grinsend, den Kopf schief.

»Und keiner merkt was? Du spinnst doch, Josef. Die Menschheit ist im Gesamten gesehen zwar pumpenblöd, aber so blöd ist sie auch wieder nicht.« Monika zeigte überlegen lächelnd ihre makellos weißen Zähne, die wie Perlen an einer Schnur in die laue Nacht hinein blitzten.

»Woher willst du das wissen, Moni?«, mischte sich Max ein. »Was wäre denn, wenn ein paar von uns längst Außerirdische wären, und wir anderen haben es bloß noch nicht bemerkt?«

»Und wer sollte das deiner Meinung nach sein?« Sie sah ihn abwartend an.

»Na ja. Die Politiker zum Beispiel. Oder die Chinesen. Vielleicht sind sie ja deswegen so erfolgreich. Oder unser Franzi ist einer von ihnen. Kann man es wissen?« Er grinste breit. Dann nahm er seine Flasche in die Hand und genehmigte sich genussvoll stöhnend einen ausgiebigen Schluck Bier.

»Franzi? Ein Außerirdischer? Das wüsste ich aber.« Sandra gackerte ausgelassen. »Obwohl, wenn ich mir seinen Kugelbauch so anschaue ... Der hat schon was Außerirdisches.«

Lautes Gelächter am Tisch.

»Aber wie soll das dann mit deiner Erfolgstheorie von den Chinesen zusammenpassen, Max?« Monika konnte nicht mehr aufhören, albern zu kichern.

»Manche von den Aliens sind eben ganz normal, oder schusselig wie unser Franzi. Zur Tarnung. Damit sie nicht auffallen. Versteht ihr?«

Erneutes allgemeines Gelächter am Tisch.

»Wo bleibt unser kleiner Freund eigentlich? Er müsste doch längst zurück sein. So viel hat er auch wieder nicht getrunken, dass er sich besoffen irgendwo hingelegt haben muss.« Josef deutete auf die halb volle Bierflasche, die Franz auf dem Tisch zurückgelassen hatte.

»Keine Ahnung. Er wird schon wiederkommen. Der Franzi kommt immer wieder.« Max nickte wissend.

»Der Untergang ist nah! Sehet die Zeichen! Sie sind überall.«

Eine alte dunkel gekleidete Frau hatte sich ihnen lautlos genähert. Sie trug ein schwarzes Kopftuch und blickte mit einem leicht irren Blick aus ihrem faltigen Gesicht auf sie hinab. Oder schielte sie nur? Es war nicht genau zu erkennen.

Fehlt nur noch die Katze auf ihrer Schulter, dachte Max. Oder der Rabe. »Was denn für ein Untergang? Sind wir nicht längst alle am Boden?« Er prustete laut los.

Monika stimmte, noch während sie trank, ein und spuckte dabei unfreiwillig eine riesige Fontäne aus Schaum und Bier über den Tisch.

»Herrschaftszeiten, pass doch auf, Moni! Sonst findet der Untergang am Ende gleich jetzt und hier statt.« Max, der zu spät aufgesprungen war, um sich aus der Schusslinie zu bringen, schaute ein gutes Stück weniger amüsiert als zuvor auf seine nassgewordene Jeans hinunter.

»Sorry, Max. Tut mir leid. Ich wasch deine Hose wieder. Aber der Spruch war leider gut. Und nur zu wahr.« Sie wischte sich mit dem Ärmel ihres Sweatshirts über den feuchten Mund.

»Noch lacht ihr. Aber nicht mehre lange, lange. Die Zeichen sind überall! Überall! Ihr müsst sie nur erkennen.« Die Alte kicherte krächzend. Im nächsten Moment war sie wieder in der Dunkelheit verschwunden.

»Irgendwie gruselig.« Monika hörte auf zu lachen, während sie den schwarzen Pulli überzog, den sie sich für den Fall, dass es kalt werden würde, mitgebracht hatte. »Die kann einem glatt Angst machen«, fügte sie flüsternd hinzu.

»Ach was. Das war bloß eine Alte aus dem Dorf. Die redet immer blödes Zeug«, beruhigte sie Josef. »Ich hab sie schon ein paar Mal gesehen. Hat leicht einen an der Schüssel. Aber sie ist absolut harmlos.«

»Na also. Alles bestens.« Max trank beherzt aus. »Ist eigentlich noch Bier da?«

»Logisch. Wenn wir etwas haben, dann ist es genug Bier!« Josef bückte sich erneut unter den Tisch.

Als er wieder heraufkam, erblickte er zwei überirdisch schöne dunkle Augen in einem außerirdisch hübschen Gesicht über einer galaktisch perfekten Figur mit Beinen bis zum Mond.

Auch Max starrte die späte brünette Besucherin in Turnschuhen, hautengen Bluejeans und rotem Sweatshirt mit offenem Mund an. Eine Göttin, schoss es ihm durch den Kopf. Oder eine Außerirdische? Eins von beidem auf jeden Fall. Oder beides? Oder doch ein Engel? Der Wahnsinn. Wo kam die denn auf einmal her? Und vor allem, was wollte sie hier unten auf der Erde? »Guten Abend, schöne Frau. Können wir Ihnen irgendwie helfen?« Er deutete einen Diener an und hatte auf den Schlag nur noch Augen für sie.

Monika konnte es nicht fassen. Wann hatte er vor ihr zuletzt einen Diener gemacht? Das musste 300 Jahre her sein. Mindestens.

»Hello!«, hauchte die Angesprochene mit einem Lächeln, das garantiert beide Polklappen gleichzeitig zum Schmelzen gebracht hätte, wenn sie auch nur annähernd in der Nähe gewesen wären.

»Hello, Englisch?«, mischte sich Josef vorlaut ein, der natürlich wusste, dass Max in Anwesenheit von Monika bezüglich weiterer Aktivitäten in Sachen weibliche Neuankömmlinge die Hände gebunden waren.

»Yes. I am Judy. I come from the USA.«

«So, so, die Judy bist du? Wie der Schimpanse bei Daktari.« Und aus Amerika bist du auch noch.« Josef lachte frech. »Ja, Servus, Judy. Setz dich doch zu uns. Sit please.« Er zeigte auf den Platz neben sich, den Franz vorhin verlassen hatte. »Bier?« Er hob die Flasche in seiner rechten Hand in die Höhe.

»Das wollte aber eigentlich ich«, protestierte Max, dem die Situation eindeutig gegen den Strich ging. Frechheit, dachte er. Da wird einem ein Wesen geschickt, wie man es noch nie gesehen hat, und dann hockt blöderweise ausgerechnet heute deine Freundin dabei, die sonst so gut wie nie mit dir ausgeht. Und was ist die Konsequenz? Dein Spezl macht sich über die Neue her, und du schaust mit dem Ofenrohr ins Gebirge. Logisch. Na ja, ganz so schlecht habe ich es auch wieder nicht getroffen. Er bedachte Monika mit einem zärtlichen Blick.

Sie goutierte es mit dem unmerklichen Hochziehen ihrer rechten Augenbraue. Mehr nicht. Die Sache mit dem Diener beschäftigte sie immer noch. Außerdem war Männern generell nicht zu trauen. Schon gar nicht nach ein paar Flaschen Andechser Bergbock.

»Keine Angst, Max. Bier haben wir, wie gesagt, mehr als genug.« Josef lachte lauter als gewöhnlich.

War das etwa die pure Schadenfreude? Na warte, Stirner,

schoss es Max durch den Kopf, während er Josef finster fixierte. Mich hier vorzuführen. Das wirst du noch bereuen, du mieser Sack. Verlass dich drauf.

»Die schöne Judy. Ja, ich glaub, ich krieg einen Vogel«, murmelte Josef erfreut, während er nach dem Bier für Max fischte. Dessen böse Blicke ignorierte er.

»Sorry?« Judy sah ihn fragend an.

»I think, I get a bird«, erwiderte Josef radebrechend. »When I tell at home, I get a bird. Understand?«

»A bird?« Sie schien verwirrt zu sein. Jedenfalls ließ ihr Gesichtsausdruck diese Vermutung naheliegen.

»Yes.«

»We have birds in America, too.« Sie lächelte unsicher.

»Ja, ja. Logisch habt ihr birds. Und in Germany we say sogar birdln for make love. You know, Judy. We say birdln! Birdln, understand?« Josefs dreckfreches Lächeln war auf jeden Fall als anzüglich zu interpretieren.

»Äh, no«, kam es zögerlich über ihre himmlischen Lippen.

»Geh, Josef. Jetzt hör schon auf, sie zu verarschen.« Monika zog missbilligend die Mundwinkel nach unten. »Du mit deinem besoffenen Schmarrn. Das kann sie doch gar nicht verstehen.«

»Genau«, schloss sich Sandra der Aussage ihrer Vorrednerin an. »He crazy,«, fügte sie an Judy gewandt hinzu. Sie tippte sich dabei ausgiebig mit dem rotlackierten Fingernagel ihres schlanken rechten Zeigefingers an die Stirn.

»Stimmt auffallend.« Max nickte heftig.

»Herrje, wo bleibt bloß unser Franzi?«, fragte er kurz darauf. »Soll ich vielleicht mal nach ihm schauen, Sandra? Am Ende hat er sich irgendwo im Dunkeln verlaufen.«

»Meinst du?«, erwiderte Monika an ihrer Stelle. »Franzi kann doch gut auf sich selbst aufpassen. Ich meine, immerhin ist er Hauptkommissar im Dienst, was man von dir nicht mehr behaupten kann.«

Da schau her. Da klingt doch schon wieder so eine gewisse Bitterkeit in ihrer Stimme mit. »Kann sich ein Hauptkommissar im Dienst etwa nicht im Dunkeln verlaufen?«

Max verkniff es sich, auf ihre gewohnte Anspielung darauf, dass er seinen gutbezahlten Job vor ein paar Jahren aufgegeben hatte, einzugehen. Schließlich wusste niemand der Anwesenden, dass man ihm damals keine andere Wahl gelassen hatte, und dass er mit niemandem über die Gründe seines Ausscheidens reden durfte.

»Doch. Schon«, räumte sie ein.

»Na eben.«

»Mein Franzi verläuft sich nicht. Er wird bestimmt gleich zurückkommen«, wusste Sandra, während sie entspannt ein Bein über das andere schlug.

Zurücklehnen darf sie sich jetzt nicht, dachte Max. Sonst kippt sie volles Rohr von der Bierbank.

»Ist dir gar nicht kalt?«, wollte Monika von ihr wissen. Sie selbst fröstelte inzwischen ununterbrochen.

»Nein. Aber zur Not habe ich natürlich eine Jacke dabei.« Sandra zeigte auf ihre koffergroße Handtasche.

Das mit der Jacke verstehe ich. Aber was schleppen die Frauen bloß sonst noch alles mit sich herum?, schoss es Max durch den Kopf. Alles, was man braucht, sind doch die Hausschlüssel und ein Geldbeutel. Na gut, vielleicht noch ein warmer Pulli, das Handy, und die Damen einen Lippenstift. Aber das war es dann auch. Oder etwa nicht?

Im selben Moment gingen die Musik und die Lichter aus. Schlagartig, als hätte eine überirdische Macht Einfluss darauf genommen.

»Stromausfall«, grunzte Josef lapidar. »Kommt hier draußen ab und zu vor.«

»Aha. Na dann.« Auch Max zeigte sich nicht besonders beunruhigt. »Auf jeden Fall sieht man jetzt die Sterne besser. Und die UFOs. Falls noch mal welche vorbeikommen.«

»Hört ihr das?«, erkundigte sich Sandra kurz darauf mit ängstlichem Unterton in der Stimme.

»Was denn?«, wollte Max wissen.

»Na, diese unheimlichen Geräusche. Hoffentlich ist meinem Franzi wirklich nichts passiert. Langsam mach ich mir doch Sorgen um ihn, Max.«

»Ach, auf einmal?«

»Ja.«

Sie horchten gemeinsam in die Stille.

Ein Käuzchen schrie. Der Wind pfiff durchs Geäst. Irgendwo jaulte ein Hund. Oder war es ein Wolf? Man erzählte sich hier draußen seit Urzeiten, dass in der Walpurgisnacht so gut wie alles möglich wäre. Etliche Menschen sollen bereits in ihr verschwunden sein. Aufgetaucht waren sie nie wieder.

2

»Mag jemand ein Ei?«

Josef blickte fragend in die Gesichter seiner Freunde, die sich bei ihm auf der Terrasse zum späten Sonntagsfrühstück versammelt hatten. An dem riesigen weißen Esstisch auf der marmorgefliesten Terrasse seiner im mediterranen Stil erbauten Villa nicht weit von Machtlfing. Die Mittagssonne knallte überall dort auf den Steinboden, wo der riesige weiß-blau gestreifte Stoffschirm über ihren Köpfen dies nicht verhindern konnte. Es war ungewöhnlich heiß für die Jahreszeit.

»Nein danke, Josef.« Sandra schüttelte den Kopf. »Eier sind ungesund. Zu viel Cholesterin.«

Als Franz' jahrelange persönliche Ernährungsberaterin wusste sie inzwischen alles, aber wirklich *alles* über ungesunde Ernährung. Ihm nutzte das zwar nicht viel, weil ihm der tägliche Braten samt Knödeln oder Nudeln in der Kantine allemal näher war als Gemüse und Obst zu Hause. Aber sie selbst hielt sich sklavisch an die Ratschläge der modernen Wissenschaft, was ihr zur Belohnung die Figur einer 16-jährigen Turnerin bescherte. Und das mit 42 Jahren.

»Ich liebe Cholesterin«, tönte Max provozierend in ihre Richtung. »Drei Rühreier mit Schinken. Wäre das möglich?«

Zu oft hatte er sich anhören müssen, wie sehr der arme Franz, der im Übrigen immer noch nicht wieder aufgetaucht war, unter dem Joch seiner strengen Frau zu leiden hatte. Nicht mal einen anständigen Kaffee oder Toast gab es daheim für ihn zum Frühstück. Stattdessen musste er tagtäglich mit Muckefuck und Vollkornmüsli vorliebnehmen. Franz tat Max einerseits wirklich leid deswegen. Aber andererseits könnte der trinkfreudige kleine Mann seiner Meinung nach schon auch ein kleines bisschen abnehmen. Und das Rauchen sollte er ebenfalls aufgeben. Einmal wegen dem drohenden Lungenkrebs und dann auch wegen der Kondition. Die brauchte er schließlich als aktiver Hauptkommissar. Zumindest ein Mindestmaß davon.

»Logisch, Max. Sagt mir einfach, was ihr wollt, und in einer halben Stunde steht alles auf den Tisch. Moni?«

»Ein weiches Ei, fünf Minuten bitte. Aber nur, wenn es aus dem Kühlschrank kommt. Sonst vier Minuten. Machst du die Eier etwa selbst?«

Monika warf ihre schwarze Lockenpracht zurück und lächelte ihr gewohnt bezauberndes Lächeln.

»Natürlich nicht. Die Hühner legen sie, und meine Haushälterin kocht sie. Judy?«

Josef schenkte seinem vierten Übernachtungsgast einen schmachtenden Blick. Natürlich hatte sie wie die anderen in einem der vielen Gästezimmer geschlafen und nicht mit ihm in seinem Bett. Josef war bei all seiner Frechheit ein Gentleman der alten Schule, der wusste, dass man Frauen nicht gleich in der ersten Nacht bedrängte. Das gehörte sich einfach nicht. Außer, sie wünschten es ausdrücklich. Dann durfte man natürlich nicht zickig sein. Sonst bekam man unter Umständen mehr Ärger, als einem lieb war.

»Yes, Josef?«

Ihre Stimme ließ seine Knie erzittern. Oder waren das noch die Spätfolgen vom Bergbock?

»You like eggs?«

Er wurde rot. Hatte er diesmal das Richtige gesagt? Oder konnte man das falsch verstehen? Gestern war er mit seinen albernen Bemerkungen wohl wirklich etwas zu weit gegangen.

»Oh, yes. Two! Boiled, please!«

»Also gut. Ich wiederhole. Einmal drei Rühreier mit Schinken und drei weiche Eier. Kaffee oder Tee?«

»Kaffee!«, erwiderte Monika.

Die anderen nickten zustimmend.

»Na wunderbar. Bin gleich wieder da.«

Josef drehte sich auf dem Absatz um und verschwand in der Terrassentür.

»Moment mal, Leute. Seid doch mal leise.«

Max nahm die Fernbedienung zur Hand und stellte den Ton des Fernsehers auf dem Servierwagen neben ihnen lauter. Josef hatte den riesigen Flachbildschirm vorhin hier heraus geschoben, damit sie alle zusammen seinen Lieblingssender verfolgen konnten: ›München.tv‹. Jetzt liefen gerade die lokalen Informationen.

»… Nähe von Machtlfing zwischen Starnberger See und Ammersee wurde heute Morgen ein Mann tot neben der Landstraße in der Nähe eines Maifeuers aufgefunden. Die Polizei mutmaßt, dass es sich um Fahrerflucht handeln könnte. Zur Identität des Opfers wollte die Polizei noch nichts sagen. Und nun zum Wetter …«

Max drehte die Stimme der Nachrichtensprecherin wieder ab. Er starrte nachdenklich auf die riesige chilenische Honigpalme neben Josefs Terrasse.

Hoffentlich war das nicht Franz, von dem die Frau da gerade gesprochen hatte. Er war gestern nicht mehr zu ihnen ans Feuer zurückgekehrt. Sie hatten eine gute Stunde lang nach ihm gesucht und waren dann zu Josef gegangen. Sandra hatte gemeint, dass er in seinem Rausch bestimmt nach Hause getrampt sei. Schließlich sei es nicht das erste Mal, dass er nach zu viel Bier Scheiß baue.

»Die meinen doch nicht … ich meine, die haben doch nicht … von Franzi gesprochen? Oder?«, fragte sie jetzt. Sie wurde von einer Sekunde auf die andere leichenblass.

»Nein, Sandra. Sie wissen anscheinend noch nicht, wer es ist.« Monika strich ihrer Freundin beruhigend über den Arm.

»Stimmt«, bestätigte Max. »Das kann jeder sein. Trotzdem rufe ich auf seinem Revier an. Vielleicht haben die was von ihm gehört. Irgendwer wird schon Sonntagsdienst schieben.« Wer ihn ganz genau kannte, wie zum Beispiel Monika, konnte Unsicherheit und Besorgnis in seiner Stimme erkennen.

Er fummelte sein Handy aus der Hosentasche und rief Franzis Büronummer an.

»Wurmdobler.«

»Franzi, bist du das? Bist du es wirklich?«

»Wer sonst? James Bond?« Franz schien mehr als erstaunt über die Frage zu sein.

»Du bist lustig. Wir haben die halbe Nacht nach dir gesucht. Und gerade kam auch noch etwas über einen Toten bei Machtlfing im Fernsehen.« Max wusste nicht, ob er erfreut oder ärgerlich sein sollte.

»Ich weiß, Max. Unfall mit Fahrerflucht. Ich hab schon bei den Starnberger Kollegen angerufen und gefragt, was es damit auf sich hat. Er heißt Bruno Höfner. Hieß er vielmehr … Ich hab ihn gestern Abend beim Pinkeln getroffen.« Franz sprach im muntersten Plauderton.

»Moment mal, Franzi«, unterbrach ihn Max abrupt. »Du hockst selenruhig am Sonntagmorgen in deinem Büro und telefonierst mit der Starnberger Polizei, während wir uns hier die größten Sorgen um dich machen? Ist das alles wahr, oder schlafe ich noch und träume es bloß?«

»Was mich betrifft, ist es wahr. Ich hätte Sandra demnächst sowieso angerufen. Wollte euch ausschlafen lassen. Was ist daran so schlimm?« Franz schien davon überzeugt zu sein, dass es völlig selbstverständlich war, nachts auf dem Land von einer Maifeier zu verschwinden und danach bis zum nächsten Mittag nichts weiter von sich hören zu lassen.

»Und was machst du am Sonntag im Büro?«

»Akten ordnen und überarbeiten. Mach ich öfters am Sonntag. Daheim ist es mir meistens zu langweilig. Sandra meckert sowieso nur an meiner Wampe herum.«

»Für mich hast du echt nicht alle Latten am Zaun, Herr Exkollege.«

Max schüttelte den Kopf. Ganz so verantwortungslos war Franz doch sonst auch nicht. Hatten sie sich in den letzten vier Jahren, seit Max aus dem Dienst ausgeschieden war, etwa bereits so weit auseinandergelebt? Gab es etwas in Franz' Leben, das er wissen sollte? Ein belastendes Geheimnis, das sein Exkollege und alter Freund mit sich herumschleppte? Etwas, womit er nicht fertig wurde? Oder war der kleine Hauptkommissar am Ende doch ein Außerirdischer? Von einer fremden Spezies aus einer anderen Galaxie, die kein Gewissen kannte? Na gut. Natürlich alles Schmarrn. Aber schon auch ärgerlich, das Ganze. Einigermaßen ratlos zuckte er die Achseln.

»Ich gebe dich jetzt deiner Frau, die eine Todesangst um dich hatte.« Er reichte Sandra sein Handy.

»Franz Wurmdobler! Wenn du so etwas noch ein einziges Mal machst, sind wir geschiedene Leute!«, plärrte sie wutentbrannt hinein und gab es Max postwendend zurück. Ihre grünen Augen funkelten zornig. In ihre nahezu versteinerte Miene mischte sich dabei aber auch eine kleine Spur von Erleichterung.

»Ja, aber Hasenpfötchen, ich wollte doch gerade …«

»Nix Hasenpfötchen. Max ist wieder am Hörer. So und jetzt erklär mir bitte mal, was los war.«

»Logisch, Max. Gerne. Ich weiß nur so viel: Ich stehe da also an einem Baum beim Pinkeln, als auf einmal dieser Bruno neben mir steht und auch pinkelt.«

»Bruno Höfner? Das Unfallopfer?«

»Ja. Was dachtest du? Bruno, der Bär?«

»Zwei Männer pinkeln nachts im Dunkeln auf dem Land an einen Baum. Und der eine von ihnen, der jetzt tot ist, war nicht Bruno, der Bär. Supergeschichte, Franzi. Und das war's?« Max konnte sich trotz all seiner gerechten Empörung ein breites Grinsen nicht verkneifen.

»Nein. Er erzählte irgendwas von den Außerirdischen, die er bald besuchen würde.«

»Aha. Wahrscheinlich die aus dem Ufo, das du gestern Abend gesehen hast.« Max musste nun laut lachen. Der Wurmdobler ist wirklich ein seltener Depp, dachte er. Andauernd geriet der Bursche in die schrägsten Geschichten hinein, seit ihrer gemeinsamen Kindergartenzeit. Wann wurde er bloß endlich mal erwachsen?

»Kann sein. Keine Ahnung.«

»Und warum bist du nicht mehr zu uns zurückgekommen?«

»Ich wusste, ehrlich gesagt, nicht mehr so genau, wo

ich bin. Und dann hat mich dieser Bruno wohl in die falsche Richtung geschickt. Denke ich zumindest mal. Jedenfalls bin ich am Ende auf der Landstraße bis nach Feldafing gelaufen und hab dort die S-Bahn nach München genommen. Weil ich eh schon da war. Mein Handy muss ich irgendwo verloren haben. Sonst hätte ich doch gleich nach dem Pinkeln bei euch angerufen.«

»Hatte dieser Bruno keins?«

»Der war schon weg, als mir eingefallen ist, dass ich mich bei euch melden sollte.«

»Na super.«

Typisch Franz.

»Du hättest wenigstens heute Morgen anrufen können.«

»Wollte euch nicht wecken. Wieder gut?«

»Na gut.«

Es folgte eine kurze Gesprächspause, die beiden Gelegenheit gab, die in ihnen aufsteigende Rührung gebührend zu zelebrieren.

»Max, könntest du mir einen persönlichen Gefallen tun?«, fuhr Franz danach fort.

»Ich dir? Damit wärst wohl eher du dran. Oder?« Max blieb verblüfft der Mund offen stehen. Er war drauf und dran, die Sache mit der Rührung ganz schnell wieder zu vergessen.

»Ich weiß. Aber magst du dich mal wegen diesen Außerirdischen und dem Unfall umhören? Als Privatdetektiv. Ich habe, was diesen Bruno und seinen Tod betrifft, ein ganz seltsames Gefühl.«

»Du meinst, die Außerirdischen aus deinem Ufo haben etwas mit dem Unfall von Bruno Höfner zu tun?« Max konnte nicht anders. Er lachte erneut. Franz schien immer noch völlig besoffen zu sein.

»Vielleicht, vielleicht auch nicht. Magst du? Ich schau, ob ich irgendwie ein kleines Honorar für dich rausschlagen kann.«

Das klang nun ganz und gar nicht besoffen. Eher ziemlich gut.

»Warum machst du es denn nicht selbst?«

Trau erst mal niemandem, der dir aus heiterem Himmel ein gutes Angebot macht.

»Zuviel zu tun. Außerdem ist das da draußen der Zuständigkeitsbereich der Fürstenfeldbrucker Kripo.«

»Dann frag die doch.«

»Ob sie sich wegen Außerirdischen und UFOs für mich umhören wollen? Die lassen mich doch auf der Stelle zwangseinweisen.«

»Zu Recht.« Max musste erneut grinsen. Der Wurmdobler ist ein echter Spinner, dachte er. Der macht mich noch total fertig. »Und du willst mich wirklich dafür bezahlen? Bisher durfte ich dir doch immer nur kostenlos helfen.«

Monika, die wie Sandra und Judy mitgehört hatte, nickte heftig und formte mit weitaufgerissenem Mund ein lautloses ›Ja‹.

»Will ich. Aber ich weiß noch nicht genau, wie viel.«

»Na gut, Franzi. Ich hör mich um. Uninteressant ist die Sache nicht. Da muss ich mich aber erst einarbeiten. Ich hab keine Ahnung von UFOs und so. Ich fahre nachher mit Moni nach München. Hab ihr versprochen, heute Abend in der Kneipe mitzuhelfen. Bei mir zu Hause muss ich vorher auch nach dem Rechten sehen. Morgen hab ich dann Zeit.«

»Bringt ihr Sandra mit?«

»Logisch. Oder willst du sie loswerden? Dann verkaufe ich sie an einen Scheich. Am Starnberger See sollen zurzeit ein paar von denen Urlaub machen.«

»Bring sie lieber mit. Ich konnte meine neuen Socken nicht finden. Mein Lieblingshemd hat sie auch verräumt. Außerdem lässt unsere neue Topfpflanze im Wohnzimmer die Flügel hängen. Das reinste Chaos. Sag ihr auf jeden Fall, dass es mir leidtut. Aber ohne Handy …«

»Na gut, Franzi. Alles klar. Servus.«

Max legte auf und steckte, erneut den Kopf schüttelnd, sein Telefon in die Hosentasche zurück.

Josef kam zurück. Er schob einen zweiten Servierwagen vor sich her, auf dem sich diesmal statt eines Fernsehers ein Stapel Teller und Tassen befand.

»Franzi ist wieder aufgetaucht«, berichtete ihm Max. »Er sitzt gesund und munter in seinem Büro in München.«

»Na also. Unkraut vergeht nicht. So, Leute. Hier ist schon mal unser Geschirr.« Josef hielt sich gar nicht erst lange bei dem ihnen allen bestens als Chaot bekannten Franz Wurmdobler auf. Seine Gäste waren ihm im Moment augenscheinlich allemal wichtiger. Stolz lächelnd zeigte er auf das rollende Tablett vor seinen Füßen.

Recht hat er, stimmte ihm Max innerlich zu. Zu oft hatte Franz in der Vergangenheit ähnliche Schoten wie letzte Nacht gebracht.

»Deckt deine Haushälterin nicht den Tisch?« Sandra blickte Josef neugierig ins sonnengebräunte Millionärsantlitz. Sie schien das neue Thema dankbar aufzunehmen. Offenbar hatte sie ebenfalls nicht die geringste Lust, weiter über ihren leichtfertigen Ehemann zu reden.

»Die ist noch mit dem Essen beschäftigt. Und weil ich ein braver Mann bin, habe ich das Zeug schon mal für sie hergeschafft. Moni? Sandra? Würdet ihr?« Er zeigte auf das eckige weiße Porzellan mit Goldrand.

»Macho!« Monika schnappte sich die Teller und verteilte sie auf dem Tisch.

»Bruno Höfner?« Judy blickte Max fragend an. »You said Bruno Höfner?«

»Yes. He is dead.«

»Aha.«

»Do you know him?« Max machte ein neugieriges Gesicht. Das wäre ein sauberer Zufall gewesen, wenn sie ihn gekannt hätte.

»Äh, no. But I think, my daddy knows him.«

»Na seht ihr. Den Herrn Höfner kennen wir nicht.« Josef wischte das Thema vom Tisch, indem er laut und künstlich auflachte. Konkurrenz konnte er im Moment, was Judy betraf, wahrlich nicht gebrauchen. Egal ob tot oder lebendig. »Ah, da kommt ja schon unser Frühstück. Wunderbar, Herta. Danke schön.« Er setzte sich zu ihnen.

Monika schenkte allen Kaffee ein, und sie begannen mit großem Appetit zu essen. Nur Judy stocherte lustlos in ihrem weichgekochten Ei herum.

Kannte sie diesen Bruno wirklich nicht? Max beobachtete sie eine Weile lang. Dabei stellte er fest, dass sie sich seit gestern Abend am Lagerfeuer rein äußerlich nicht groß verändert hatte. Verglichen mit Sandra und Monika, die heute Vormittag, genau wie er selbst und Josef, reichlich verkatert daherkamen, sah sie aus wie das blühende Leben. Ja mei, so war das halt. Die Jugend überstand selbst die härteste Walpurgisnacht ohne sichtbare Folgen.

3

Max schaltete seinen Computer ein und setzte sich mit der Tasse Kaffee, die er sich gerade aus der Küche geholt hatte, davor. Seit er letzten Winter aus Langeweile diesen Computerkurs gemacht hatte, fand er von Tag zu Tag mehr Spaß an dem für ihn nach wie vor neuen Steckenpferd. Er schrieb fleißig E-Mails an Monika, surfte stundenlang im Internet, und sogar bei Facebook konnte man seit zwei Wochen ein Profil von ihm finden. Zwar hatte er dort bisher nur zwei Freunde, nämlich Monika und Josef. Aber immerhin, er war dabei.

Sie waren gestern gegen Mittag in seinem alten klapprigen R4 nach München zurückgekehrt. Zuerst hatte er Sandra zu Hause abgesetzt, dann Monika. Danach war er selbst heimgefahren, um dort kurz nach dem Rechten zu sehen und sich bald wieder zu Monika in ihre kleine Kneipe aufzumachen. Der Abend dort war stressfrei verlaufen. Nette Gäste wie meistens, somit auch kein Ärger. Um halb zwei hatte er sich von ihr verabschiedet, war nach Hause gegangen und hatte sich ins Bett gelegt. Vorhin um acht Uhr hatte er die Augen wieder aufgeschlagen und sich fit und ausgeschlafen gefühlt. Dusche, anziehen, Kaffee aus der Küche, Wohnzimmer. Bevor er sich nun endgültig seinem PC widmete, rief er noch wegen Bruno Höfner auf dem Revier in Starnberg an. Vielleicht wussten die etwas, was er bisher noch nicht wusste.

»Grüß Gott, Raintaler hier. Ich bin Privatdetektiv und ermittle wegen dem Toten gestern Morgen auf der Landstraße, diesem Bruno Höfner.«

»Das kann jeder behaupten«, erwiderte der jugendlich klingende Beamte am anderen Ende der Leitung emotionslos.

»Stimmt. Ich bin aber nicht jeder. Fragen Sie Hauptkommissar Wurmdobler von der Münchner Kripo. Ich war jahrelang sein Kollege. Es geht auch nur um eine kleine Auskunft. Weiß man schon, ob dieser Höfner wirklich überfahren wurde, oder ist er auf andere Weise ums Leben gekommen?« Max versuchte zu lächeln. Er hatte einmal gelesen, dass sich die eigene Stimme am Telefon freundlicher anhörte, wenn man lächelte.

»Dazu darf ich Ihnen am Telefon nichts sagen, Herr Raintaler. Das sollten Sie als ehemaliger Kriminalbeamter eigentlich wissen.« Der junge Mann klang entschlossen. »Da müssten Sie schon persönlich bei uns vorbeischauen und sich legitimieren.«

»Na gut, Herr …«

»Kleiber! Polizeiobermeister Kleiber!«

»… Herr Kleiber. Ich hatte gehofft, die Sache abkürzen zu können. Aber vielleicht können Sie mir dann wenigstens sagen, ob gestern ein Ufo über Machtlfing gesichtet wurde.«

»Ein Ufo? Wollen Sie mich verarschen, guter Mann? Ist das ein Telefonspaß? Passen Sie auf. Wir machen das so. Sie kommen her und legitimieren sich, dann reden wir gerne mit Ihnen. In Ordnung? Und jetzt wünsche ich Ihnen noch einen angenehmen Tag. Hasta la vista, Baby.«

Kleiber legte ohne ein weiteres Wort auf.

»Mein Gott, man fragt doch bloß«, murmelte Max. »Was regt sich der Bursche denn so auf? Na gut. Schau ich halt erst mal im Internet nach. Ins Starnberger Revier kann ich morgen immer noch fahren.« Er tippte sein Passwort ein. »Da bin ich doch mal gespannt, was die einschlägigen Blogs und Foren zu Franzis UFO gestern Abend zu sagen haben.«

Neugierig klickte er seinen Browser an und begann mit der Suche. »Was gebe ich denn am besten ein? Ah, ich hab's: ›Ufo Machtlfing‹. Genau. Tue ich das im Moment eigentlich wirklich? Wahnsinn.« Hör doch auf, so laut zu reden, Raintaler. Ist doch gar keiner da, der dich hören kann, sprach er inwendig weiter. Am Ende bringen sie dich noch nach Haar in die Klinik, wegen irgend so einer neuen Nervenkrankheit, die man vom Computer bekommen kann.

Unter ›Ufo Machtlfing‹ gab es bei Google keinen nennenswerten Eintrag, der ihn weitergebracht hätte. Er musste jedoch laut auflachen, als er las, wie 50 UFO-Gläubige verhindern wollten, dass ein Bauer in der Gegend einen angeblich von Außerirdischen angelegten Kornkreis auf seinem Feld mähte. Nachdem er es dennoch getan hatte, war jemand hergegangen und hatte ein paar seiner Feldsteine anstelle des Kornkreises ausgelegt, die derselbe jemand jetzt zu horrenden Preisen als Energiesteine verkaufte.

Erwachsene Menschen! Die Welt wird echt immer verrückter, dachte Max kopfschüttelnd.

Er trank erst mal einen Schluck Kaffee. Anschließend versuchte er es noch mit zwei weiteren Suchmaschinen. Nichts.

»Verdammter Mist!«, rief er laut.

Dann gab er ›Unfall Landstraße bei Machtlfing‹ ein. Nichts. Kein Eintrag, keine Meldung. Anscheinend war keine Presse vor Ort gewesen. Merkwürdig, normalerweise waren diese Schmierfinken doch immer die Ersten, wenn es darum ging, einen Toten zu vermelden und irgendeinen unbegründeten Verdacht zu äußern.

»Dann schauen wir halt mal, was die hier generell über die Außerirdischen schreiben.« Er brabbelte weiter selbstvergessen vor sich hin. Was sollte man auch sonst tun, wenn es einfach so aus einem herauswollte? Vielleicht war es ja ganz normal. Bei Gelegenheit würde er einen Fachmann fragen. Ihren alten Polizeipsychologen zum Beispiel, den Degenhard. Der war in Ordnung. Hatte eine ruhige Art. Trank gerne mal ein Bier.

Wo, hatte Josef vorgestern gleich wieder gesagt, wurde dieses Ufo in Amerika gefunden? Roswell? Doch, so hieß das. Wie schrieb man das wohl? Mit einem oder mit zwei ›l‹.

»Aha, da haben wir es schon. Also zwei ›l‹ und ein ›s‹. Alles klar.«

Er klickte das nächstbeste Suchergebnis an und begann neugierig zu lesen. *Den Roswell-Zwischenfall nennt man ein mysteriöses Ereignis aus dem Jahre 1947. Es ging dabei um offizielle Verlautbarungen, nach denen die amerikanische Luftwaffe angeblich ein unbekanntes Flugobjekt besaß. Das Ufo soll am 14. Juni 1947 in Roswell, New Mexico, abgestürzt und von einem Farmer aus der Gegend gefunden worden sein. Kurze Zeit später wurde die ganze Geschichte jedoch wieder dementiert …*

»Ja was? Ist das Ding nun wirklich abgestürzt oder nicht? Gibt es Aliens oder gibt es keine? Herrschaft noch mal.«

Er schlug ärgerlich mit der flachen Hand auf den Tisch.

Bevor er weitermachte, stand er auf und holte sich noch einen Kaffee aus der Küche.

Dann las er weitere Berichte und Zeugenaussagen zu den Geschehnissen in New Mexico. Sah sich zahllose

Videos an, die sich mit dem Fall beschäftigten. Auch etliche Videos weiterer angeblicher UFO-Sichtungen. Versuchte, etwas über die Area 51 und die angeblichen Leichname der Außerirdischen, die sich dort seit dem Roswell-Zwischenfall befinden sollten, herauszubekommen. Angeblich gab es dort bis heute immer wieder Treffen und geheime Gespräche zwischen Militärs und weiteren Aliens. Um halb zwölf brummte ihm der Schädel.

»Nix als Schmarrn!«, schimpfte er laut. Kurz darauf klingelte es. Er ging zur Tür und öffnete.

»Alles in Ordnung, Herr Raintaler?«, erkundigte sich seine zerbrechliche alte Nachbarin, Frau Bauer, mit großen Augen.

»Logisch. Wieso nicht?« Er sah sie verwundert an.

»Ich komme gerade vom Einkaufen und habe sie laut schreien gehört. Da dachte ich, ich schaue besser mal nach. Hoffentlich habe ich Sie bei nichts Wichtigem gestört.«

Sie fuhr sich mit mädchenhaft verlegener Geste durch die langen grauen Haare, so wie sie das meistens tat, wenn sie mit ihm sprach.

»Aber geh. Sie stören doch nie, Frau Bauer. Nein, alles in Ordnung. Ich recherchiere gerade bloß etwas im Internet. Dabei habe ich mich geärgert und laut geflucht. Sonst war da nichts.« Er grinste ihr freimütig ins Gesicht.

»Ach so. Na, Gott sei Dank.« Sie blickte erleichtert zu ihm auf, während sie mit ihrer faltigen rechten Hand an ihrem beigefarbenen Sommermantel herumzupfte. »Wissen Sie, in meinem Alter macht man sich halt viel zu schnell Sorgen. Wie mein Bertram gestern zum Beispiel nicht aufessen wollte, dachte ich gleich wieder, es wäre etwas Schlimmes. Dabei hatte er bloß seine Blähungen.«

»Na sehen Sie. Es gibt für alles eine Erklärung. Na ja, zumindest für fast alles. Ich wünsche Ihnen noch einen schönen Tag, Frau Bauer.«

Max lächelte freundlich, während er sich dranmachte, die Tür wieder zu schließen.

»Ihnen auch, Herr Raintaler.« Sie drehte sich um und schlurfte gemächlich auf ihre Wohnungstür zu. »Und schimpfen Sie nicht so viel. Das ist schlecht fürs Herz, sagt mein Hausarzt immer«, rief sie ihm dabei noch über die Schulter hinweg zu.

»Ist recht. Gruß an Ihren Bertram.«

Er kehrte an seinen PC zurück. Im selben Moment spielte sein Handy das ‚Lied vom Tod'.

»Und?«, meldete sich Franz ohne Begrüßung.

»Was und?«, gab Max genauso knapp zurück.

»Schon was rausgefunden über unser Ufo?«

»Bis jetzt nicht. Ich hatte auch noch nicht viel Zeit seit heute Morgen.«

»Verstehe.«

»Was ist los, Franzi? Brennt dir die Sache aus irgendeinem Grund auf den Nägeln?« Merkwürdig. Er hat es doch sonst nicht so dringend mit seinen Ermittlungen.

»Na ja. Ich kenne das Unfallopfer von gestern Nacht, diesen Höfner, persönlich. Weißt du doch. Vielleicht ist es das.«

»Ich frage mich schon die ganze Zeit über, ob es da wirklich einen Zusammenhang gibt. Ein Ufo und eine Fahrerflucht? Irgendwas passt da nicht. Das mit dem Ufo erscheint mir reichlich schwachsinnig.«

»Immerhin hat er von Außerirdischen geredet. Oder nicht?«

»Na gut. Aber das muss noch lange nichts heißen. Vielleicht war er bloß genauso besoffen wie du.«

Max musste unwillkürlich grinsen.

»Trotzdem.«

»Ich bin an der Sache dran, Franzi. Aber drängeln nützt bei mir gar nichts.«

»Stimmt.«

»Eben. Wir können uns gerne heute Abend in unserem kleinen Biergarten in den Isarauen treffen. Da hab ich dann schon mehr für dich. Oder auch nicht. 18:00 Uhr?«

»Hast recht. Alles klar, 18:00 Uhr. Machs gut.«

Franz legte auf, noch bevor sein letztes Wort richtig ausgeklungen war.

»Was ist denn heute bloß mit allen los? Haben wir Föhn?«, murmelte Max kopfschüttelnd. »Egal. Weiter geht's.«

Er gab ›UFO-Sichtungen in Oberbayern‹ in die Suchmaschine ein und stieß auf jede Menge Zeugenaussagen, Videos, Fotos, echt und getürkt, Zeitungsberichte und pseudowissenschaftliche Theorien. Aber recht viel schlauer als vorher wurde er daraus nicht. Sein persönliches Fazit, was die Außerirdischen betraf, lautete am späten Nachmittag: Kann sein, kann aber auch nicht sein, dass es sie gibt. Eher nicht.

Aber vielleicht kam er als Computeranfänger auch bloß nicht an die richtigen Informationen ran. Ein alter Bekannter fiel ihm ein, Charlie, der Freund seines Gitarristen und Duopartners Mike, ein Hacker der ersten Stunde. Wenn jemand etwas im Internet herausfand, dann er. Mike hatte sie einander bei einem ihrer Auftritte in Schwabing vorgestellt. Man war sich sympathisch gewesen und hatte noch am selben Abend die Telefonnummern ausgetauscht. Max hatte die Nummer an Ort und Stelle in sein Handy eingegeben.

Er hinterließ noch schnell auf zweien der Blogs, die er besucht hatte, seine E-Mail-Adresse und die Frage, wer in der Walpurgisnacht ein Ufo oder Außerirdische bei Machtlfing gesehen habe oder in derselben Nacht Zeuge eines Autounfalls auf der Landstraße in der Nähe gewesen sei. Ein Bruno Höfner sei dabei ums Leben gekommen. Dann rief er bei Charlie an.

»Ja«, meldete sich eine heisere männliche Stimme.

»Hallo, Charlie? Hier spricht Max. Kannst du dich noch an mich erinnern?« Natürlich kann er das nicht, Blödmann. Ist doch viel zu lange her mit dem Konzert.

»Ja klar«, krächzte die Stimme. »An gute Musiker kann man sich immer erinnern.«

»Oh, danke für die Blumen.« Max räusperte sich verlegen. Na schau mal an, er kennt dich noch. Hast wohl doch bleibenden Eindruck hinterlassen mit deiner Musik. Ist auch kein Wunder. Ehrlich gesagt. »Charlie, ich rufe dich aber nicht in Sachen Musik an. Ich habe eine Frage an dich bezüglich Internet.«

»Nur zu.«

Charlie hörte sich krank an. Oder schwer verkatert.

»Könntest du dort etwas für mich herausfinden?«

»Kommt ganz darauf an, was.«

Der Computerfreak war wirklich sehr schlecht zu verstehen.

»Also, ich habe zwei Begriffe und einen Namen: Machtlfing, Ufo und Bruno Höfner. Wenn es etwas gibt, was diese drei Begriffe gemeinsam haben, könntest du das für mich herausfinden?«

»Gib die Begriffe doch einfach selbst in eine Suchmaschine ein und schau, was passiert.« Das Flüstern des Paten Don Corleone im gleichnamigen Film war ein lauter Orkan gegen Charlies nun kaum noch hörbares Wispern.

»Habe ich schon gemacht. Nichts Brauchbares dabei!«

»Hm … Das kann aber dauern.«

»Und wenn ich dir 200 Mäuse gebe?«

Max gab das Honorar, das er von Franz kassieren sollte, aus, noch bevor er überhaupt wusste, wie viel er bekommen würde. Leichtsinnig. Aber so war er nun mal. Er konnte einfach nicht mit Geld umgehen. Monika hatte von Zeit zu Zeit ihre liebe Not damit, was niemanden in ihrem Bekanntenkreis großartig wunderte.

»Dann geht es auf jeden Fall schneller«, kam Charlies Antwort auf einmal überraschend laut und verständlich. Hielt er den Hörer zum ersten Mal richtig vor denn Mund? Konnte gut sein.

»Abgemacht?«

»Abgemacht, Max. Ich schicke dir eine E-Mail, sobald ich was rausgefunden hab.«

»Okay, ich sag dir kurz meine Adresse durch. Moment.«

Max versuchte, sich daran zu erinnern, wie seine E-Mail-Adresse lautete. Er konnte sich das lange Wortungetüm aus Vorname, Name, Klammeraffe und T-Online einfach nicht merken.

»Musst du nicht. Ich bin Hacker. Schon vergessen?«

Umso besser.

»Logisch. Alles klar. Dann bis dann. Bist du eigentlich erkältet?«

»Ja. Hört man, was? Bis dann.«

Sie legten auf.

Also hatte es doch nichts mit dem Hörer zu tun. Egal. Wen juckt's?

Max stellte sich unter die Dusche und zog sich für das Treffen mit Franz an.

4

»Die ist aber außerirdisch gut eingeschenkt.« Max grinste zufrieden, als Franz mit zwei randvollen Maßkrügen von der Schenke zu ihm zurückkehrte.

Natürlich saßen sie wie immer an ihrem Stammtisch. Unter dem Ahorn gleich beim Eingang des kleinen Biergartens in den Isarauen.

»Ja, mei. Beziehungen zum Schankkellner muss man haben. Sandra kennt seine Frau aus irgendeinem Kochkurs. Wie das Leben halt so spielt.« Franz schaute mindestens genauso zufrieden drein wie sein alter Freund und Ex-Kollege. Er stellte die Gläser ab und setzte sich.

»Über diesen Bruno Höfner und seine Außerirdischen hab ich übrigens noch nichts«, gestand Max, nachdem sie angestoßen und einen ausgiebigen ersten Schluck getrunken hatten. »Ich habe aber jemanden drangesetzt, der 100-prozentig was über ihn rausfindet.«

»Sherlock Holmes?« Franz lachte über den in seinen Augen wieder mal äußerst gelungenen Scherz.

»So ähnlich«, erwiderte Max trocken. »Der Typ heißt Charlie und kennt sich mit Computern aus wie kein Zweiter.«

»Ein Hacker?«

»Keine Ahnung.« Max tat bewusst unschuldig. Er wollte auf keinen Fall, dass Charlie wegen der Sache irgendwelchen offiziellen Ärger bekam. »Auf jeden Fall weiß er Bescheid. Das kostet aber 200 Euro, was mich zu unserer Honorarvereinbarung bringt. Wie viel, hast du gesagt, wolltest du mir bezahlen?«

»Ich hab gar nichts gesagt.«

»Ach?«

»Na gut. Was hältst du von 200 Euro am Tag plus 30 Euro Spesen? Eine Woche lang. Das habe ich gerade noch irgendwie im Budget.«

»Verdammt wenig.«

»Stimmt. Aber es geht halt nicht offiziell. Ich kann dich höchstens als Informanten verbuchen.«

»Zählen die 200 für meinen Spezialisten auch zu den Spesen?«

»Von mir aus. Abgemacht?«

»Abgemacht. Ich hab eh Lust auf den Fall. Ist alles ziemlich merkwürdig. Interessant.«

Sie hoben die Maßkrüge, um den Handel mit einem weiteren tiefen Schluck aus ihren Maßkrügen zu besiegeln.

»Übrigens, letzte Woche hat Sandra mich wieder mal geschimpft, als ich ein paar Bier zu viel hatte«, fuhr Franz danach grinsend fort.

»Ja und?«

»Ich hab gesagt, sie soll still sein, es wäre schon Strafe genug, dass ich sie doppelt sehe.«

Franz schlug sich keuchend vor Lachen auf den Oberschenkel.

Max musste mitlachen. Nicht etwa, weil der Uraltkalauer so gut war, sondern weil er so zutreffend war. Franz liebte seine Sandra zwar einerseits. Andererseits aber hatte er seit Jahren so seine Probleme mit ihrer oft lustfeindlichen, manchmal fast schon kalvinistisch anmutenden Lebenseinstellung.

»Weißt du schon mehr über Höfners Unfall?«, wollte Max wissen, nachdem Franz sich wieder beruhigt hatte.

»Nur das, was die Herrschaften von der Rechtsmedizin bisher herausgefunden haben. Sein Genick ist glatt gebrochen. Die Verletzung muss mit außerordentlicher Kraft herbeigeführt worden sein.«

»Also auf jeden Fall ein Autounfall.« Max kratzte sich nachdenklich am Hinterkopf.

»Nicht unbedingt. Es wäre auch möglich, dass jemand, der unglaublich stark war, das gemacht hat, meinen unsere Fachleute.«

»Aber wer soll das gewesen sein?«

»Keine Ahnung. Außerirdische?«

»Hat er denn sonst gar keine Verletzungen? Vom Aufprall, meine ich.«

»Doch. Eine Schädelfraktur.«

»Aber das deutet doch eindeutig auf einen Unfall hin.«

»Man kann das aber auch absichtlich so aussehen lassen, meint unser Rechtsmediziner. Ach, da fällt mir ein …«

Max Telefon musizierte. Er ging ran, ohne Franz ausreden zu lassen.

»Raintaler.«

»Seid ihr schon im Biergarten?«

Monika hörte sich aufgeregt an.

»Logisch.«

»Wäre es möglich, dass ihr gleich mal kurz bei mir vorbeischaut? Ist doch bloß ums Eck.«

»Logisch. Aber was ist denn los? Ich denke, deine Kneipe hat heute Ruhetag.«

»Schon. Aber wie du weißt, wohne ich darüber. Hier ist so ein Typ vor dem Haus, der mir unheimlich ist.«

Wenn man genau hinhörte, klang sie nicht nur aufgeregt, sondern auch ängstlich.

»Na gut, Moni. Ich bring Franzi mit.«

Er legte auf.

»Moni hat Ärger mit einem Typen vor ihrem Haus. Kommst du mit?«

»Logisch. Ist doch eh gleich ums Eck. Lass uns vorher bloß noch kurz austrinken. Ex?«

»Ex und hop.«

Sie hoben die mehr als halb vollen Gläser an die Lippen und machten sich daran, sie in einem Zug zu leeren. Franz war zuerst fertig. Krachend knallte er seinen Krug auf den länglichen Biertisch. Als Max eine knappe Sekunde später ebenfalls ausgetrunken hatte, tat er es ihm gleich.

»Wir waren auch schon mal schneller«, stellte Franz fest, während er Max gutgelaunt zuzwinkerte.

»Wir waren auch schon mal jünger.« Max grinste breit. Er stieß kräftig auf. »Gehen wir?«

»Yes, Sir.«

»Was wolltest du mir eigentlich sagen, bevor Moni angerufen hat?«

»Ach nichts.«

»Sag schon.«

Max bemerkte Franz' Zögern.

»Also gut. Ich hab doch mein Handy auf dieser Maifeier verloren.«

»Ja, und?«

»Könntest du für mich nachfragen, ob es jemand gefunden hat, wenn du wegen der Sache mit Höfner hinfährst? Es sind haufenweise Nummern und Adressen darauf gespeichert. Auch von Sandra.« Franz machte ein betrübtes Gesicht.

»Woher weißt du denn, dass ich wegen der Sache mit Höfner da hinfahre?«

»Etwa nicht?« Franz runzelte erstaunt die Stirn.

»Doch, doch. Ich fahre hin. Logisch. Und ich frage nach deinem Handy, Franzi. Kein Problem.« Max grinste kopfschüttelnd in sich hinein. Einfach zu köstlich, wie man diesen Franz immer wieder hochschießen konnte.

Sie machten sich auf den Weg.

Als sie kurz darauf in der aufgebrochenen Tür von Monikas kleiner Kneipe standen, hielten sie zunächst einmal verblüfft inne. Überall im halbdunklen Inneren glitzerten Scherben auf dem Boden. Sämtliche Barhocker sowie zwei der vier Stehtische lagen umgekippt auf dem Boden. Der Tresen schimmerte stellenweise rot, als hätte jemand Blut darauf verschmiert. Das Regal dahinter, in dem normalerweise die Schnapsflaschen und die Kaffeetassen standen, war komplett leergefegt. Keine Spur von Monika. Auch sonst war niemand zu sehen. Aus den Boxen, die Max einmal vor Jahren rechts und links des Tresens unterhalb der Decke befestigt hatte, ertönte leise Instrumentalmusik. Sie gab der gesamten Szenerie einen unwirklichen, unheimlichen Anstrich.

»Jemand muss die Tür eingetreten haben«, flüsterte Max. Er zeigte auf die Holzsplitter zu ihren Füßen. »Vielleicht ist er noch da.«

»Alles klar. Leise.«

Franz legte zur Verdeutlichung den Zeigefinger an die Lippen. Dann bedeutete er Max mit einer kurzen Geste, dass der hinter dem Tresen nachsehen solle, und hob selbst einen abgebrochenen Flaschenhals vom Boden auf. Er würde ihm von da aus, wo sie gerade standen, Deckung geben. Max schlich auf leisen Sohlen weiter. Dann entdeckte er Monika. Sie lag blutüberströmt im Durchgang zur Küche und rührte sich nicht. Unter ihrem Kopf hatte sich eine dunkelrote Lache gebildet.

»Moni! Verdammte Scheiße!«, zischte er erschrocken.

Er eilte zu ihr hinüber, rannte an ihr vorbei, vergewisserte sich kurz, ob sich jemand in der Küche befand, kehrte zu ihr zurück, beugte sich über sie und versuchte ihren Puls zu ertasten. Erst an den Handgelenken. Dann am Hals. Nichts. Doch. Da war etwas. Ganz schwach. Er legte sie behutsam auf die Seite und streichelte fahrig ihren Rücken. Dann zog er mit fliegenden Fingern sein Handy aus der Jackentasche und gab es Franz. Der rief den Notdienst an. Dann schlich er, nach wie vor mit seiner abgebrochenen Flasche bewaffnet, in Monikas Wohnung hinauf, um nachzusehen, ob sich der Täter dort versteckt hatte.

»Verdammt, Moni. Bleib bei uns! Ich brauch dich doch!«, stammelte Max währenddessen mit Tränen in den Augen. Bitte lieber Gott. Lass sie nicht sterben. Panik stieg in ihm auf.

Er wagte es nicht, sich vorzustellen, was wäre, wenn sie nicht mehr da war. Bitte lieber Gott, betete er innerlich weiter. Hilf ihr. Tu es für mich. Nur dieses eine Mal. Ich kann ohne sie nicht leben. Nimm mich an ihrer Stelle, wenn es unbedingt sein muss. Aber lass sie hier. Sie ist noch so jung. So … wunderbar!

Der Krankenwagen traf ein. Max vernahm knappe Kommandos und Türenschlagen von draußen. Kurz darauf betrat der Notarzt mit dem Rettungsteam das Lokal.

Franz, der inzwischen aus Monikas Wohnung zurückgekehrt war, zog Max beiseite. »Lass sie machen«, beruhigte er ihn mit rauer Stimme. »Sie wissen, was sie tun.«

Max blickte ihm daraufhin, schlagartig seltsam ruhig geworden, in die Augen. »Wenn ich die Drecksau erwische, Franzi, die mach ich kalt. Das schwöre ich dir«, stieß er zwischen seinen fest zusammengepressten Lippen hervor. Dann brach er zusammen.

»Hey, Doc, wir haben hier noch jemanden!«, rief Franz hektisch. Verflucht noch mal. Der reine Wahnsinn hier, dachte er.

5

»Was ist mit ihr, Herr Doktor Strohmeier?«

Franz stand vor dem kurzgeschorenen schlanken Oberarzt im weißen Kittel, der Monika gerade über eine Stunde lang in der Notaufnahme behandelt hatte.

»Sie hat ein Schädel-Hirn-Trauma«, erwiderte der Heilkundige mit ernster Miene. »Jemand muss ihr mit einem stumpfen Gegenstand auf den Kopf geschlagen haben.«

»Ein Holzprügel?«

»Eher nicht. Keine Holz- oder Glassplitter in der Wunde. Es könnte ein Totschläger gewesen sein. Oder eine Eisenstange.«

»Überlebt sie es?«

»Wissen wir noch nicht genau. Wir müssen weitere Untersuchungen machen. Auf jeden Fall kann es dauern, bis sie wieder aus dem Koma erwacht.« Strohmeier hob bedauernd die sorgfältig manikürten Hände.

»Wie lange?«

»Das kann ich Ihnen nicht sagen, Herr Wurmdobler. Ein paar Tage … oder Monate … oder eben gar nicht, wenn es ganz schlecht läuft.«

»Aha. Das klingt gar nicht gut, verdammt noch mal. Und Max? Ich meine, Herr Raintaler?« Franz blickte besorgt zu dem um gut zwei Köpfe größeren Strohmeier auf.

»Der ist schon wieder fit. Nur eine vorübergehende Kreislaufschwäche. Nichts Ernstes. Schätzungsweise hat er sich einfach zu sehr aufgeregt.«

»Na Gott sei Dank. Wenigstens Max ist okay.« Franz atmete erleichtert auf. »Kann ich zu ihm?«

»Sie finden ihn drüben auf der Intensivstation. Er wollte es sich nicht nehmen lassen, seine Freundin zu besuchen.«

»Darf man denn schon zu ihr rein?« Franz zog erstaunt die Brauen hoch.

»Prinzipiell ja. Heute dürfen Sie sie allerdings nur durch die Scheibe sehen. Morgen kann man dann wohl schon zu ihr hinein. Auf Wiederschauen, Herr Wurmdobler.« Strohmeier reichte ihm mit einem aufmunternden Lächeln die Hand.

»Auf Wiederschauen«, entgegnete ihm Franz nachdenklich.

Als er auf der Intensivstation ankam, sah er Max mit hängenden Schultern vor der Scheibe des Überwachungsraumes stehen. Er stellte sich neben ihn und tätschelte ihm freundschaftlich den Rücken. »Schöne Scheiße, was?«

»Das kannst du laut sagen, Franzi«, erwiderte Max tonlos. »Ich weiß nicht, was ich tun soll, wenn sie nicht mehr aufwacht.« Die Tränen stiegen ihm in die Augen.

»Sie wacht schon wieder auf. Ganz bestimmt. Die Moni ist ein zähes Luder.« Franz stieß ihm aufmunternd den Ellenbogen in die Seite.

»Hoffentlich hast du recht.« Max war weniger optimistisch als sein Freund. Der Oberarzt hatte gemeint, dass es gar nicht sicher sei, dass Monika ihre schweren Verletzungen überlebte. Gut, man hatte sie einigermaßen stabilisiert. Aber über den Berg war sie noch längst nicht. »Ich bleib auf jeden Fall hier bei ihr.«

»Meinst du nicht, es wäre gescheiter, wenn du dich selbst ein bisserl hinlegst und ausruhst?«

»Nein.«

»Doch, Herr Raintaler. Gehen Sie lieber nach Hause und sehen Sie zu, dass sie wieder vollständig auf die Beine kommen«, meinte die kräftig gebaute Oberschwester, die gerade bei ihnen vorbeikam und ihr Gespräch offensichtlich mitgehört hatte. »Hier können Sie im Moment sowieso nichts tun.«

»Aber was ist, wenn sie aufwacht?«, protestierte Max. »Da möchte ich auf jeden Fall dabei sein.«

»Wir rufen Sie an, sobald es die geringste Veränderung gibt. In Ordnung? Wir haben ja Ihre Handynummer.«

Sie bedachte ihn mit einem anteilnehmenden Lächeln, wie es nur Mütter, Großmütter und Krankenschwestern zustande bringen. Und Kneipenwirtinnen wie Monika natürlich.

»Wirklich? Sie rufen sofort an?«

»Wirklich. Ich verspreche es Ihnen hiermit hoch und heilig.«

Sie hob weiter lächelnd die Hand zum Schwur.

»Na gut, Schwester. Ist vielleicht wirklich das Beste. Gehen wir, Franzi?«

»Ja.«

Franz drehte sich um und bewegte sich mit langsamen Schritten auf den Ausgang zu.

Max warf einen letzten besorgten Blick auf Monika, die überall in und an ihrem Körper Schläuche und Elektroden stecken und kleben hatte. Dann drehte er sich, erneut mit den Tränen kämpfend, ebenfalls um und folgte seinem Freund. Lieber Gott, wenn es dich wirklich gibt, was ich bisher zugegebenermaßen immer bezweifelt habe, bitte hol sie noch nicht zu dir. Ich wollte sie doch auf jeden Fall noch heiraten. Und alt werden wollte ich auch mit ihr. Weil, … na, weil ich sie doch so sehr … liebe.

Als sie unten vor dem Harlachinger Krankenhaus auf der Straße standen, bot Franz seinem völlig geknickten Freund an, ihn nach Hause zu fahren. Max lehnte jedoch dankend ab. Er wollte sich lieber zu Fuß auf den Weg machen. Die frische Luft würde ihm gut tun, meinte er.

»Habt ihr Spuren gefunden?«, fragte er vorher noch.

»Die Spurensicherung hat die Ergebnisse frühestens

morgen. Solltest du eigentlich noch wissen. Sobald ich etwas Konkretes weiß, erfährst du es als Erster.«

»Habt ihr abgesperrt?«

»Keine Ahnung. Die Kollegen werden halt versiegelt haben, wie üblich.«

»Und wenn noch mal jemand einbricht und alles rausklaut?«

»Dann ruf ich halt gleich noch mal an, dass sich eine Streife darum kümmert.«

»Lass bleiben. Ich mach das schon.«

Max winkte ab.

»Wie du willst.«

»Ich will. Alles klar. Danke für alles, Franzi.«

Es war kurz nach acht. Der Weg entlang des Isarhochufers war bereits beleuchtet. Max schlenderte langsam unter dem gelblichen Licht der Laternen dahin. Die Blüten an den Ästen der Bäume und Sträucher verströmten ihren betäubenden Duft. Spatzen, Amseln und Finken zwitscherten fröhlich ihre Gutenachtlieder. Die Natur lebte auf, strebte dem neuen Sommer entgegen. Monika lag im Koma. Die reine Ironie, schoss es ihm kurz durch den Kopf. Er hatte es nicht eilig, ohne sie nach Hause zu kommen. Noch dazu mit dem Wissen, dass sie vielleicht bald nicht mehr da wäre. Nicht auszumalen, dass sie nicht mehr ans Telefon gehen würde, wenn er anrief, um sich bei ihr zum Frühstück einzuladen oder mit ihr essen zu gehen. Was wäre sein Leben noch wert, wenn er ihr Lächeln nicht mehr sehen würde? Dieses unglaubliche Lächeln, das ihn von Anfang an verzaubert hatte. Was, wenn er sie nicht mehr küssen und lieben konnte? Wenn er nie mehr mit ihr streiten und sich versöhnen würde? Wenn sie nicht mehr da wäre, um ihn zu trösten oder aufzumuntern, sobald er den Mut verlor?

Lieber Gott, begann er zum dritten Mal an diesem Tag mit der, ihm bisher nur vom Hörensagen her bekannten, höchsten Macht zu reden. Ich schwöre dir, wenn sie überlebt, tue ich nichts Unrechtes mehr. Ich höre auf zu trinken, ich gehe nie wieder fremd, und wenn du darauf bestehst, gehe ich sogar einmal im Monat in die Kirche und höre mir den langweiligen Schmarrn an, den dein Bodenpersonal hier unten verzapft. Aber wenn sie stirbt, knöpfe ich mir das Schwein, das sie auf dem Gewissen hat, höchstpersönlich vor. Bis zum bitteren Ende. Versprochen. Dann liegt es an dir, wie viel Gnade du ihm und mir gewährst.

Unendliche Wut und Rachlust mischten sich in seine Angst und Besorgnis. Tausend Dinge gleichzeitig schwirrten ihm im Kopf herum. Zunächst einmal musste er den Kerl erwischen, der Monika das angetan hatte. Dann war da ihre Kneipe. Er musste später auf jeden Fall dafür sorgen, dass die Tür anständig repariert wurde und verschlossen blieb, bis sie zurückkam. Provisorisch tat er das gleich sowieso noch selbst. Er würde ein paar dicke Bretter aus ihrem Keller davor nageln, damit niemand hineinkonnte. Verdammt, fiel es ihm ein. Was wäre denn, wenn sie mit einem bleibenden Hirnschaden wieder aufwachte? Dann würde er sie auf jeden Fall heiraten und bis an ihr Lebensende für sie da sein. Das war das Mindeste, was er tun konnte.

Er meinte, rechts hinter sich einen vorbeihuschenden Schatten wahrzunehmen. Ohne sich etwas anmerken zu lassen, ging er weiter. Nach 20 Metern tat er so, als müsste er pinkeln, und trat hinter einen Baum. Er wartete.

Nichts. Anscheinend hatte er sich geirrt. Wurde er paranoid vom Schock? Herrschaftszeiten, den tödlichen Unfall bei Machtlfing hatte er ja auch noch aufzuklären, und um diese Ufosache sollte er sich für Franz kümmern. Es gibt viel zu tun, Raintaler. Fang schon mal an. Er grinste humorlos.

Zwei Stunden später kam er zu Hause an. Vorher hatte er im Schankraum aufgeräumt und die Tür zu Monikas Kneipe einigermaßen einbruchssicher verrammelt. Auch ein Schild, auf dem ›Wegen Krankheit bis auf Weiteres geschlossen‹ stand, hatte er daran gehängt. Er würde später trotzdem noch mal hingehen müssen. Die Bierfässer mussten zum Teil gänzlich geleert und verstaut werden, Monikas Post musste abgeholt werden. Überhaupt musste jemand nach dem Rechten sehen. Wenn nicht er, wer dann? Jetzt warf er seine Wohnungstür hinter sich zu, streifte seine Cowboystiefel ab, holte sich in der Küche ein Bier aus dem Kühlschrank und setzte sich damit auf seine gemütliche rote Wohnzimmercouch. Dort stierte er erst einmal, immer noch wie in Trance, den Fußboden an.

Als er nach einer Weile wieder aufblickte, bemerkte er, dass der Anrufbeantworter seiner Telefonstation, die auf Tante Isoldes altem Sideboard stand, blinkte. Er hatte die kleine aber gemütliche Wohnung vor drei Jahren von Isolde geerbt und ein paar ihrer alten Möbel behalten. Das Sideboard gehörte neben dem wertvollen alten Bauernschrank und seiner saugemütlichen Couch dazu. Hatte das Krankenhaus etwa schon angerufen? War etwas mit Monika? Er schnellte empor, machte zwei schnelle Schritte und drückte den Wiedergabeknopf.

»Lass die Finger von Bruno und den UFOs. Sonst bist du der Nächste, der im Krankenhaus liegt oder auf dem

Friedhof.« Die Stimme krächzte bis zur Unkenntlichkeit entstellt. Man hätte nicht sagen können, ob sie einer Frau oder einem Mann gehörte.

Max ließ die Botschaft erneut abspielen. Mir soll's recht sein. Komm und hol mich doch. Dann kann ich dich fertigmachen, du mieses Schwein, dachte er. Natürlich würde er weitermachen. Jetzt erst recht. Wegen der Stimme sollten Franz und seine Jungs auf dem Revier schauen, was sie herausfanden. Die hatten Spezialisten, die sich darauf verstanden, die Störgeräusche herauszufiltern. Dann waren sie schon mal einen großen Schritt weiter. Soviel war sicher. Moment mal. Hatte das Ganze am Ende auch etwas mit dem Anschlag auf Monika zu tun? Die Stimme sagte doch, dass Max ebenfalls im Krankenhaus oder auf dem Friedhof liegen würde, wenn er weiter wegen Bruno und den UFOs nachforschte. Auf dem Friedhof wie Höfner. Klar. Und im Krankenhaus wie … wie Monika?

Aber wer außer Franz und dem jungen Starnberger Polizisten am Telefon wusste denn überhaupt davon, dass Max den sogenannten Unfall auf der Landstraße untersuchte? Franz' Kollegen. Logisch. Aber wer noch? Charlie, richtig. Hatte er etwas über die Angelegenheit herausposaunt? Oder sich bei aller Welt in Max' Namen nach dem Machtlfinger Ufo oder Brunos Unfall erkundigt? Und jetzt wollten die Typen, bei denen er angeklopft hatte, Max zwingen, nicht weiter nachzuforschen, und hatten aus diesem Grund Monika überfallen und die Drohnachricht auf dem Anrufbeantworter hinterlassen? Alles möglich. Oder hatte diese Judy etwas damit zu tun? Sie hatte doch gestern beim Frühstück auf Josefs Terrasse genau wie Monika und Sandra mitbekommen, wie er sich mit Franz über die Sache am Telefon unterhalten hatte. Aber die konnte doch gar kein Deutsch.

Raintaler, du bescheuerter Volldepp, fiel es ihm auf einmal wie Schuppen von den Augen. Alles totaler Schmarrn. Reiner Blödsinn. Du hast doch heute Morgen selbst groß und breit ins Internet geschrieben, dass du Zeugen für Brunos Unfall auf der Landstraße und Franz' UFO-Sichtung beim Maifeuer suchst. In diesen beiden Blogs. Hast dich damit doch ganz allein selbst in Gefahr gebracht. Für den Überfall auf Moni bist du somit auch verantwortlich. Von dir zu ihr ist es für einen Außenstehenden lediglich ein kleiner Schritt. Das findet doch jeder heraus, dass ihr zusammen seid. Verdammte Scheiße. Wie willst du dir das eigentlich jemals selbst verzeihen? Wie kann man bloß so saudumm sein und als Ermittler seine private E-Mail Adresse, seinen Namen und damit, über ein paar kleine Umwege, auch noch seine wirkliche Adresse brettelbreit im Internet hinterlassen? Bist du dir sicher, dass du mal bei der Kripo warst, du hirnloser Depp? Am Ende stirbt deine Freundin wegen deinem eigenen Leichtsinn.

Wollte Charlie ihm nicht eine Nachricht per E-Mail hinterlassen? Er setzte sich, immer noch über sich selbst fluchend, an seinen PC, schaltete ihn ein und wartete ungeduldig darauf, dass er hochfuhr.

Als der Desktop auf dem Bildschirm erschien, ging er zunächst kurz ins Internet, um nachzusehen, ob jemand auf den beiden Blogs eine Antwort für ihn hinterlassen hatte. Dann hätte sich das Risiko, das er eingegangen war, zumindest irgendwie gelohnt. Obwohl ihm klar war, dass es Monika deswegen auch nicht besser gehen würde. Er begann zu lesen.

›Hallo Max, beste Grüße aus dem Inneren der Erde. Wir haben hier schon lange keine Flugscheiben mehr gesehen. Ich habe auch mit dem versunkenen Atlantis telefoniert. Dort hat man ebenfalls keine Flugscheiben gesehen. Dafür leben da aber eine Menge Außerirdische mit den Menschen zusammen. Von einem Unfall weiß ich leider auch nichts. Bei uns hier unten ist alles seit Jahrtausenden friedlich. Von unseren verbündeten Mondbasen wird nichts anderes berichtet. Hoffe, ich konnte dir helfen. Untererdenkind.‹

›Lieber Max, ich lebe bei Starnberg und habe viele Gleichgesinnte. Wir alle sind über mich mit den Besuchern von außerhalb telepathisch verbunden (ich bin gleichzeitig auch Channeling-Medium mit intensivem Kontakt zu den aufgestiegenen Meistern und Engeln), haben aber keine Meldung über ein UFO bei Machtlfing oder einen Unfall auf der Landstraße übermittelt bekommen. Liebe Frühlingsgrüße von Engelsgleich.‹

»Geehrter Maximilian. Wir Deutschen hier unten am Südpol drücken Ihnen die Daumen, dass Sie alles über diese Flugscheibe (es war keiner unserer Leute) und den Unfall herausfinden. Mit deutschem Gruß, Ihr stets ergebener Bereichsleiter Süd, Heinrich von Bergen aus Neuschwabenland.‹

›Herr Raintaler, bitte melden Sie sich persönlich per E-Mail bei mir. Ich weiß etwas. Gruß, Reinhold.‹

»Das mit diesem Reinhold klingt auf jeden Fall schon mal besser als der ganze andere Schmarrn«, murmelte Max halblaut. »Aber schauen wir erst mal noch weiter.«

›Hallo Max, die Welt wird bald übernommen werden. Nur soviel für dich zur persönlichen Information: Alle Menschen mit ›M‹ als erstem Buchstaben ihres Vornamens werden dabei in wichtigen Schlüsselpositionen eingesetzt werden. Du als Maximilian gehörst zum engsten Umkreis der neuen Weltregierung. Wir freuen uns alle auf dich. Alles Liebe und Frieden, Mondkind.‹

»Das ist doch alles nicht zu fassen!«, stieß er genervt hervor. »Und ich dachte bisher immer, ich hätte als Polizist den vollständigen traurigen Wahnsinn auf dieser Welt längst gesehen. So kann man sich täuschen.«

Er schrieb dem geheimnisvollen Reinhold, dass er gerne mit ihm ins Gespräch kommen würde. Dann las er Charlies E-Mail. Darin stand, dass jemand eine E-Mail bezüglich UFOs und Außerirdischen in Machtlfing an die Starnberger Polizeiinspektion geschrieben hatte. Der Informant wüsste genau, was es mit den Fremden auf sich hätte. Sein Name war Bruno Höfner.

»Na so was. Wenn das kein merkwürdiger Zufall ist«, platzte es aus Max heraus. Da werde ich morgen gleich mal zu Höfners Witwe rausfahren und nachbohren, dachte er weiter. Aber vorher geht es zu Moni. Hoffentlich wird sie wieder. Sonst gebe ich mir die Kugel.

Aber konnte er es überhaupt wagen, weiter zu ermitteln? Oder würden die Kerle Monika dann im Krankenhaus aufsuchen und endgültig fertigmachen? Was sie mit ihm vorhatten, war ihm egal. Er würde sich seiner Haut schon zu wehren wissen. Aber sie musste er auf jeden Fall schützen.

6

Max wachte am nächsten Morgen eine Minute, bevor der Wecker klingelte, auf. Er hatte sich das in seinen langen Dienstjahren angewöhnt, weil er das nervige Geräusch, das einen zum Aufstehen zwang, nicht ertragen konnte. Zwar musste er so noch früher aus dem Bett. Aber das war ihm egal. Hauptsache, kein Weckerklingeln.

Nachdem er geduscht sowie seine Bluejeans und das schwarze T-Shirt mit der Aufschrift ›Bulle‹ angezogen hatte, checkte er kurz seine E-Mails. Er sah, dass sich dieser Reinhold noch nicht und auch sonst niemand mehr gemeldet hatte. Dann steckte er das Band seines altmodischen Anrufbeantworters in einen Umschlag, adressierte ihn an Franz' Büro, rief ein Taxi, sperrte seine Wohnung ab und lief die Treppen hinunter. Nachdem er dem Taxifahrer 20 Euro und den Umschlag mit der Bitte um sofortige Erledigung gegeben hatte, stieg er in seinen altersschwachen R4 und fuhr auf dem schnellsten Weg ins Harlachinger Krankenhaus.

Die Sonne strahlte, wie schon die gesamten letzten Tage über, vom nahezu wolkenlosen Himmel. Zu heiß war es nicht. Eher frühlingshaft angenehm, sodass er mit seiner leichten schwarzen Lederjacke rein klamottentechnisch gut bedient war. Bei Antons Imbisstube legte er einen kleinen Zwischenstopp ein. Der kleine dunkelbraune Holzbau lag direkt bei ihm zu Hause ums Eck, und die Bratwürste schmeckten nirgends in der Stadt so gut wie hier. Man roch ihren köstlichen Duft schon von Weitem. Mindestens dreimal in der Woche kam Max vorbei und holte sich eine Rote mit viel Senf. So auch am heutigen Dienstag. Nachdem er sein Frühstück rasch beendet hatte, warf er seine gebrauchte Serviette und den senfverschmierten kleinen Pappteller in den überquellenden Mülleimer neben dem Verkaufsfenster. Es konnte endgültig losgehen.

Auf der Intensivstation äußerte sich der gerade zufällig anwesende Doktor Strohmeier zufrieden über Monikas Zustand. Den Umständen entsprechend ginge es ihr erstaunlich gut. Sie habe sich weiter stabilisiert, und wenn er wolle, könne sich Max gerne eine Weile lang zu ihr hineinsetzen. Manchen Komapatienten würde es helfen aufzuwachen, wenn man ihnen etwas erzählte oder so tat, als würde man sich mit ihnen unterhalten.

»Danke, Herr Doktor«, erwiderte Max.

Er nahm das Angebot unverzüglich an. Natürlich standen ihm dabei wie gestern Tränen der Angst und Trauer in den Augen. Dazu kamen nun aber auch noch die quälenden Selbstvorwürfe, die er sich nach wie vor wegen seines leichtsinnigen Aufrufs im Internet machte. Dabei hatte ihm seine Anfrage nicht einmal weitergeholfen. Ob dieser geheimnisvolle Reinhold jemals zurückschreiben würde, wusste niemand, und die anderen hirnverbrannten Kommentare konnte man sich sowieso hinters Knie binden.

»Servus, Moni. Ich bin's«, begann er leise, sobald er auf dem Stuhl saß, den er sich vom Tisch an ihrem Fußende neben ihr Bett gezogen hatte. »Der Max … dein Max. Du weißt schon. Tja … Jetzt sitze ich hier und du liegst da. Scheiße.«

Er atmete lang aus. Dann ergriff ihre Hand und streichelte sie vorsichtig.

»Ist gar nicht so einfach, mit jemandem zu reden, von dem man nicht weiß, ob er zuhört oder nicht.« Er räusperte sich, um den Frosch aus seinem Hals zu bekommen, der es sich dort, seit er das Zimmer betreten hatte, bequem gemacht hatte. Dann fuhr er etwas lauter fort. »Wo fange ich bloß an? Weißt du eigentlich noch, wie wir zusammen in England waren? Damals vor 20 Jahren, als wir uns noch gar nicht so lange kannten. Mann, war das kalt dort. Na ja. Kein Wunder, war auch Januar.«

Er lachte hölzern.

»Du wolltest unbedingt ins Meer. Erinnerst du dich noch? Ein Urlaub, ohne zu baden, hast du gesagt, wäre kein Urlaub. Ich habe dich für verrückt erklärt, als du gleich darauf deine Sachen ausgezogen hast und tatsächlich in das vier Grad kalte Wasser gesprungen bist. Du bist nicht lange geschwommen, aber du warst drin. Wenn du wüsstest, wie sehr ich dich dafür insgeheim bewundert habe. Auch wenn ich laut herumgetönt habe, dass du für mich einen sauberen Vogel hättest.«

Sein Blick blieb an ihrem verbundenen Kopf hängen, an ihren geschlossenen Augen, an ihrem selbst jetzt noch wunderschönen Mund und dann an den vielen Schläuchen an ihrem Körper. Für einen Moment lang hörte er nichts außer den Kontrolltönen der Instrumente, an die sie angeschlossen war. Er beugte sich behutsam zu ihr hinunter, um ihr ein Küsschen zu geben. Sie roch nach Medizin, nicht nach Monika wie sonst.

»Meine tapfere Schönheit nannte ich dich damals nur noch«, fuhr er fort. »Und ich muss heute immer noch jedes Mal grinsen, wenn ich an die Szene danach denke. Als dieser englische Bobby auf dem alten Fahrrad angefahren kam und mich fragte, ob er mir helfen könne. Seine Frau habe gelegentlich auch wunderliche Anwandlungen. Ihr helfe meistens ein ordentlicher Schluck Whiskey, um wieder normal zu werden. Ein merkwürdiger Vogel war das.«

Er stand auf und begann, mit staksigen Schritten im Zimmer hin und her zu wandern, während er weitersprach. Das Klacken der Absätze seiner Cowboystiefel schlug den Rhythmus dazu.

»Hast du gewusst, dass ich dich nie vom Herzen her betrogen habe, wenn ich einmal einen … na ja, du weißt schon … so einen kleinen Seitensprung gemacht habe. Das war immer nur Sex. Und manchmal so eine … kindische Verliebtheit, die ich mir dabei eingeredet hatte. Aber nie was Ernstes.« Verdammte Scheiße, Raintaler. Was erzählst du da eigentlich für einen Schrott. Stell dir bloß mal vor, sie wacht zufällig auf und kriegt das mit. Dann bist du doch voll am Arsch mit solchen Geständnissen. Da kann sie doch jederzeit zu Recht endgültig mit dir Schluss machen. Also reiß dich gefälligst zusammen. Es geht hier nicht um dein persönliches Seelenheil, sondern darum, dass sie wieder aufwacht und gesund wird, du Depp.

»Dir haben diese grünen Hügel an der Küste bei St. Ives so gut gefallen. Weißt du das noch? Wie im Fernsehen, hast du mit strahlenden Augen gesagt. Genauso hättest du dir das immer vorgestellt. Ich kann mich daran erinnern, als wäre es erst gestern gewesen. Merkwürdig. Stimmt's?«

Er sah sie an, als erwarte er eine Antwort von ihr. Bis ihm wieder einfiel, dass das im Moment nicht möglich war. Sie muss einfach wieder werden, dachte er. Genauso wie sie vorher war. Heiße Tränen liefen ihm über die Wangen.

»Übrigens, den Kerl, der dir das hier angetan hat, erwische ich. Das schwöre ich dir. Den mach ich fertig.«

Nachdem er eine gute Stunde lang mit ihr gesprochen hatte, pflügte Oberschwester Hildegard zur Tür herein.

»Es reicht für heute, Herr Raintaler«, meinte sie. »Kommen Sie morgen wieder. Bestimmt geht es ihr dann noch etwas besser als heute. Sie macht gute Fortschritte, sagen die Ärzte.«

»Meinen Sie, Schwester Hildegard? Oder wollen Sie mich nur trösten?« Er beäugte sie misstrauisch.

»Ja, das meine ich. Kommen Sie. Es wird alles wieder gut. Ganz bestimmt.« Sie nahm ihn sanft am Oberarm und führte ihn hinaus.

»Servus, Moni!«, rief er seiner Freundin über die Schulter hinweg zu. »Ich komme morgen wieder. Vielleicht kann ich dir dann schon etwas über den Fall erzählen.« Er streifte sie mit einem letzten Blick. Moment mal. Hatte sich da gerade ihr kleiner Finger bewegt? Er drehte sich zu ihr um und sah genauer hin. Nein. Da war nichts. Gar nichts. Leider. Gemeinsam mit der netten Oberschwester verließ er das Zimmer.

Während der Fahrt nach Machtlfing telefonierte er mit Franz. Er berichtete ihm von der Nachricht auf seinem Anrufbeantworter und von seiner Vermutung, dass die diesbezüglichen Recherchen und das Attentat auf Monika zusammenhingen, fragte erneut nach den Ergebnissen der Spurensicherung des Einbruchs bei Monika und bat ihn, ihr Krankenzimmer bewachen zu lassen. Sonst wäre das Risiko für weitere Ermittlungen zu hoch. Franz versprach ihm, sofort einen Beamten hinzuschicken, der ihre Tür nicht mehr aus den Augen lassen würde. Des Weiteren hätten seine Leute eine Spritze, wie sie Fixer normalerweise benutzten, in Monikas kleiner Kneipe gefunden und außerdem jede Menge Fingerabdrücke. Aber man könne sie bisher noch niemandem zuordnen.

»Sucht ihr parallel im Drogenmilieu, während ich mich weiter um die UFO-Sache und Höfner kümmere?«, erkundigte sich Max zum Schluss noch.

»Logisch, Max. Dein Band ist übrigens bereits bei unseren Tonspezialisten.«

»Sehr gut.«

»Ich telefoniere gleich auch mal mit den Fürstenfeldbrucker Kollegen. Wenn es wirklich einen Zusammenhang zwischen dem Anschlag auf Moni und dem Unfall von diesem Bruno Höfner gibt, gehört der Fall eindeutig in unseren Zuständigkeitsbereich.«

»Alles klar. Servus, Franzi.« Max öffnete weit das Fahrerfenster. Im Moment konnte er gar nicht genug frische Luft bekommen.

Als er seinen R4 in Josefs Auffahrt abstellte, ging es ihm schon wieder etwas besser. Rein körperlich zumindest. Seine Seele litt nach wie vor unter Höllenqualen.

»Schön, dass du vorbeischaust«, begrüßte ihn Josef fröhlich, sobald er ihm auf sein Klingeln hin die Tür geöffnet hatte. »So schnell habe ich gar nicht wieder mit einem von euch gerechnet.«

»Ich wollte auch nicht so schnell wiederkommen. Aber es sind schreckliche Dinge passiert, Josef. Dinge, die nach Aufklärung verlangen.«

Max bekam schon wieder feuchte Augen. Hör halt endlich mal mit deiner Heulerei auf, du alte Memme, tadelte er sich innerlich. Das geht langsam echt auf keine Kuhhaut mehr. Soll die ganze Welt denken, dass du ein beschissenes Weichei bist?

»Komm schon rein«, forderte ihn Josef auf. »Wir setzen uns erst mal, trinken einen schönen Schluck und dann erzählst du mir, was passiert ist. Wozu sind Freunde schließlich da. Okay?«

»Okay, Josef.«

Nachdem sie beide einen doppelten Obstler vom Bauern aus der Gegend gekippt hatten, beruhigte sich Max wieder etwas. Damit das auch so bliebe, schenkte Josef ihnen gleich noch einmal nach. Dann setzten sie sich auf die beigefarbene Couchgarnitur im hinteren Teil des geräumigen Wohnzimmers.

»Also von vorn. Was ist los?«, erkundigte sich Josef anschließend.

»Moni hat's erwischt.«

Max stierte auf den gepflegten Eichenparkettboden zu ihren Füßen.

»Wie erwischt? Hat sie sich in einen anderen verknallt?« Josef zog erstaunt die Brauen hoch.

Wie konnte es bloß sein, dass es immer nur Ärger mit den Frauen gab? Judy hatte sich seit dem Frühstück am Sonntag auch nicht mehr bei ihm blicken lassen. Aber Monika und ein anderer? Geh weiter. Das war doch bloß ein Riesenschmarrn und sonst nichts. Sie liebte ihren Max. Auch wenn sie manchmal einen anderen Eindruck hinterließ, mit ihrem übertriebenen Getue um ihre heißgeliebte persönliche Freiheit und so weiter. Ein Relikt aus längst vergangenen Hippiezeiten, das aber, zumindest Josefs Meinung nach, in Zusammenhang mit ihrer wirklichen Lebensweise kein überzeugendes Ganzes ergab. Da war zu viel angelesene und abgehobene Theorie für jemanden dabei, der wie sie normalerweise mit beiden Beinen auf der Erde stand.

»Nein. Schmarrn. Jemand hat sie gestern … überfallen und niedergeschlagen. In ihrer Kneipe.«

»Ach du heilige Scheiße. Und wie geht es ihr?«

»Sie liegt im Koma.«

»Was? Echt?« Josef zuckte erschrocken zusammen.

»Ja. Leider.«

»Und? Wird sie wieder?«

»Kann man nicht genau sagen. Aber die Ärzte meinen, sie macht Fortschritte.«

»Verdammt, Max. Das sind echt beschissene Nachrichten. Und was machen wir jetzt?«

Josef nahm sich eine Havanna aus der kleinen Holzkiste auf seinem Couchtisch und steckte sie mit zitternden Händen an. Eigentlich hatte er das Rauchen vor drei Tagen aufgegeben. Aber nach so einer Schreckensnachricht konnte er offenbar nicht anders, als spontan mit dem Aufhören aufzuhören.

»Was du machst, weiß ich nicht. Aber ich werde den Kerl suchen, der ihr das angetan hat. Das Schlimmste ist, ich bin wahrscheinlich auch schuld an der ganzen Sache.« Max kippte sich seinen zweiten Doppelten hinter die Binde.

»Wie das denn?«

»Ich hab im Internet aufgerufen, sich bei mir wegen des UFOs und dem Unfall von diesem Höfner in der Walpurgisnacht zu melden.«

»Na und? Deswegen erschlägt man doch nicht gleich die Freundin des Aufrufenden.« Josef schüttelte verständnislos den Kopf. Die hochgewirbelten Enden seines mächtigen schwarzen Schnurrbartes zitterten dabei wie kleine Autoantennen im Fahrtwind.

»Wenn er damit jemandem zu sehr auf die Pelle gerückt ist, eben doch«, erklärte ihm Max mit rauer Stimme. »Jemand hat mir sogar eine Drohung auf dem Anrufbeantworter hinterlassen. Wenn ich nicht aufhören würde, in der Sache mit Bruno Höfner und den UFOs nachzuforschen, wäre ich der Nächste, der im Krankenhaus oder auf dem Friedhof liegt.«

»Du hast also mit deinem Aufruf in ein Wespennest gestochen.«

»Kann man so sagen. Ist diese Judy eigentlich noch bei dir?«

»Nein, leider nicht. Seit unserem gemeinsamen Sonntagsfrühstück vorgestern hat sie sich nicht mehr blicken lassen.«

»So ein Mist.«

»Finde ich auch. Aber wieso sagst *du* das?«

Josef wartete neugierig auf eine Antwort. Er sog ein paar Mal kräftig an seiner frisch angezündeten Zigarre, damit ihre Glut die notwendige Hitze entwickelte.

»Sie hat doch mitbekommen, wie ich mit Franzi wegen Höfner und den sogenannten Außerirdischen telefoniert habe.«

»Und du meinst …«

»Genau. Ich meine, dass sie etwas mit der Sache zu tun haben könnte. Unwahrscheinlich, aber möglich.«

»Na ja … jetzt, wo du es sagst.«

Josef stand auf und schenkte ihnen den dritten Doppelten ein, weil es eh schon egal war.

»Sie ist aber nur eine von vielen … Herrje. Hoffentlich wird Moni wieder.« Max blickte mit versteinerter Miene zum Fenster hinaus. Einen Fall zu lösen war eine Sache.

Immer wieder spannend und aufregend zugleich. Aber wenn die eigene Freundin hineingezogen und lebensgefährlich verletzt wurde, war das alles überhaupt nicht mehr lustig.

»Was ist eigentlich mit Höfners Witwe? Vielleicht weiß die ja was.«

Josef war Max bereits bei seinem letzten Fall mit Rat und Tat zur Seite gestanden und hatte sich dabei gar nicht so dumm angestellt. Auch jetzt traf er mit seinen Äußerungen immer wieder ins Schwarze. Warum nehme ich ihn eigentlich nicht wieder mit ins Boot?, dachte Max. Es ist gar nicht schlecht, wenn man die Fakten noch mal gezielt mit jemandem durchsprechen kann. Franzi hat ja angeblich keine Zeit.

»Wegen ihr bin ich eigentlich da. Ich wollte nachher mal bei ihr klingeln. Weißt du, wo sie wohnt?«

»Die Höfners haben eine kleine Pension in Machtlfing. Sie verkauft dort schon immer auch Heilsteine, Räucherstäbchen und Bücher über Wiedergeburt und solche Sachen. Esoterik. Du weißt schon.«

»Aha. Da schau her. Hatte sie es auch mit den Außerirdischen wie ihr Mann?«

»Keine Ahnung.« Josef zuckte die Achseln.

»Vielleicht wusste dieser Bruno Höfner wirklich etwas über unser Ufo. Irgendetwas, das sonst niemand wissen durfte. Und vielleicht war unser Ufo gar nicht außerirdisch. Sondern von hier.«

»Von hier?« Josef setzte sich wieder zu ihm. Mit bis an den Rand gefüllten Gläsern.

»Ja. Eine geheime neuentwickelte Militärdrohne zum Beispiel.«

»Ich weiß nicht …«

Sie tranken. Ex und hopp.

»Egal. Dann halt keine Drohne. Stell dir vor, Höfner hat aber auf jeden Fall sogar der Starnberger Polizei eine E-Mail wegen der Außerirdischen geschickt. Wollte dazu aussagen.«

»Und hat er?« Josef schaute Max neugierig an, während er abwechselnd die Enden seines Schnurrbartes zwirbelte.

»Nein, die auf dem Revier haben ihn als Spinner abgetan.«

»Was mich, ehrlich gesagt, nicht besonders wundert. Ich meine, Militärdrohnen schön und gut. Aber Außerirdische in Machtlfing? Mal ehrlich, Max. Geht's noch?«

Der Wahlmachtlfinger aus München-Thalkirchen, der dem Gedanken an die Existenz von extraterrestrischem Leben irgendwo weit draußen im All durchaus zugetan war, tippte sich mit dem Zeigefinger an die Stirn. Andere Lebensformen schön und gut. Aber dass sie auf der Erde gelandet waren? Ausgerechnet im Fünfseenland? Nix als Schmarrn. Wie Monika war sich Josef sicher, dass man das, wenn es tatsächlich so wäre, längst in der Öffentlichkeit bemerkt hätte.

»Du hast ja recht. Aber irgendwas stinkt an der Sache. Wieso droht man mir denn sonst mit dem Friedhof?« Sein Riecher hatte Max in den langen Berufsjahren bei der Münchner Kripo nur selten getäuscht.

»Du meinst also tatsächlich, er wurde wegen seinem Wissen über Außerirdische und ihre sogenannten UFOs umgebracht? Es war gar kein Unfall?«

»Ich ziehe es langsam immer ernsthafter in Betracht. Ich weiß, es klingt total bescheuert. Aber es könnte doch so sein. Oder er hat wirklich ein militärisches Geheimnis aufgespürt. Unsere Geheimdienste haben die Lizenz zum Töten. Das ist bekannt.«

»Das ist aber auch sehr weit hergeholt.« Josef wollte nicht so recht an einen 007 in Machtlfing glauben. Ihm klang das zu sehr nach politischer Verschwörung. Andererseits hörte sich das mit den Aliens auch nicht viel besser an.

»Franzi hat gemeint, dass Höfner einen Genickbruch hätte, der sozusagen nur mit außerirdischer Gewalt herbeigeführt werden konnte.«

»Mit außerirdischer Gewalt? Ein kräftiger Erdenmensch könnte es nicht getan haben?«

»Doch. Wahrscheinlich auch. Denk ich zumindest.«

»Oder es war eben doch bloß ein Unfall mit Fahrerflucht.«

»Was natürlich nicht weniger schlimm wäre.« Max kratzte sich nachdenklich am Hinterkopf. »Sagen Sie mal, Doc Watson. Hätten Sie eventuell Lust, mir bei dieser Sache wieder zu assistieren?«, erkundigte er sich dann. »Ich könnte einen guten zweiten Mann gebrauchen.« Er musste dabei trotz all der Schrecken der letzten Tage grinsen.

»Aber gerne, Mr. Holmes. Ich habe Zeit und Geld.«

»Das wollte ich hören. Noch was ganz anderes, Josef. Hast du zufällig Franzis Handy beim Feuer gefunden?«

»Nein. Hat er es dort verloren?«

»Schaut so aus.«

»Typisch Franzi.«

»Genau.«

Sie tranken den vierten Doppelten. Dann legten sie sich draußen neben Josefs großzügigem Pool auf zwei Liegen und nickten ein.

7

Am späten Nachmittag machte sich Max ausgeschlafen und gut erholt in die Frühstückspension von Höfners Witwe auf. Er versprach seinem frischgebackenen Assistenten, der sein Auto wegen einem Schaden am Auspuff in die Werkstatt bringen musste, ihn später über alles zu informieren. Beim Abendessen, wozu sie sich wieder in Josefs Haus treffen wollten.

Er parkte seinen R4 in einer kleinen Seitenstraße am Ortseingang, wo er niemanden behinderte. Dann schlenderte er zu Fuß durch das menschenleere Machtlfing. Die Sonne stand bereits recht tief. Der Gesang der Vögel war zu hören. Und aus der Ferne, von den Feldern her, erklang der Motor eines Traktors. Sonst herrschte Stille.

Sein Handy spielte ›Das Lied vom Tod‹. Passt gerade perfekt hierher, dachte er flüchtig. Er ging ran.

»Servus, Max. Anneliese hier. Weißt du, wo Moni ist? Sie geht nicht ans Telefon und ans Handy auch nicht.«

Ach du Schande, Anneliese. Die hatte er ganz vergessen. Anneliese Rothmüller war Monikas beste Freundin. Glücklich geschieden und in Monikas Alter. Sie verbrachte gerade eine Wellnesswoche in Österreich. In so einem Luxushotel, wo man von vorne bis hinten verwöhnt wurde. Das Geld für Unternehmungen wie diese hatte sie bei der Trennung von ihrem Ex bekommen. Sehr viel Geld. Man war sogar geneigt zu sagen, unanständig viel Geld. Max hätte sie längst anrufen müssen.

»Servus, Annie. Ja, wie soll ich dir das jetzt sagen? Die

Moni …« Er zögerte. Sollte er ihr wirklich ihren schönen Urlaub verderben?

»Was ist mit der Moni? Ist ihr was passiert? Sag schon.« Anneliese klang besorgt. Sie schien zu spüren, dass etwas nicht in Ordnung war.

»Na ja. Die Moni … also, die Moni liegt im Krankenhaus.« Da hast du's, dachte er. Du wolltest es ja nicht anders, Frau Rothmüller.

»Was? Und wieso sagt mir niemand was?«

»Sie liegt dort erst seit gestern. Und ich hab, ehrlich gesagt, in der ganzen Hektik vergessen, dich anzurufen.«

»Und warum ruft sie nicht selbst an?«

»Kann sie nicht.« Ohne es zu wollen, liefen ihm erneut die Tränen über das Gesicht.

»Wieso nicht? Ist es was Schlimmes?«

»Kann man so sagen.«

»Herrgott, Max. Lass dir doch nicht jedes Wort einzeln aus der Nase ziehen. Erzähl schon, was passiert ist.« Annie klang jetzt nicht mehr nur besorgt, sondern zugleich auch noch aufgeregt.

»Also gut.« Er schniefte laut. »Sie wurde bei sich in der Kneipe überfallen und ist immer noch ohnmächtig.«

»Ohnmächtig? Du meinst, sie liegt … im Koma?«

»Genau. Sie hat eine schwere Kopfverletzung, meint der Arzt. Aber es schaut nicht hoffnungslos aus.«

Max merkte, dass es ihm unglaublich schwerfiel, über Monika zu reden. Seine Angst um sie war mit einem Schlag wieder präsent. Genau wie die quälenden Schuldgefühle, die er mit sich herumschleppte.

»Nicht hoffnungslos? Also lebensgefährlich? Ich komme sofort. Wo liegt sie?«

»Im Harlachinger Krankenhaus.«

»Alles klar. Servus.«

Anneliese legt auf.

Max blickte eine Weile lang nachdenklich vor sich hin. Dann wählte er die Nummer der Intensivstation, die er sich vorhin beim Abschied noch von Oberschwester Hildegard hatte geben lassen. Sie selbst war nicht anwesend, sondern nur eine Vertretung. Sie meinte, dass es bei Monika keine erwähnenswerten Veränderungen gegeben hätte. Man würde ihn aber sofort benachrichtigen, wenn etwas wäre. Jeder in der Station wüsste, wo seine Handynummer hinterlegt wäre.

Er bedankte sich, legte auf und bog in die staubige Hauptstraße von Machtlfing ein. Nach wenigen Minuten stand er vor der kleinen Pension von Höfners Witwe. Der Putz bröckelte bereits an einigen Stellen aus der gelblichen Fassade. Mit einem neuen Anstrich allein war es hier wohl nicht getan. Auf dem billigen kleinen Schild aus Plastik neben der Haustür stand ›Hotel‹. Er drückte auf den abgewetzten Klingelknopf darunter.

»Ja bitte? Grüß Gott.«

Eine Blondine in schwarzen Jeans, schwarzer Bluse und schwarzer Wolljacke öffnete ihm. Hätte sie nicht vom Weinen geschwollene Augen und eine rote Nase gehabt, hätte man sie vom Fleck weg für jeden Schönheitswettbewerb auf dieser Welt engagieren können. Sie hätte überall gute Chancen auf den ersten Platz gehabt.

Was wollte so eine denn hier auf dem Land? Max schüttelte unmerklich den Kopf. Und dann leitete sie auch noch eine mickrige Pension, die höchstwahrscheinlich so gut wie nichts abwarf in dieser gottverlassenen Gegend hier. Oder gab es tatsächlich Touristen, die so weit ab von den großen Seen schlafen wollten? Sie könnte mit ihrem Aussehen Millionen scheffeln. Wusste sie das nicht? Da stimmte doch etwas nicht.

»Grüß Gott. Frau Höfner?« Er sah sie fragend an.

»Ja, ich bin Ruth Höfner. Und wer sind Sie?« Ihr Blick wirkte weder unfreundlich noch besonders einladend.

Logisch, dachte Max. Sie will ihre Ruhe haben. Kann man gut verstehen. Monika schoss ihm durch den Kopf. Dann wandte er seine Aufmerksamkeit wieder seinem Gegenüber zu.

»Mein Name ist Max Raintaler. Ich bin Privatdetektiv.«

»Aha. Und? Wollen Sie ein Zimmer?« Sie zog die Stirn kraus, als wollte sie ihm damit zeigen, dass sie nichts Rechtes mit ihm anzufangen wusste.

»Nein danke.« Max lächelte verlegen. Wie brachte er ihr nur am besten bei, dass er den Tod ihres Mannes aufklären wollte? Sie schien gerade heftig zu trauern. Da hatte man in der Regel keinen Nerv für neugierige Detektive aus der Stadt. »Nein, Frau Höfner. Ich bin wegen der Sache mit Ihrem Mann hier.«

»Wegen welcher Sache denn?«

»Wegen dem Unfall, den er hatte.« Na gut. Jetzt war es raus. Wahrscheinlich drehte sie sich auf der Stelle um und ging wieder ins Haus zurück.

»Ein Privatdetektiv? Stimmt etwas nicht mit dem Unfall, den mein Bruno hatte?« Sie brach auf der Stelle in Tränen aus.

»Das würde ich gerne herausfinden. Vielleicht … war es gar kein Unfall.« Er schaute ihr fest in die Augen. Sie ist wirklich außergewöhnlich schön, dachte er währenddessen, genau wie diese Judy. Und mindestens genauso traurig wie ich. Obwohl, bestimmt ist sie noch viel verzweifelter als ich. Schließlich hat sie keinen Grund zur Hoffnung mehr, was ihren Mann betrifft. Ich schon, was Moni betrifft.

»Na gut, Herr Raintaler. Kommen Sie rein.« Sie trat beiseite und ließ ihn an sich vorbei.

Nachdem sie den kleinen hölzernen Empfangstresen passiert hatten, gelangten sie in ein Zimmer, dessen Regale bis unter die Decke mit Räucherstäbchen, Wasserpfeifen, Postkarten, Salzlampen, Tarotkarten, Engelsbildern, Engelsfiguren sowie zahllosen Büchern und DVDs über alternative Heilung, UFOs, Zauberei, Selbsterkenntnistheorien, Verschwörungstheorien und Wahrsagerei vollgestopft waren.

»Mein Laden. So etwas wie mein kleines Reich«, erklärte Ruth. »Kommen Sie bitte weiter, Herr Raintaler. Wir gehen am besten in den Konferenzsaal. Dort sind wir auf jeden Fall ungestört.«

Sie öffnete die unauffällige graue Stahltür am Ende ihres Geschäftes und bedeutete ihm, einzutreten.

»Ja, sappralot!«

Max staunte nicht schlecht. Vor ihnen erstreckte sich ein riesiger Raum mit einem großen weißen Konferenztisch in der Mitte. Drumherum standen 12 weiße Ledersessel. Darüber hing ein Kronleuchter, der unter Freunden gut und gerne an die 30.000 Euro wert sein mochte. Im hinteren Teil befand sich eine weitläufige Liegelandschaft aus geschmackvollen Polstern und Sofas. Darunter feinstes Parkett und zwei große originale Perserteppiche. Die Wände rundherum waren in sanften Rot- und Grüntönen gestrichen. Mehrere überdimensionierte Flachbildschirme hingen daran. Sogar an der Decke hatte man einen befestigt. Von außen hätte man so etwas wie das nie erwartet.

»Bruno traf sich hier ab und zu mit Leuten. Er hat auch alles eingerichtet. Beste Materialien und absolut abhörsicher. Vier exklusive Zimmer von der gleichen Art gibt es auch noch. Sogar Brunos Chef war mal hier.«

Max meinte, ein kleines stolzes Lächeln in ihrem Gesicht zu erkennen. Trotz aller Trauer. Sie forderte ihn auf, in einem der bequem aussehenden Ledersessel Platz zu nehmen, und setzte sich ihm gegenüber.

»Wer war denn der Chef Ihres Mannes?«

»Thorsten Ahlbeck. So ein ehemaliger Großindustrieller. Er wohnt nicht weit von hier. Lebt aber sehr zurückgezogen.«

»Ein Einsiedler?«

»Könnte man sagen. Ein reicher Mann, der die Abgeschiedenheit liebt. Er war lange in Amerika. Ist so gut wie unsichtbar. Hat auch kein Büro oder so etwas. Nur im Alten Wirt ist er manchmal anzutreffen. Unser bestes Lokal hier im Ort.«

Sie nahm ein Papiertaschentuch aus dem Ärmel ihrer Jacke und putzte sich kräftig die Nase.

»Und was waren das sonst für Leute, die Bruno hierher einlud.«

»Alles Mögliche. Internationale Wissenschaftler, Leute aus München. Ich wollte das nie so genau wissen. Das war sein ganz persönliches Ding. Sie verstehen?«

»Natürlich, Frau Höfner. Keine Frage.«

Max räusperte sich. Die Frage, ob die diskreten Treffen gelegentlich auch mit weiblicher Beteiligung stattfanden, verkniff er sich. Kannst du dir doch denken, sagte er sich. Überall Bildschirme und Sofas. Da ging es bestimmt auch schon mal hoch her, wenn der Herr Ufologe zum Tanz bat. Und Madame Unschuldig hier putzte danach den Dreck weg. Was sonst? Wahrscheinlich hat sie sogar bei den Partys mitgemacht. Zugeben würde sie das aber sicher nicht. Schon gar nicht einem Fremden wie ihm gegenüber.

Ja, sauber. Ein geheimes Gelegenheitspuff in Machtlfing. Ob die Anwohner etwas davon ahnten? Sicher nicht.

»Hat Ihnen Ihr Mann jemals von Außerirdischen oder UFOs erzählt, Frau Höfner?«

»Wie meinen Sie das?«

Sie hob irritiert die Brauen.

»So wie ich es sage.«

»Nein. Nicht dass ich wüsste.«

»Aha.« Max musterte sie genau. Sie sagt die Wahrheit, Raintaler. Er wusste, wie Menschen aussahen, die logen. Schließlich hatte er im Laufe seines Berufslebens etliche von ihnen gesehen. Aber sie gehörte, zumindest was das momentane Thema betraf, nicht dazu.

»Man unterhält sich natürlich über diese Dinge«, räumte sie ein. »Wie jeder halt. Aber dass er selbst ein Ufo oder so etwas gesehen hätte, wenn Sie das meinen, das hat mir mein Bruno nie erzählt.«

»Auch nichts über Außerirdische?«

»Nein. Und das wird er nun auch nicht mehr können«, gab sie schluchzend zur Antwort. »Moment mal.« Sie hörte auf zu weinen. »Doch. Er hat mal was von Außerirdischen erwähnt. Vor dem Einschlafen letzte Woche. Er hat gemeint, es wäre bald soweit, dass er sie besuchen geht. Ich habe nicht weiter nachgefragt. Er war ziemlich betrunken.«

»Was hat Ihr Mann eigentlich bei diesem Ahlbeck gemacht?«

»Das Grundstück gepflegt. Mein Mann war Landschaftsgärtner, Hotelier und Wissenschaftler in einem, hat er immer gesagt.«

»Aha. Hat Ihr Mann Ihnen irgendetwas erzählt oder irgendetwas besessen, weswegen ihn jemand vielleicht hätte umbringen wollen?«

»Umbringen? Es war also wirklich kein Autounfall?«

»Ich weiß es noch nicht genau.«

»Nein. Er hat mir nichts Derartiges erzählt. Nicht dass ich wüsste.«

Sie schüttelte langsam den Kopf. Dann begann sie erneut laut und hemmungslos zu weinen.

Max trat hinter sie, streichelte beruhigend ihre Schulter und reichte ihr ein frisches Papiertaschentuch.

»Gut, Frau Höfner. Das war's auch schon«, sagte er, nachdem sie sich wieder einigermaßen beruhigt hatte. »Falls Ihnen doch noch etwas einfällt, würde ich mich freuen, wenn Sie mich anrufen.« Er reichte ihr seine Visitenkarte. Lass sie erst mal in Ruhe weitertrauern, dachte er. Am besten kommst du morgen noch mal vorbei. Schluss für heute.

»Mach ich«, versprach sie.

»Ist es weit bis zu diesem Alten Wirt?«

»Nein. Wenn Sie rauskommen, rechts und 500 Meter geradeaus die Hauptstraße hinunter. Dann sehen Sie schon das Schild auf der rechten Seite. Das Essen ist wirklich gut.«

»Alles klar. Danke.«

Er verabschiedete sich von ihr und trat auf die Straße hinaus.

Während er den Weg zum besten Lokal im Ort einschlug, um sich ein Feierabendbier zu gönnen und sich bei der Gelegenheit weiter in der Angelegenheit Bruno Höfner umzuhören, meldete sich erneut sein Telefon.

»Und? Hast du mein Handy gefunden?«

Franz. Wer sonst?

»Nein. Leider nicht. Josef hat es auch nicht gesehen. Aber ich fahre nachher noch mal zum Lagerfeuer raus und schaue mich um.«

»Scheiße, Max. Ich brauche das Ding echt dringend.«

»Habe ich es verschmissen oder du?«

Max war genervt. Er hatte gerade wirklich Wichtigeres zu tun, als einen versoffenen Hauptkommissar bei den Folgen seiner Blödheit zu unterstützen. Auch wenn es sein bester und ältester Freund war.

»Ich natürlich. Ich bedanke mich auch jetzt schon bei dir«, beschwichtigte ihn Franz, der genau zu merken schien, dass er im falschen Moment Druck machte. »Mach das, wie du meinst. Du hast auf jeden Fall was gut bei mir. Wie geht es mit den Ermittlungen voran?«

»Geht so. Ich war gerade bei Höfners Witwe.«

»Der Fall liegt inzwischen übrigens bei uns, nicht mehr in Fürstenfeldbruck. Die hätten bezüglich des Unfalls von Höfner sowieso keine Ermittlungen aufgenommen. Klarer Unfall, haben sie gemeint.«

»Wenn die sich da mal nicht täuschen. Ich glaube, Ruth Höfner weiß mehr, als sie sagt, heult aber in einer Tour.«

»Höfner hat übrigens bei einem gewissen Ahlbeck

gearbeitet. Den solltest du auch mal befragen. Vielleicht weiß der ja was.«

Franz war einfach ein riesiger Schlaumeier.

»Was du nicht sagst? Weiß ich doch längst.«

Max war natürlich noch schlauer.

»Umso besser.«

»Ich werde auf jeden Fall morgen früh noch mal bei Höfners Witwe vorbeischauen, wenn sie sich etwas beruhigt hat.«

»Aha. Und was treibst du jetzt?«

»Jetzt geh ich in den Alten Wirt und hoffe, dass jemand etwas über Höfners Unfall oder deine UFOs zu berichten weiß.«

»Na dann. Guten Durst.«

»Wird Moni zuverlässig bewacht?«

»Ja. Alles bestens.«

»Gut. Servus.«

»Servus.«

8

Max betrat um kurz vor sechs den dunkel getäfelten Gastraum. Er setzte sich links vom Eingang an den hellen Holztisch gleich neben dem Stammtisch. Hier würde er am ehesten etwas von den Gesprächen der Einheimischen mitbekommen. Durch die kleinen Fenster drang nur wenig Licht. Leise Musik lief im Hintergrund. Das Lokal war leer. Merkwürdig. Die Leute müssten doch längst auf ihre bajuwarischen Sundowner vorbeikommen: Bier, Weißbier, Dunkles oder Andechser Bergbock.

»Was darf's sein, der Herr?«

Eine mollige, vielleicht um die 50 Jahre alte Frau mit hochgesteckten dunklen Locken über dem verlebten Gesicht stieg von ihrem Hocker am Tresen und ging auf ihn zu. Ihre Füße steckten in ausgetretenen weißen Pantoletten. Aus dem großzügigen Ausschnitt ihres dunkelgrünen Dirndls quoll ein mächtiger Busen. Sie rollte mit abwartendem Blick einen Kaugummi zwischen den Zähnen hin und her. Kleine Spuckeblasen bildeten sich dabei in ihren Mundwinkeln.

Der ihre besten Zeiten sind wohl auch vorbei, dachte Max. Bestimmt hat sie mal super ausgesehen, das sieht man jetzt noch. Ja mei, es ist nun mal, wie es ist. Der Zahn der Zeit nagt an uns allen. Heute noch quicklebendig und eine Ausstrahlung wie ein Supermodell, morgen schon alt oder im Krankenhaus. Monika fiel ihm gleich wieder ein.

»Ein Helles, bitte.«

»Kommt sofort.«

Sie drehte sich um, schlurfte ohne besondere Eile hinter den Tresen und schenkte sein Bier ein.

»Nicht gerade voll bei euch?«, rief ihr Max von seinem Platz aus zu.

»Nein«, kam die einsilbige Antwort.

»Sind alle im Urlaub?«

»Nein.«

Sehr gesprächsfreudig schien sie nicht zu sein. Dabei konnte man sich doch normalerweise mit Wirtinnen und Kellnerinnen immer bestens unterhalten. Vorausgesetzt, sie mochten einen. Gut, vielleicht mochte ihn diese hier nicht. Aus welchem Grund auch immer. So etwas sollte es geben. Egal, Raintaler. Einfach weiterfragen.

»Kommen die Leute erst später?«

»Seit die von der Regierung das Rauchen verboten haben, kommen immer weniger. Wahrscheinlich müssen wir bald schließen.« Sie stellte das Bier vor ihm auf dem Tisch ab. »Etwas zu essen?«

»Gute Idee. Aber später. Ich rufe erst mal meinen Freund an. Vielleicht hat der auch Hunger.«

»Ihren Freund? Dürfen Sie ohne den nicht essen?« Sie grinste anzüglich.

»Doch. Wieso?« Max blickte ihr arglos in die Augen.

»Bloß so. Ein kleiner Scherz.« Sie errötete leicht und entfernte sich wieder.

Was war das denn? Meint die etwa, ich wäre schwul? Hat wohl noch nicht viele Schwule gesehen in ihrer Einöde hier draußen. Aber die haben hier doch auch Fernsehen. Das ist doch längst nicht mehr wie früher mit den Vorurteilen und den strengen Traditionen auf dem Lande. Oder? Na gut. Katholisch sind sie fast alle hier. Aber die meisten wissen doch ganz genau, was in der Welt abgeht. Oder etwa nicht? Doch, doch. Bestimmt.

Während er mit Josef telefonierte, der meinte, dass ein Abendessen im Alten Wirt gar keine schlechte Idee sei, und versprach, in spätestens einer Viertelstunde dort zu sein, öffnete sich knarrend die Tür.

Max konnte im Gegenlicht zuerst nichts erkennen. Dann stand auf einmal die Alte vom Maifeuer im Raum. Er erkannte sie sofort wieder. Logisch. Ein Exkriminaler vergaß kein Gesicht.

»Die Zeichen sind überall! Der Untergang steht kurz bevor!«, unkte sie, genau wie am Samstag, sobald sie an seinem Tisch vorbeikam.

Hatte sie sich etwa auch gleich an ihn erinnert?

»Hör schon auf, Rosi. Lass meine Gäste in Ruhe. Ein Dunkles wie immer?«

»Jawohl. Ein Dunkles, Marianne. Dunkel wie die ewige Finsternis«, krächzte sie, setzte sich zwei Tische von Max entfernt auf einen Platz direkt an der Wand und würdigte ihn keines Blickes mehr.

Für einen kleinen Moment beschlich ihn das Gefühl, in einem billigen Gruselfilm gelandet zu sein. Wahrscheinlich würde gleich Dracula um die Ecke geflogen kommen und Freddy Krüger würde er auch noch mitbringen. Dann würden sie sich zu ihm an den Tisch setzen und ihn fragen, ob sie einen Schluck von seinem Blut haben könnten. Er musste unwillkürlich grinsen. Leute gibt's, die gibt's gar nicht, dachte er kopfschüttelnd.

»Wie meinen Sie das mit dem Untergang, gute Frau?«, rief er der alten Rosi zu.

»Der Untergang ist nah!«, kam es postwendend von ihr zurück. Sie vermied es dabei weiterhin, ihn anzusehen.

»Klar. Habe ich mitbekommen. Aber wie soll das

gehen? Kommt ein Komet und haut alles kaputt? Explodiert die Sonne? Drehen die guten Erzengel durch und werden unendlich böse?« Er lächelte freundlich in ihre Richtung.

»Die Zeichen sind überall!« Sie begann unruhig, ihre zittrigen Hände ineinander zu reiben.

»Unsere Rosi redet nicht gern mit Fremden«, meinte Marianne zu Max, während sie der Alten ihr Dunkles an den Tisch brachte. »Stimmt's, Rosi?«

»Stimmt, Marianne. Stimmt. Nicht reden. Nicht reden. Abwarten und Tee trinken. Tee trinken.« Ihre dünne, faltige Unterlippe wackelte wie eine Fahne im Wind, während sie sprach.

»Oder Bier. Bier«, murmelte Max leicht amüsiert mehr zu sich selbst und trank einen kräftigen Schluck.

Merkwürdig sind die hier schon. Oder bin ich einfach bloß wegen Moni schräg drauf und sehe das deshalb so? Sei's drum. Hoffentlich kommen auch noch ein paar einigermaßen intelligente Menschen hier reingestolpert. Sonst sehe ich schwarz für meine Ermittlungen.

»Kannten Sie eigentlich Bruno Höfner?«, fragte er Marianne.

»Wer kannte den nicht, den schönen Bruno.« Sie grinste zum zweiten Mal anzüglich. Dann besann sie sich eines Besseren und ließ ihre Mundwinkel gleich wieder sinken. »Schrecklich das mit seinem Unfall.«

»Hatte er Feinde?«

»Ob er Feinde hatte? Fragen Sie lieber mal anders rum, dann fällt mir das Zählen leichter.«

Sie zeigte sich nun zugänglicher und setzte sich zu ihm an den Tisch.

»Der Bruno war ein feiner Kerl«, fuhr sie fort. »Aber er hatte mit seinem UFO-Gerede einfach einen ausgewachsenen Vogel. Jeden hat er damit genervt. Immer wieder fing er davon an, dass bald die Fremden kommen würden. Das wüsste er ganz genau. Lauter Schmarrn! Aber wieso fragen Sie?«

»Weil Bruno vielleicht gar keinen Unfall hatte.«

»Wie meinen Sie das? Lebt er? Oder war es kein Unfall? Sind Sie von der Polizei?« Ihr Blick wurde auf der Stelle wieder ein Stück misstrauischer.

»Nicht direkt. Max Raintaler ist mein Name. Ich bin Privatdetektiv. Ich versuche herauszufinden, wie genau Bruno Höfner gestorben ist, und wieso er sterben musste. Denn mausetot ist er auf jeden Fall. Sie sagten vorhin, er hatte viele Feinde. Wen meinten Sie damit?«

»So gut wie jeden Mann hier im Dorf.«

»Wie das?«

»Na ja, der Bruno war, wie soll man das sagen …? Unten rum außerordentlich gut bestückt, trifft es wohl am besten. Wenn er zu seinen legendären Partys einlud, folgten einige unserer Frauen nur allzu gerne seinem Ruf.«

»Und die Männer wussten das?« Von wegen alte Traditionen und Brauchtum, sagte sich Max. Die waren hier noch versauter als in der Stadt. Am Ende hatte Höfner die Frauen des Ortes auch noch an seine Partygäste aus nah und fern verhökert.

»Nein. Am Anfang zumindest nicht. Und es waren auch längst nicht alle Frauen, die heimlich auf Bruno abfuhren. Nur ein paar. Die meisten hier sind ihren Männer genauso treu wie der Kirche.«

Also doch nicht so versaut. Alles relativ normal. Wie überall. »Und Brunos Frau? Was sagte die dazu?«

»Die kochte gelegentlich ihr eigenes Süppchen, was das betraf. Hatte immer wieder mal was mit anderen. Aber fragen Sie mich nicht nach Namen.«

»Weil Sie keine wissen?«

»Weil ich Ihnen keine nenne.«

»Woher wissen Sie überhaupt davon?«

»Ich bin Wirtin.«

»Logisch.« Max nickte nachdenklich.

»Sie glauben also, dass Bruno absichtlich umgebracht wurde?« Ihre Augen blitzten neugierig.

»Könnte gut sein.«

»Na da schau her. Einen Schnaps?«

»Gern.« Na also, das war doch schon mal eine ganze Menge, dachte Max zufrieden. Man musste nur lange genug dran bleiben, dann brachte man die Leute schon zum Reden. Bei etlichen seiner Verhöre, die er früher als Hauptkommissar geführt hatte, war es ihm nicht anders ergangen. Nur merkwürdig, dass sie so gefasst blieb. Immerhin schien sie Höfner gut gekannt zu haben. Oder doch nicht? Eher seine Frau?

Josef kam mit deutlich entspannter Miene zur Tür herein. Wahrscheinlich ist der feine Herr Millionär den ganzen lieben langen Tag spazieren gegangen, dachte Max. Oder er hat erfahren, dass er drei weitere Villen geerbt hat, von denen er bisher noch nichts wusste.

»Servus, Marianne. Servus, Max.«

»Ihr kennt euch?« Max schaute leicht verwirrt von einem zum anderen.

»Was meinst denn du? Ich wohne seit einem halben Jahr hier draußen.« Josef blickte ebenso verwirrt drein.

»Logisch. Blöd von mir.«

»Auch einen Obstler, Josef?« Marianne sah ihn fragend an.

»Gern. Bevor ich mich schlagen lasse.« Er grinste breit und setzte sich. »Übrigens sagen wir hier drinnen alle du. Oder, Marianne?«

»Stimmt. Alles klar, Max. Ich bin die Marianne.«

»Alles klar, Marianne. Ich bin der Max.« Er grinste breit. »Sie hat mich, glaub ich, für schwul gehalten«, raunte er Josef fast unhörbar zu, nachdem sie in Richtung Tresen verschwunden war. »Sie hat vorhin so komisch geschaut.«

»Na und? Mich halten hier einige für schwul.«

»Warum?«

»Keine Ahnung. Vielleicht weil ich immer ein Sakko trage und nie eine Freundin dabei habe. Scheint auf jeden Fall ein Thema hier draußen zu sein. Also, das mit dem Schwulsein.«

»Und bist du's?«

»Genauso wenig wie du. Weißt du doch, Depp.«

»Stimmt.«

»Und wenn's doch so wäre, was wäre so schlimm daran?«

»Äh, nichts.« Max beäugte seinen alten Freund misstrauisch von der Seite. Könnte es wirklich sein, dass ich all die Jahre in der Umkleide des FC Kneipenluft nichts davon bemerkt hätte? Blödsinn. Es ist schon so, wie er sagt. Er ist nicht schwul. Themenwechsel.

»Nicht sehr gut besucht der Laden.«

»Stimmt. Früher war er voller. Aber nach dem Abendessen kommen schon noch ein paar Leute. Wart's ab.«

»Wenn du es sagst.«

Das Lied vom Tod erklang aus seiner Hosentasche. Laut und scheppernd. Max ging ran. »Raintaler.«

»Hallo, Herr Raintaler. Ruth Höfner hier. Mir ist doch noch etwas zu meinem Mann eingefallen. Hätten Sie Zeit, gleich noch einmal kurz bei mir vorbeizuschauen?«

»Natürlich, ich bin gleich bei Ihnen.«

»Was gibt's?«, erkundigte sich Josef, während Max sein Handy wieder verstaute.

»Ruth Höfner. Sie will mir noch etwas sagen. Ich geh schnell mal zu ihr rüber.«

»Warum sagt sie es dir nicht am Telefon?«

»Keine Ahnung.« Max zuckte die Achseln.

»Alles klar. Ich warte mit dem Hauptgang und trinke derweil eine Hopfenkaltschale als Vorspeise.«

»Ja, servus. Bis gleich.«

Max eilte zur Tür hinaus.

Marianne brachte Josef kurz darauf seinen Schnaps und ein Helles. Auch die alte Rosi bekam einen Klaren, was sie mit einem dankbaren nahezu zahnlosen Lächeln quittierte. Dann kehrte die üppige dunkelhaarige Wirtin zu Josef zurück und setzte sich lächelnd zu ihm.

9

»Frau Höfner? Sind Sie da?«

Max horchte in die halb offen stehende Haustür der kleinen Pension hinein. Nichts. Keine Antwort. Er sah sich kurz um, stellte fest, dass ihn niemand beobachtete, und trat ein. Das Licht brannte. Irgendwo im Hintergrund lief Musik. Merkwürdig. Wo war sie bloß?

»Frau Höfner? Raintaler hier. Sie hatten gerade bei mir angerufen. Ich wäre jetzt da!«

Während er nach ihr rief, ließ er den Empfangstresen hinter sich und näherte sich dem kleinen Esoterikladen, den sie ihm vorhin gezeigt hatte.

»Ach du Schande«, rief er aus, als er dort ankam.

Sämtliche Sachen aus den Regalen lagen auf dem Boden verstreut. Nichts in dem Raum war mehr da, wo es vorher gestanden hatte. So erschien es ihm zumindest. Das hier konnte nur ein Einbrecher gewesen sein. Oder jemand, der etwas gesucht hatte. Vielleicht war er sogar noch da.

Max war mit einem Schlag hellwach. Vorsichtig näherte er sich der grauen Tür zu Höfners geheimem Partyzimmer. Sie war nur angelehnt. Er öffnete sie und zog gleich darauf scharf die Luft ein.

»So eine beschissene Scheiße!«, fluchte er laut.

Ruth Höfners Körper lag auf dem riesigen Konferenztisch. Ihr Kopf war unnatürlich weit nach hinten gestreckt. So als gehörte er nicht mehr zu ihr. Als wäre er nicht mehr an ihrem Rumpf befestigt. Kein Zweifel, sie war tot. So wie es aussah, hatte ihr jemand das Genick gebrochen, und sie dann dort aufgebahrt, wo sie jetzt lag. Ihr starrer Gesichtsausdruck sah überrascht aus, aber nicht ängstlich. Sie hatte wohl keine Zeit mehr gehabt, sich vor dem Tod zu fürchten. Hatte sie den Täter gekannt? Max näherte sich ihr vorsichtig. Wenn der Kerl noch irgendwo hier lauerte, musste er auf der Hut sein. Verdammt, seine Pistole lag natürlich wie immer unter den Dielen in seinem Schlafzimmer. Er hatte Waffen schon als Hauptkommissar gehasst und trug sie deshalb so gut wie nie bei sich. Im Moment hätte er sie jedoch gut gebrauchen können. Er tastete, um ganz sicher zu gehen, nach ihrem Puls, während er sich weiter im Raum umschaute. Nichts. War auch nicht anders zu erwarten gewesen. Moment mal. War Brunos Genick nicht ebenfalls gebrochen gewesen? Schon. Aber auch sein Schädel war zertrümmert gewesen. Egal. Vielleicht war es dennoch derselbe Täter. Ein eifersüchtiger Ehemann aus dem Dorf? Aber wieso hatte er ihren kleinen Laden durchwühlt? Max sah sich gründlich im ganzen Haus um. Zu spät. Derjenige, der das hier zu verantworten hatte, war bereits über alle Berge. So viel war sicher.

Scheiße, kein Handyempfang, bemerkte er, als er, zurück im Konferenzraum, Franz anrufen wollte. Er nahm einen der Telefonhörer mit einem Papiertaschentuch vom Tisch auf und wählte vorsichtig dessen Handynummer.

Als er seinen alten Freund und dessen Leute verständigt hatte, sagte er Josef noch Bescheid, dass er es nicht so schnell zum Essen in den Alten Wirt schaffen würde. Dann wartete er auf Franz.

Während er sich unterdessen erneut in Ruths Esoterikladen umsah, fiel ihm eine feine senkrechte Linie in der weißen Wand gegenüber der Fensterseite auf. Gute zwanzig Zentimeter lang. Kaum sichtbar. Er untersuchte die Sache näher und entdeckte zwei weitere Linien, die wagerecht von der Kopf- und Fußseite der senkrechten Linie nach rechts weggingen. Das Ding sah aus wie eine kleine Tür in der Wand. War etwa ein Hohlraum dahinter verborgen? Ein Geheimfach? Er klopfte mit den Knöcheln dagegen.

»Klingt auf jeden Fall hohl. Aber wie geht das Scheißteil auf?«, murmelte er und kratzte sich nachdenklich am Hinterkopf.

Er fummelte an der Stelle herum, bis die kleine Tür mit einem lauten Klacken aufsprang. Wie er das geschafft hatte, wusste er selbst nicht. Unverzüglich machte er sich daran, den Inhalt des Hohlraumes dahinter zu untersuchen. Er fand 2.000 Euro in bar, zwei Perlenketten, drei Anhänger aus Gold, ein goldenes Armband und ein paar zusammengeheftete Kopien. ›Geheimakte Kepler 22b‹ stand darauf. Als er neugierig darin las, entdeckte er Zahlen und Buchstaben darin, die ihm nichts sagten. Was war das? Ein Kalender? Bankkonten? Datumsangaben zu irgendwelchen Treffen? Wollte Ruth Höfner ihm etwa diese rätselhaften Aufzeichnungen aushändigen? Hatte der Täter sie gesucht? War hier deswegen so ein Durcheinander? Max wurde nicht so recht schlau daraus. Achselzuckend steckte er sie in die Innentasche seiner Lederjacke. Er würde sich später ausführlich damit befassen. Franz würde sowieso nicht wissen, was er damit anfangen sollte. Lesen war noch nie seine Stärke gewesen. Er würde ihn informieren, sobald er mehr über die Schriftzeichen wusste. Die anderen Sachen legte er in das Fach zurück und ließ es offen stehen.

Eine halbe Stunde später traf Franz mit einem Trupp von der Spurensicherung und dem Polizeiarzt ein. Sie baten Max und Franz, draußen zu warten, während sie sich in ihren weißen Anzügen an die Arbeit machten.

»Siehst du: Ich hab dir gleich gesagt, dass an der Sache mit Höfners Unfall etwas faul ist.« Franz zündete sich eine Zigarette an, sobald sie vor der Haustür der kleinen Pension angekommen waren.

»Stimmt«, räumte Max ein. »Es scheint so, als wäre ihr, genau wie ihm, das Genick gebrochen worden. Obwohl ihr Schädel, im Gegensatz zu seinem, unverletzt aussieht. Könnte sich aber trotzdem bei beiden um denselben Täter handeln. Vorausgesetzt, Bruno hatte wirklich keinen Unfall. Oder aber er wurde absichtlich überfahren. Die Option haben wir auch noch.«

»Außerirdische. Das müssen Außerirdische gewesen sein. Denk bloß mal an die Verletzungen. Dieser Kraftaufwand. Ein Mensch könnte so etwas gar nicht schaffen.«

»Jetzt mach mal halblang, Franzi. Es gibt für alles eine Erklärung. Und die muss nicht unbedingt vom Mars kommen.«

»In diesem Fall schon. Ich bin mir da ziemlich sicher. Da ist ein Zusammenhang. Aber was haben die Aliens in diesem Raum mit den Regalen gesucht?«

»Das frage ich mich auch. Was hat der Täter hier gesucht? Es war übrigens ihr Laden. Hast du ihren Gesichtsausdruck gesehen?«

»Ja, sie sah nicht besonders überrascht aus.«

»Vielleicht hat sie den Täter gekannt.«

»Du meinst … sie kannte die Außerirdischen?«

»Jetzt hör halt mal mit dem Schmarrn auf, Franzi. Was, wenn es ein Freund der Familie war? Oder ihr Geliebter?«

»Oder der Hausarzt. Oder ein Gast, der schon oft da gewesen war. So jemandem vertraut man doch auch.«

»Oder er hatte sich als Polizist verkleidet. Oder die Zeugen Jehovas. Es gibt tausend Möglichkeiten, verdammter Mist.«

Max kratzte sich nachdenklich hinter dem Ohr.

Franz trat seine Zigarette auf dem Kiesboden unter ihnen aus. Er hustete währenddessen ein paar Mal kräftig.

»Aber wenn es nun doch ein Außerirdischer war? Den hätte sie doch auch kennen können«, fuhr er danach fort.

»Woher?«

»Von einem Spaziergang über die Felder zum Beispiel.«

Wenn sich sein Freund und Exkollege einmal in etwas verrannt hatte, war er nur schwer wieder davon abzubringen. Max wusste das seit ihrer gemeinsamen Kindergartenzeit.

»Schmarrn. Schluss damit, Franzi. Ganz sicher hatte Bruno da drinnen etwas versteckt. Zum Beispiel Informationen über seine Geschäftspartner. Vielleicht war er ein Erpresser? In der Wand gegenüber dem Fenster hab ich übrigens ein Geheimfach gefunden, in dem Geld und Schmuck aufbewahrt wurden.«

Max erwähnte Bruno Höfners geheime Kopien nicht. Er wollte sich, was das betraf, wirklich erst einmal selbst schlaumachen. Alles andere würde im Moment nur noch mehr Verwirrung in die Sache bringen.

»Da schau her. Gute Arbeit, Max.« Franz klopfte ihm anerkennend auf die Schulter. »Äh, übrigens … apropos finden … mein Handy? Hast du schon …?«

»Nein, Franzi. Hab ich nicht. Wann denn? Aber wie wär's denn, wenn du dir nachher zwei deiner Jungs schnappst und selbst danach suchst? Ich meine, du bist ja jetzt hier. Oder?«

»Logisch. Sehr gute Idee. Warum bin ich da eigentlich nicht selbst drauf gekommen?« Franz strich sich nachdenklich über seine Glatze.

»Keine Ahnung. Chronische Blödheit?«

»Ist ja schon wieder gut, Max.«

Franz zündete sich die nächste Zigarette an. Er sog den Rauch tief ein und bekam prompt einen heftigen Hustenanfall.

»Herrschaftszeiten, Franzi«, fauchte Max ungeduldig. »Ich hab dir schon oft genug gesagt, dass du mit dieser Scheißraucherei aufhören sollst. Lungenkrebs, Herzinfarkt, Hirnschlag. Soll ich immer wieder die gleiche Leier aufzählen?«

»Hör schon auf, Mutter. Du hast doch selbst geraucht.«

»Und? Tu ich's noch?«

»Nein.«

»Na also.«

»Du musst nicht unbedingt hier bleiben, Max. Ich ruf dich morgen früh an, wenn wir die Ergebnisse der SpuSi und der Rechtsmedizin haben.«

»Echt?« Wahrscheinlich nerve ich ihn mit meinen Gesundheitssprüchen gerade mehr, als er aushalten kann. Noch dazu, weil ich natürlich recht habe. Das weiß er verdammt genau.

»Echt.«

»Ich habe gehofft, dass du das sagst. Ich habe Hunger und Durst.«

»Dann musst du essen und trinken.«

Franz hustete erneut.

Irgendwann keucht er sich wirklich noch die Lunge aus dem Leib, der unbelehrbare Depp. »Na gut. Dann geh ich mal. Josef wartet im Alten Wirt auf mich.«

»Nur zu. Ich komme hier schon klar. Und … ich meine, nur falls ich es heute nicht mehr schaffe … du weißt schon, wegen dem Handy.«

Kein Erzengel hätte auch nur einmal in seinem langen ewigen Leben so unschuldig dreinschauen können, wie es Franz gerade tat.

Max stöhnte laut auf. Dann musste er grinsen.

»Na gut. Ich schau mich danach um. Aber erst morgen früh.« Unglaublich. Wie schafft es dieser berechnende und stinkfaule Mistkerl bloß immer wieder, mich herumzukriegen? »Habt ihr schon was wegen meinem Band vom Anrufbeantworter rausgefunden?«

»Wir sind dran.«

»Alles klar. Servus.«

Auf dem Weg in den Alten Wirt rief er noch einmal im Krankenhaus an. Das tödliche Geschehen gerade hatte ihn innerlich alarmiert, und mit einem Schlag war die Angst um Monika wieder in seinem Kopf gewesen.

»Schwester Hildegard? Sind Sie es selbst? Raintaler hier.«

»Hallo, Herr Raintaler. Alles unverändert«, gab sie knapp zurück. »Wir melden uns bei Ihnen, sobald wir etwas wissen.«

»Also weder besser noch schlechter?«

»Genau. Leider muss ich mich gerade um einen Schwerverletzten kümmern. Ich gebe Ihnen Frau Rothmüller. Einen Moment.«

»Max?«

»Servus, Annie. Gut, dass du bei Moni bist«, begrüßte er sie erleichtert. »Ich hab hier in Machtlfing einen weiteren Mordfall. Kann wohl erst morgen Vormittag wieder im Krankenhaus vorbeischauen.«

»Ich kümmere mich um sie. Wir werden sogar von einem Polizisten bewacht. Sobald sich etwas bei Moni tut, rufe ich dich an.«

»Super.«

»Und dann erzählst du mir genau, was eigentlich passiert ist.«

»Mach ich. Servus.«

Es dämmerte bereits. Während er in die Hauptstraße einbog, hatte Max auf einmal das Bild vor Augen, wie er und Monika vor zehn Jahren in den Marken in der nachtdunklen Adria geschwommen waren. Sie waren den ganzen Tag unterwegs gewesen. Bei Bologna hatte es mittags einen langen Stau gegeben. Erst gegen 18 Uhr waren sie endlich mit durchgeschwitzten Klamotten in ihrem Quartier nahe Pesaro angekommen. Dort hatten sie nur kurz das Gepäck auf ihr Zimmer gebracht und waren sofort zum Strand aufgebrochen. Im Dunkeln schwimmen, nicht wissend, was vor und unter einem war. Nur der Mond und die Sterne und die entfernten Lichter der Stadt. Spannend und unglaublich schön.

Ich schwimme momentan auch im Dunkeln, was diesen Fall betrifft, kam er wieder zu sich. Zwei Tote innerhalb kurzer Zeit, die auch noch miteinander verheiratet gewesen waren. Sicher hatten sie viele glückliche Tage gehabt. Hätten bestimmt gerne noch weitergelebt, wie jeder von uns. Wer ließ dieses manchmal fragwürdige Dasein trotz all seiner Merkwürdigkeiten schon gerne los? So gut wie jeder nahm es mit all seinen Höhen und Tiefen an. Auch wenn's manchmal schwerfiel. Herrje. Keine einzige brauchbare Spur in Sicht. Das durfte nicht so bleiben. So viel war sicher.

Sie hatten sich im Wasser geküsst. Später am Strand hatten sie sich geliebt. Wie in einem dieser Schnulzenfilme aus Hollywood. Sie hatte ihm gesagt, wie sehr sie ihn liebte. Er solle sich nichts dabei denken, dass sie ihn nicht heiraten wolle. Es fühle sich für sie einfach besser an, wenn sie frei und ungebunden leben könne. Mit ihm habe das nichts zu tun. Er wäre das Beste, was ihr je passiert sei.

Wie auf Kommando schossen ihm zum x-ten Mal in den letzten Tagen die Tränen in die Augen. Ich liebe dich mehr als mein Leben, Moni, sprach er inwendig zu sich selbst. Eins schwöre ich dir jetzt schon: Wenn du wieder aufwachst, gibt es keine Ausflüchte mehr. Dann wird geheiratet. Dann ist endgültig Schluss mit meinen Seitensprüngen und deinen albernen Kindergartentheorien. Was ist deine vielgelobte Freiheit denn wert, wenn du niemanden hast, der sie mit dir teilen will? Freiheit wäre unteilbar, sagst du immer. Ich glaube das nicht. Ich glaube eher, dass Freiheit in uns entsteht. Wenn es uns in uns selbst gut geht, sind wir frei. Vorher nicht. Da kannst du noch so unabhängig sein wollen. Ich will meine innere Freiheit mit dir teilen, will, dass es uns beiden gut geht. Und dann will ich für immer mit dir zusammen frei sein. Bis über den Tod hinaus.

»Der Untergang ist nah! Die Zeichen sind überall. Überall.«

Rosi schlurfte mit gesenktem Kopf auf der anderen Straßenseite an ihm vorbei. War wohl auf dem Heimweg. Arme Alte, dachte er flüchtig. Sie hat es bestimmt auch nicht leicht. Wahrscheinlich ist ihr Mann längst gestorben, und sie ist darüber leicht irr geworden. Jetzt wartet sie einsam und durchgeknallt darauf, dass der Herrgott ein Einsehen hat und sie ihm endlich nachfolgen lässt.

Er näherte sich dem Eingang vom Alten Wirt. Aus dem Inneren drangen laute Musik und Gelächter.

10

Max trat ein und fragte sich im selben Moment, ob er hier auch richtig war. Er stand in einem völlig anderen Lokal als vorhin. Überall helle Beleuchtung. Am Stammtisch hatten sich fünf fröhlich zechende Männer zwischen 30 und 60 Jahren eingefunden. Den Gesprächsthemen und ihrer Kleidung nach waren es Arbeiter und Bauern aus dem Dorf. Marianne schleppte gerade Nachschub für sie herbei. Fünf Helle und fünf große Obstler. Es wurde ihr mit lautem Gegröle gedankt. Im Eck am Fenster saß ein schick gekleidetes junges Pärchen beim Abendessen. Sie warfen sich verliebte Blicke zu, während sie mit gutem Appetit ihren Schweinsbraten mit Knödeln verschlangen. Josef hockte mit einem älteren, teuer, aber lässig gekleideten Herrn am Tisch.

»Servus, Max. Endlich können wir essen«, begrüßte ihn sein alter Freund und Vereinskamerad beim FC Kneipenluft freudig strahlend. »Kennst du Herrn Ahlbeck? Thorsten, das ist mein Freund Max.«

»Guten Abend, Max. Ich darf doch du sagen? Hier drinnen sagen alle du.« Der schmale vielleicht 60-jährige Mann neben Josef streckte ihm freundlich lächelnd die Hand hin. Seine eisblauen Augen funkelten wach aus dem nahezu faltenlosen Gesicht. Das sorgfältig rasierte energische Kinn hatte ein markantes Grübchen in der Mitte.

»Logisch. Servus, Thorsten.« Max ergriff sie und schüttelte sie. Dann setzte er sich. Schau mal an, Brunos graublond gelockter Chef. Das trifft sich ja bestens. Wieso hat mir Josef nicht gesagt, dass er ihn kennt? Weil du ihm nichts von ihm erzählt hast, Depp. Ach ja, stimmt. »Leute, habe ich einen Hunger. Was könnt ihr mir empfehlen?«

»Der Schweinsbraten ist ein Muss. Niemand macht ihn so gut wie unsere Marianne.« Thorsten hob den Zeigefinger wie ein Oberlehrer.

»Wo er recht, hat er recht. Den Schweinsbraten hier musst du wirklich gegessen haben.« Josef nickte zustimmend.

Was der gute Thorsten wohl über Bruno zu sagen hat?, fragte sich Max. Er hat doch jahrelang mit ihm zu tun gehabt. In Brunos Partyraum war er nach Ruths Aussage auch gewesen. Da sollte er eigentlich so einiges über ihn wissen.

Ein toter Gärtner, selbsternannter Wissenschaftler und Hotelier, der konspirative Treffen und heimliche Sexpartys veranstaltete, seine tote Frau, eine unheimliche Alte, eine lebenserfahrene etwas abgetakelte Wirtin und ein reicher Eremit, der seinen Reichtum, zumindest was die Kleidung betraf, aber keinesfalls heraushängen ließ. Er trug, wie Max und Josef, Jeans und ein kariertes Hemd. Dazu bequeme Wanderschuhe. Auf jeden Fall würde das zweifellos ein spannender Abend werden.

»Wir sprachen gerade über den Unfall in der Walpurgisnacht«, plauderte Josef unbefangen weiter. »Stell dir vor, Thorsten hat mir erzählt, dass Bruno sein Gärtner war.«

»Das muss ein herber Verlust für dich sein, Thorsten. Gutes Personal wird immer seltener, habe ich mir sagen lassen.« Max nickte Marianne bejahend zu, die fragend von ihrer Zapfanlage aus zu ihm hinübersah, während sie ein leeres Bierglas in die Höhe hielt.

»Absolut. Bruno war eine großartige Fachkraft. Er hat ein kleines Paradies aus meinem Heim gemacht. Irgendwann müsst ihr mal vorbeikommen und es euch anschauen. Ewig schade um den Mann.« Thorsten schüttelte sichtlich betroffen den Kopf.

Trauerte er echt? Sah ganz so aus. Anscheinend waren auch die Reichen nicht aus Stein. Was würde er wohl sagen, wenn er erfuhr, dass die Frau seines Exgärtners gerade umgebracht worden war. Sag's ihm und finde es heraus, Raintaler. »Es sind einfach zu viele betrunkene Autofahrer unterwegs. Vor allem nachts auf dem Land.«

»Wohl war«, stimmte Josef ihm zu.

»Seine Frau ist ebenfalls tot«, legte Max nach.

»Ach du Schande«, platzte es laut aus Josef heraus. »Auch das noch.«

»Wer ist tot? Ruth Höfner? Brunos Frau?« Thorsten blickte Max überrascht an.

»Ja. Kanntest du sie gut?«

»Nein … Ich habe sie nur ein, zwei Mal getroffen. Sie war sehr attraktiv.«

»Stimmt. Das war sie wohl.« Max schaute langsam von einem zum anderen.

»Der Wahnsinn. Jetzt sind es schon zwei Tote«, zischte Josef halblaut.

»Wirklich schrecklich. War sie krank?«, wollte Thorsten wissen. Er blickte Max neutral an und klang dabei so beiläufig, als würde er sich nach dem Wetterbericht für morgen erkundigen.

Er nimmt nur aus sehr weiter Ferne Anteil, dachte Max. Hat sie wohl wirklich nicht näher gekannt. »Jemand hat sie umgebracht.«

»Nicht zu fassen.« Josef trank auf den Schreck erst mal einen Schluck. Dann ließ er nachdenklich den Kopf sinken.

»Wo warst du in den letzten zwei Stunden, Thorsten?« Obwohl Max nicht ernsthaft glaubte, dass Thorsten etwas mit Ruth Höfners Tod zu tun hatte, wollte er die Frage nicht ungestellt lassen. Zu oft hatte er in seiner kriminalistischen Laufbahn die verrücktesten Dinge erlebt. Und immerhin war Thorsten Brunos Chef gewesen.

»Geht's noch, Max? Du denkst doch wohl nicht, dass Thorsten sie umgebracht hat.« Josef richtete sich ruckartig wieder auf.

»Nein. Aber ich hätte trotzdem gerne eine Antwort.« Max war bewusst, dass er gerade bestimmt keinen besonders zugänglichen Eindruck mehr machte. Aber schließlich waren Ermittlungen in einem Mordfall auch kein lustiger Ringelpiez mit Anfassen.

»Schon gut, Josef.« Thorsten winkte verbindlich lächelnd ab. »Ich bin vor vielleicht anderthalb Stunden von zu Hause aus hierher gefahren, Max. Und ein Mörder bin ich sicher nicht.«

»Er kam keine zwei Minuten, nachdem du weg warst, Max. Also wirklich. Manchmal hätte ich lieber keinen Detektiv zum Freund.« Josef schüttelte den Kopf.

Alles klar. Der war es wirklich nicht, Raintaler. Als du gegangen bist, hat Ruth Höfner noch gelebt. Rein zeitlich hätte er das niemals schaffen können.

»Josef hat mir vorhin erzählt, dass du, was Bruno betrifft, auch nicht so recht an einen Unfall glaubst, Max?« Thorsten schaute ernst drein, blieb aber freundlich. Er schien Max die Frage nach seinem Alibi nicht weiter übel zu nehmen.

»So? Hat er das?« Max fixierte ärgerlich das Gesicht seines Freundes. Wieso quatschst du bloß soviel, Watson. Warte doch ab, bis dein Chef da ist. »Sagen wir mal so.

Mein Auftraggeber hat Zweifel daran und will, dass ich mich für ihn umhöre. Ich war früher selbst mal Hauptkommissar bei der Kripo.«

»Spannender Beruf. Ein Onkel von mir war bei der Polizei. Damals gleich nach dem Krieg. Er hat zu der Zeit jede Menge Schwarzmarkthändler hochgehen lassen. Später kam er zur Mordkommission.« Thorstens Miene hellte sich auf. Er schien froh darüber zu sein, zu einem unverfänglicheren Thema wechseln zu können.

»Da war ich auch. Wie hieß dein Onkel?« Max sah ihn neugierig an. Für einen zurückgezogenen reichen Eremiten ist der Typ recht sympathisch, stellte er überrascht fest.

»Herbert Knebelbein.«

»Kenne ich nicht.« Max schüttelte verneinend den Kopf.

»Er war auch nicht in München, sondern in Hamburg. Ich entstamme einer alten Hamburger Kaufmannsfamilie. Kaffee, Schiffe und so weiter.«

»Da kann ich ihn natürlich nicht kennen.« Max lächelte. »In Hamburg war ich noch nie. Ich wollte immer mal rauf zu den Fischköpfen, hab es aber bis heute nicht geschafft.«

»Ist schon schön«, bemerkte Josef.

»Woher willst du das wissen?«, fragte Max.

»Ich war letzten Sommer mal übers Wochenende dort. Hab ich dir das nicht erzählt, Max?«

»Nein. Hast du nicht.«

Marianne brachte Max' Bier. Er bestellte, wie die anderen beiden, den Schweinsbraten. Dann stießen sie miteinander an.

»Und was machst du so, Thorsten?« Max versuchte, die Frage möglichst nebenbei klingen zu lassen.

»Ich habe mich zur Ruhe gesetzt.«

»Wie bitte?« Max hatte kein Wort verstanden, da sich die Männer am Stammtisch gerade in einer abartigen Lautstärke zuprosteten.

»Rentner!«, rief Thorsten über den Lärm hinweg.

»Und da warst du nicht beim Maifeuer? Es war ganz wunderbar.«

Gut gemacht, Raintaler. Unauffälliger konnte man nicht nach einem Alibi für die Unfallnacht fragen. Mit Ruth Höfners Tod hatte Thorsten nichts zu tun. Aber was war mit ihrem Mann, seinem Exgärtner? Max legte neugierig den Kopf schief.

»Keine Zeit, leider. Ich war übers Wochenende in Hamburg. Wir hatten eine kleine Familienfeier.«

Na gut, er hatte also, was den eventuellen Mord an Bruno betraf, auf jeden Fall ebenfalls ein Alibi. Noch dazu eins, das sich von Franzis Leuten überprüfen ließ.

»Bin ich etwa auch verdächtig, was Brunos Tod betrifft?« Thorsten lächelte, ohne wirklich zu lächeln. Seine Geduld schien sich langsam doch noch in Wohlgefallen auflösen zu wollen.

Da schau her. Hatte er es also geschnallt, dass er verhört wurde. Egal. Hätte Max ihn nicht danach gefragt, hätte das sicher ebenfalls merkwürdig ausgesehen.

»Nein, um Gottes willen. Reine Berufskrankheit«, wiegelte Max schnell ab. »Es war wirklich super da draußen. Stimmt's, Josef?«

»Stimmt.« Josef nickte. »Tolle Masken. Tolle Musik und so. Einer von uns hat sogar ein Ufo gesehen.« Er grinste, als hätte er einen Witz gemacht.

»Ein Ufo. Das ist interessant. Erzähl weiter.« Thorsten spitzte die Ohren. »Oder noch besser, warte eine Sekunde.

Ich muss kurz mal wohin. Bin aber gleich wieder da. Merk dir, was du sagen wolltest.«

Fünf Minuten später kehrte er zu ihnen zurück. Max verkniff sich einen zotigen Spruch über älter werdende Männer und ihre zunehmende Verweildauer auf dem Pissoir.

»Leg los, Josef.«

»Na gut. Ein Freund von uns meinte, ein Flugobjekt gesehen zu haben, das im Zickzack am Himmel entlang flog. Wir haben es nicht gesehen.«

»Natürlich nicht«, erwiderte Thorsten daraufhin. »Obwohl, so abwegig ist das Ganze auch wieder nicht. Es wird weltweit immer wieder von solchen Erscheinungen berichtet.«

»Roswell und so weiter«, wusste Max zum Thema beizutragen.

Josef nickte zustimmend.

»Ich sehe, da hat sich jemand schlaugemacht.« Thorsten grinste in Max' Richtung.

»Bloß ein bisschen im Internet herumgestöbert.« Max winkte ab.

Josef winkte auch ab, obwohl Thorsten ihn offensichtlich gar nicht gemeint hatte.

»Ja, das mit Roswell war so eine Sache«, fuhr Thorsten fort. »Angeblich existieren etliche Augenzeugen, die die Existenz eines havarierten Raumschiffes und fremder Wesen aus dem All bestätigen können. Darunter glaubwürdige ranghohe Militärs und Geheimagenten.«

»Aber letztlich ist diese ganze Gegend dort doch bloß eine Attraktion für UFO-Touristen aus aller Welt, stimmt's?«

Max trank einen großen Schluck. Seine Laune hätte wahrlich besser sein können. Der Tod von Brunos Frau hatte ihm noch einmal verdeutlicht, dass die Sache, in der er hier Untersuchungen anstellte, alles andere als ungefährlich war. Nur gut, dass Monika inzwischen im Krankenhaus bewacht wurde und dass Anneliese bei ihr war. Trotzdem machte er sich nach wie vor große Sorgen um sie.

»Um das wirklich beurteilen zu können, weiß ich zu wenig.« Thorsten hatte erneut den Zeigefinger erhoben. »Zum Beispiel hat man an der Absturzstelle völlig unbekannte Materialien gefunden. Unter anderem eine Art Plastikfolie, die sich nicht verbiegen oder eindellen ließ. Egal, was sie in der Militärbasis damit anstellten.«

»Das habe ich auch gelesen.« Josef nickte zustimmend. »Die Aussagen von über 300 getrennt befragten Zeugen, die an der Bergung des Ufos beteiligt waren, stimmten darin überein, die Wrackteile und die toten Aliens wirklich gesehen zu haben.«

»Wer weiß, was die gesehen haben.« Max war nicht weiter überrascht von den Fachkenntnissen seines alten Freundes. Dass der sich mit der Thematik auskannte, hatte er ja bereits in der Walpurgisnacht angedeutet. »Vielleicht war es wirklich bloß ein Wetterballon, wie manche vermuten.«

»Das mit dem Wetterballon kann aber genauso gut bloß ein Ablenkungsmanöver der offiziellen Stellen gewesen sein«, wandte Thorsten ein.

»Auch wieder wahr.« Max blickte unschlüssig drein.

»Es gibt da auch noch ein Foto eines Ufos, dessen Echtheit bis heute nicht von den einschlägigen Fachleuten angezweifelt wird«, wusste Josef. »Man nennt es das

Objekt von Petit-Rechain. Das Foto wurde 1989 nachts von einem Laien aufgenommen. Hunderte von Belgiern wollen damals seit dieser Nacht ein ähnliches Objekt gesehen haben.«

»Aber das soll doch ein 18-Jähriger mit seinem Freund aus Styropor gebastelt haben«, widersprach Max. »Steht zumindest so im Internet.«

»Es gibt andere Stimmen, die sagen, dass der sich nur wichtig machen wollte. Außerdem sprechen die Sichtungen der vielen anderen Belgier dagegen.« Thorsten streckte zum dritten Mal den Zeigefinger Richtung Decke.

»Gruselig.« Max verzog ungläubig das Gesicht.

»Da glaubt man fast selbst an Aliens.« Thorstens Miene ließ keinerlei Schlüsse darauf zu, ob er an Außerirdische glaubte.

»Aber echt. Hey, seht mal, was da kommt.« Josef zeigte in Richtung Küchentür.

11

Marianne schlurfte gemächlich mit drei riesigen dampfenden Tellern auf sie zu.

»Ja da schau her. Genial. Sieht so aus, als müssten wir jetzt erst mal schweigend genießen.« Max nahm demonstrativ Messer und Gabel zur Hand.

»Hervorragend«, stimmte Thorsten ein. »Nur noch so viel zum Schluss: Selbst die amerikanische Luftwaffe konnte die Landung eines Ufos in Roswell nicht ausschließen.«

»Woher weißt du das eigentlich alles?« Max war überrascht von den tiefgehenden Fachkenntnissen, über die sein Gegenüber zu verfügen schien.

»Ich habe mich früher mal sehr dafür interessiert.«

»Beruflich?«

»Nein. Reines Hobby. Aber ich habe Luft- und Raumfahrttechnik studiert. Bin dem Weltall also immer treu geblieben.«

»Na, dann ist ja alles klar.«

»Dreimal das Schwein!« Marianne stellte die vollgeladenen Teller vor ihnen ab. »Für jeden noch ein Bier und ein Obst dazu?«

»Gerne!«, kam es unisono zurück.

Der Braten war wirklich köstlich. Ein Gedicht. Max war begeistert. Er hatte schon lange nicht mehr so gut in einem Lokal gegessen. Höchstens in Monikas kleiner Kneipe. Sie konnte auch kochen wie eine Göttin.

»Und schmeckt's?« Ein rotbackiger unrasierter Mann im verdreckten Overall stand wie aus dem Nichts vor ihrem Tisch und starrte Max grimmig an. Ein paar letzte fettige Haare von undefinierbarer schmutzigbrauner Farbe zierten seinen nahezu viereckigen Schädel. Seine Hände wiesen Schwielen auf. War der Machtlfinger Rübezahl etwa einer von diesen Vollpfosten, die sich gerne im Suff mit anderen anlegten? Am liebsten, wenn die anderen auch noch Fremde waren?

Max blickte vorsichtshalber erst einmal freundlich zurück. »Sehr gut. Danke der Nachfrage«, erwiderte er.

»Na, dann ist es ja gut, wenn es dir bei uns schmeckt.« Der Rotbackige blieb breitbeinig vor ihrem Tisch stehen.

»Kann ich Ihnen irgendwie helfen?«

»Du mir helfen? Das glaub ich kaum«, kam die prompte Antwort. »Aber ich kann dir helfen. Zum Beispiel hier raus.«

»Aha, also doch ein Vollpfosten«, murmelte Max halblaut.

»Was hast du gesagt?« Rotbacke stemmte die Hände in die Hüften und beugte sich mit grimmiger Miene vor.

»Vollpfosten«, erwiderte Max, legte sein Besteck neben den Teller und wischte sich langsam mit seiner Serviette den Mund ab.

»Wie, äh? Soll das eine Beleidigung sein?«

»Nein, warum?«

»Was soll es dann heißen?« Rotbacke glotzte einfältig.

»Ein Vollpfosten ist jemand, der kräftig ist, dessen Synapsen aber teils fehlerhaft geschaltet sind. Voll wie kräftig. Und Pfosten wie bei Pfostenschaltung.«

»Willst du damit sagen, dass bei mir was nicht stimmt?«

»Im Gegenteil, eine Synapsenfehlschaltung ist in unseren Breitengraden völlig normal. Sie sind der Prototyp eines absolut stimmigen *Homo* neanderthalensis.«

»Was? Ich ein Homo? Dir schmier ich gleich eine. Pass bloß auf.«

Rotbacke bekam zunächst noch rötere Backen, dann einen knallroten Kopf. Seine Halsschlagadern schwollen auf die Größe von Gartenschläuchen an. Seine klobigen Hände ballten sich zu riesigen Fäusten. Wankend wie ein Baumstamm im Sturm beugte er sich ein kleines Stück weiter zu ihnen hinüber.

Der muss ein ganzes Fass Bier alleine getrunken haben, dachte Max. Hilfe, gib mir irgendwer eine Gasmaske! Aber sofort! Wenn er nur noch einen Zentimeter näherkommt, dann schickt uns seine mörderische Fahne alle drei gleichzeitig auf die Bretter.

»Na, na, na. Langsam, guter Mann«, fuhr er laut fort und hob dabei die Hand, als würde er ein fahrendes Auto anhalten wollen. »Natürlich sind Sie nicht schwul. Das hat kein Mensch behauptet. Passen Sie auf. Ein Homo neanderthalensis ist so etwas wie der Athlet der Frühzeit. Unglaublich kräftig und erfolgreich bei den Frauen und beim Jagen.«

»Na also. Das klingt schon besser. Und was willst du hier bei uns? Woher kommst du überhaupt?« Rotbacke klang nicht mehr ganz so aggressiv wie zuvor. Er schien nun auf seine einfache Art und Weise tatsächlich Konversation machen zu wollen.

»Ich komme aus München und besuche meine Bekannten hier. Sie kennen sie bestimmt. Sie wohnen in der Nähe.« Max zeigte zuerst auf sich selbst, dann auf Josef und Thorsten, die sich nur noch mit größter Mühe das Lachen verbeißen konnten.

»Logisch kenn ich deine Freunde. Servus, Thorsten. Servus, Josef.«

»Servus, Hias«, kam es unisono von den beiden zurück.

»Er ist aus München, Hansi! Kein Preiß!«, rief Rotbacke in Richtung seiner Freunde.

»So ist es recht!«, krakeelte ein dickbauchiger Mann mit Vollbart und kleinem Filzhut auf dem Kopf zu ihnen herüber.

Beifälliges Gemurmel seiner Trinkkumpanen folgte.

Dann wandte sich Hias wieder an Max. »München? Soso. Mein Schwager wohnt in München. Mit meiner Schwester. In Untergiesing.« Er richtete sich mit einem kräftigen Ruck kerzengerade auf und kippte dabei fast nach hinten um.

»Das ist schön. Da sind die beiden fast Nachbarn von mir. Ich wohne in Thalkirchen.« Max konnte nicht mehr aufhören, innerlich zu schmunzeln. Wie konnte ein einzelner Mensch bloß solch einen Rausch haben und sich dermaßen aufführen?

»Kennst du die Christina?«, fuhr Hias fort.

»Äh, welche jetzt?« Max kratzte sich verwirrt am Kopf.

»Meine Schwester.«

»Wie heißt sie denn weiter?«

»Moosleiter.«

»Nein.«

»Ich werd doch wissen, wie meine Schwester heißt.«

»Ich meine, nein, ich kenne sie nicht.«

»Wenn du sie einmal siehst, sag ihr einen Gruß vom Hias.«

Max meinte für einen winzigen Augenblick sogar so etwas wie den Ansatz eines Lächelns im finsteren Gesichtsausdruck des polternden Platzhirschen zu erkennen.

»Logisch, Hias. Mach ich. Wird zwar schwierig bei über einer Million Einwohnern. Aber ich probiere es. Versprochen.«

»Marianne, bring den Herren drei Doppelte auf mich. Und dann mach mir die Rechnung fertig. Ich muss vor dem Zahlen bloß noch aufs Klo.« Hias machte sich vom Acker.

Sobald er hinter der Toilettentür mit dem nackten Bübchen vor dem Nachttopf verschwunden war, konnten sich Thorsten und Josef nicht mehr zurückhalten. Sie brachen beide gleichzeitig in schallendes Gelächter aus. Max stimmte ein. Erst als Hias' Freunde neugierig von ihrem Stammtisch aus zu ihnen herübersahen, rissen sie sich wieder etwas zusammen. Die Sache zwischen dem ›Eingeborenen‹ und dem ›Fremden‹ war soweit überstanden. Echten Ärger wollten sie nicht riskieren.

»Eine gelungene Vorstellung, Max, Respekt.« Thorsten applaudierte ihm mit Lachtränen in den Augen.

»Na ja.« Max winkte grinsend ab.

»Pfostenschaltung! Ich hau mich weg.« Josef bekam erneut einen Lachkrampf.

»Homo neanderthalensis!« Thorsten prustete zum zweiten Mal los. »Hätte nur noch gefehlt, dass du ihm gesagt hättest, dass der eigentlich ausgestorben ist. Wegen Synapsenfehlschaltung. Mein Gott. Ich hab wirklich lange nicht mehr so gelacht.«

Das war also derselbe Thorsten Ahlbeck, der angeblich so zurückgezogen von der Welt lebte. So konnte man sich in den Menschen täuschen. Der hier war doch ein echtes Prachtexemplar. Eine wahre Zierde seiner Art.

»Ihr müsst mich morgen Nachmittag unbedingt zu Hause zum Kaffee besuchen. Um halb vier? Wollt ihr?« Er blickte Max und Josef freundlich lächelnd in die nach wie vor erheiterten Gesichter.

»Ich bin dabei«, erwiderte Max.

»Ich auch«, fügte Josef hinzu.

12

»Alles unverändert. Hoffentlich wacht sie bald wieder auf. Ich kann sie gar nicht so daliegen sehen. Sie schaut so … so blass aus. So zerbrechlich.«

Anneliese war von ihrem Stuhl neben Monikas Krankenbett aufgestanden, um Max zu begrüßen. Sie schluchzte bitterlich. Nicht eine Sekunde lang hatte sie ihre beste Freundin die Nacht über aus den Augen gelassen. Immer in der Hoffnung, dass Monika im nächsten Moment aufwachen würde. Jetzt brach sie erschöpft zusammen. Er nahm sie in die Arme und strich ihr tröstend über den Rücken.

»Mir geht es genauso«, erwiderte er mit rauer Stimme.

Nachdem Josef und er Thorsten Ahlbeck gestern Abend zugesagt hatten, ihn am heutigen Mittwochnachmittag zu besuchen, hatte der sich bestens gelaunt von ihnen verabschiedet. Josef und er waren noch eine Weile sitzen geblieben und hatten weiter getrunken. Dann waren sie ebenfalls aufgebrochen. Nicht ohne Hias Moosleiter und seinen Freunden zum Abschied ein freundliches ›Servus!‹ entgegenzuschmettern. Woraufhin der ihnen noch zwei letzte Obstler aufgedrängt hatte. Bei Josef zu Hause hatten sie noch ein letztes Bier auf der Terrasse geschlürft und waren früh schlafen gegangen.

Heute Morgen war Max ohne Frühstück zunächst zu der Wiese, auf der das Maifeuer stattgefunden hatte, gefahren und hatte dort alles nach Franz' Handy abgesucht. Negativ. Dann war er auf direktem Wege hierher zu Monika ins Krankenhaus gefahren.

»Wie ist das alles nur passiert?«

»Ich finde es raus, Annie. Glaub mir, ich erwisch den Kerl, der das getan hat. Und dann gnade ihm Gott.«

Mit maskenhaft verzerrtem Gesichtsausdruck starrte er auf die im Sonnenlicht glänzenden Blätter des Ahorns vor dem Fenster. Er konnte ihr doch nicht sagen, dass er wahrscheinlich auch noch Mitschuld an dieser schrecklichen Situation hatte. Sie würde auf der Stelle kein Wort mehr mit ihm reden. Zu Recht, wie er meinte. Egal. Er musste sie trotzdem darüber informieren. Sie war eine Freundin. Und zu Freunden war man ehrlich. Auch wenn's manchmal wehtat. Wie fing er bloß an?

»Franzi hat mir vorhin am Telefon gesagt, dass du nach irgendwelchen Ufos und Zeugen für einen tödlichen Unfall suchst.«

Gott sei Dank. Sie nahm ihm den Einstieg in das unbequeme Thema ab. Wenigstens etwas. Jetzt musste er nur noch antworten.

»Stimmt. Und ich Depp hab auch noch im Internet dazu aufgerufen, mich deswegen zu benachrichtigen. Und jetzt liegt sie da, unsere Moni.«

»Du meinst, wegen deinem Aufruf im Internet?«

»Ja.« Wie so oft in den letzten Tagen traten ihm, ohne dass er es hätte beeinflussen können, die Tränen in die Augen.

»Woher willst du das wissen?«

»Es liegt nahe. Jemand hat mir nach meinem Aufruf wörtlich auf dem Anrufbeantworter gedroht, dass ich der Nächste wäre, der im Krankenhaus oder auf dem Friedhof landen würde. Moni ist nun mal die Einzige, die ich kenne, die momentan im Krankenhaus liegt. Und Bruno Höfner, nach dessen Unfall ich mich erkundigt hatte, ist bereits tot.«

Sie setzten sich nebeneinander auf die Stühle vor dem kleinen Tisch, der gegenüber dem Fußende von Monikas Bett an der Wand stand. Die Schwestern hatten ein Tablett mit Essen darauf abgestellt. Wohl für Annie. So wie es aussah, hatte sie jedoch nichts davon angerührt.

»Aber vielleicht hat dein Anrufer gar nicht auf Moni und diesen Bruno angespielt.« Sie wischte sich mit dem Handrücken ihre Tränen von den Wangen.

»Auf wen denn sonst?«

»Auf niemanden. Er kann doch einfach allgemein gemeint haben, dass du eben der Nächste von allen möglichen Menschen bist, der im Krankenhaus oder auf dem Friedhof liegt. Weil man dir etwas antun würde. Sonst nichts. Oder er hat nur auf diesen Bruno angespielt, und von Moni wusste er gar nichts.«

»Möglich wär's natürlich.« Max strich sich nachdenklich übers Kinn. Von der Warte aus hatte er das Ganze bisher noch gar nicht betrachtet.

»Na also. Dann hör auf damit, dich verrückt zu machen. Das kannst du immer noch tun, sobald du eindeutig weißt, dass du an allem schuld bist. Bis dahin schau lieber, dass du den Täter erwischst.« Sie blickte ihm fest durch ihren Tränenschleier hindurch in die Augen.

Herrschaftszeiten. Vielleicht hatte sie wirklich recht. Hoffentlich! Er atmete auf, wie damals als kleiner Junge nach der Beichte. »Danke, Annie. Du weißt gar nicht, wie sehr du mir gerade geholfen hast. Ich habe mir solche Vorwürfe gemacht.«

»Hol dir den Kerl, Max!« Sie strich ihm freundschaftlich über den Kopf.

Viel mehr als Freundschaft war zwischen ihnen auch nie

gewesen. Wegen Monika. Logisch. Nur ein einziges Mal vor ein paar Jahren waren sie alle beide schwach geworden und hatten nach einem durchzechten Abend eine gemeinsame Nacht verbracht. Nie wieder, das können wir ihr nicht antun, hatten sie sich am Morgen danach gegenseitig geschworen und ihr Versprechen bis heute nicht gebrochen.

»Okay. Ich schnapp ihn mir. Du sagst mir Bescheid, wenn sich hier etwas tut?« Er deute mit dem Kopf auf Monika.

»Mach ich.«

»Und ich kann dich wirklich wieder mit ihr allein lassen? Oder soll ich dich erst mal für ein paar Stunden ablösen?«

»Passt schon. Die Schwestern wollten mir noch ein Bett reinstellen, dann kann ich mich auch mal ausruhen.«

»Na gut. Noch mal danke.«

Er küsste sie auf beide Wangen, erhob sich, warf Monika einen langen Blick zu und stapfte aus dem Zimmer. Dem Uniformierten davor trug er auf, bloß gut aufzupassen, sonst würde er es mit ihm zu tun bekommen.

»Ja, ja. Schon recht. Ich tu mein Bestes«, erwiderte der nur genervt und las weiter in seiner Zeitung.

Erst mal nach Hause, duschen und frische Klamotten, sagte sich Max, als er auf dem Parkplatz in seinen Wagen stieg.

Während er eine gute Viertelstunde später die letzten Stufen zu seiner Etage hinaufstieg, vernahm er Stimmen über sich. Fremde Männerstimmen waren darunter. Was mochte da oben los sein? War einer von den Bauers krank geworden und wurde von den Sanis abgeholt? Schmarrn. Dann wäre doch ein Krankenwagen vor der Tür gestanden. Das Einzige, was er gerade gesehen hatte, war ein Streifenwagen gewesen. Herrje. War etwa die Polizei im Haus? Egal. Er würde es ohnehin gleich wissen.

13

»Herr Raintaler. Gut, dass Sie endlich da sind. Sie werden nicht glauben, was passiert ist.« Frau Bauer eilte ihm aufgelöst mit wehendem Haar entgegen. In einer Tour schlug sie dabei die Hände über dem Kopf zusammen.

»Ja was denn?« Er schaute sie mit großen Augen an.

»Bei Ihnen hat jemand eingebrochen. Die Herren von der Polizei sind schon da. Ich habe sie gleich gerufen, nachdem ich in Ihrer Wohnung war und dieses Chaos gesehen habe.«

»Sie sind einfach so in meine Wohnung gegangen?«

Das hatte sie doch noch nie gemacht. Obwohl sie seinen Zweitschlüssel hatte, um nach dem Rechten zu sehen, wenn er einmal längere Zeit nicht da war.

»Ja. Die Tür stand offen, und niemand hat auf mein Rufen geantwortet.«

»Ach so.« Mist, ein Einbruch. Was gab es denn bei ihm zu stehlen? Auf jeden Fall nichts, was sich gelohnt hätte.

Er ließ seine nette alte Nachbarin stehen und betrat seine Wohnung. Aufatmend stellte er fest, dass das Türschloss nicht beschädigt war. Gott sei Dank. Noch mehr Stress hätte er im Moment definitiv nicht gebrauchen können.

Am Ende des Flurs lief er den beiden jungen Beamten, denen der Streifenwagen gehören musste, in die Arme. Ein schlanker Mittelblonder und ein übergewichtiger Schwarzhaariger mit einer großen Warze auf der Backe. Dick und Doof, wie es schien.

»Was wollen Sie hier?«, blaffte ihn der Schwarzhaarige unfreundlich an. »Sie dürfen hier nicht rein. Das ist ein Tatort.«

»Ich darf hier immer rein. Ich wohne hier«, erwiderte Max freundlich lächelnd. »Darf ich fragen, was Sie hier tun?«

»Nichts dürfen Sie. Weisen Sie sich erst einmal aus.« Der dem Dialekt nach offensichtlich aus Hessen stammende Wampensack in Lederjacke blieb unnahbar und pampig.

»Gerne, sobald Sie das auch tun und Ihren unverschämten Ton mäßigen. Sonst scheppert's hier gleich. Hamma uns?«, plärrte Max noch pampiger. Er hasste nichts so sehr wie eingebildete Uniformträger, die der Meinung waren, sie könnten aufgrund der ihnen verliehenen Autorität den Rest der Welt herumschubsen, wie es ihnen gerade passte.

Der Schwarzhaarige schreckte zurück und verhielt sich erst einmal still. Er schien zu ahnen, dass einer, der so selbstbewusst auftrat wie der durchtrainierte Blonde vor ihm, etwas in der Hinterhand haben musste. Normale Bürger hatten eher Angst, auf diese Art mit einem Polizisten zu reden. Außer, sie waren betrunken oder auf Drogen. Bestimmt kannte dieser grantige Wohnungsbesitzer jemanden bei der Stadt oder in höheren Polizeikreisen. Auf jeden Fall war hier erst einmal Vorsicht geboten. Nicht, dass man es noch mit der Dienstaufsicht zu tun bekam. Oder mit den Vorgesetzten.

»Das ist Polizeiobermeister Bernd Günter und ich bin Polizeihauptmeister Werner Hehl«, mischte sich der etwas ältere Blonde mit neutraler Miene ins Gespräch.

Er schien vernünftiger als sein Kollege zu sein. Doof aber vernünftig. Außerdem sprach er bayrisch, was Max entgegenkam. Er verstand die Bayern nun mal besser als die Bewohner des restlichen Deutschlands. Sowohl emotional als auch semantisch.

»Schön, Herr Günter. Mein Name ist Raintaler.« Max zeigte ihm seinen Ausweis. »Exhauptkommissar Raintaler. Das hier ist meine Wohnung und ich wüsste sehr gerne, was hier passiert ist.« Er beachtete Bernd gar nicht weiter.

»Alles klar, Herr Hauptkommissar. Entschuldigen Sie das Benehmen meines Kollegen. Er kommt aus Frankfurt und ist unseren Föhn nicht gewöhnt.« Werner klang höflich und respektvoll. Er gab sich größte Mühe, den schlechten Eindruck, den Bernd gemacht hatte, wieder wettzumachen.

Die Absicht verfehlte nicht ihr Ziel. Max machte sich locker. »Aus Frankfurt? Aha. Dann wundert einen sowieso gar nichts mehr«, legte er dennoch nach.

»Bitte kommen Sie weiter«, fuhr Werner, die launige Provokation geflissentlich überhörend, fort. »Wir haben uns gerade schon einmal umgesehen. Der Täter hat ganze Arbeit geleistet. Sieht so aus, als hätte er etwas Bestimmtes gesucht.«

»Soso. Sieht das so aus?«

Seit wann durften die Uniformierten Spekulationen anstellen? Die sollten lieber schauen, dass sie den Verkehr anständig regelten und Taschendiebe einfingen. Oder, dass sie Fußgänger aufschrieben, die bei Rot über die Straße gingen. Nein, das sollten sie nicht. Vor allem nicht mitten in der Nacht, wenn weit und breit kein Auto zu sehen war. Josef hatte gestern Abend beim Absacker auf der Terrasse erzählt, dass ihm das vor zwei Wochen passiert sei. Fünf Euro hatten sie von ihm gewollt. Die pure Abzocke. Moderne Wegelagerei. Nicht mehr weit weg vom Polizeistaat. Sie waren sich darüber einig gewesen, dass dringend etwas geschehen musste in einer Bananenrepublik, in der so etwas möglich und rechtens war.

Max betrat sein kleines aber feines Wohnzimmer und hielt erst einmal die Luft an. Dann nahm die Wut, die bereits die ganze Zeit über in ihm hochgekocht war, endgültig überhand. »Ja, spinn ich? Welches Arschloch tut denn so was?«, brüllte er fassungslos.

Die Polster seiner geliebten roten Couch waren aufgeschnitten und durchwühlt worden. Aus Isoldes altem Sideboard hatte jemand die Schubladen herausgerissen und zerbrochen. Sämtliche Vorhänge waren heruntergerissen. Der Fernseher lag genau wie sein wertvoller alter Bauernschrank zersplittert auf dem Boden, das Usambaraveilchen vom Fensterbrett mittendrin. Hier hatte niemand etwas gesucht, hier war ein Geisteskranker durchs Zimmer gerauscht.

Wollte ihm jemand Angst machen? Etwa derselbe Dreckskerl, der die Drohbotschaft auf dem Anrufbeantworter hinterlassen hatte? Oder hatte der ihn etwa auch dabei beobachtet, wie er die Kopien aus Ruth Höfners Versteck genommen hatte und gehofft, die hier bei ihm zu finden? Derselbe, der Ruth kurz vorher umgebracht hatte? Hing alles zusammen? Gut möglich. Was außer diesen Kopien hätte man sonst schon groß bei ihm finden wollen? Aber das musste doch irgendwer gehört haben, so wie hier gewütet worden war. Die alte Frau Bauer hatte doch normalerweise immer so einen leichten Schlaf. Ja, so eine ausgewachsene Riesenscheiße.

Halt mal. Genau betrachtet war das alles nicht logisch. Falls ihn wirklich jemand dabei beobachtet haben sollte, wie er die Kopien in der Pension der Höfners an sich genommen hatte, zum Beispiel durch das Fenster zu Ruth Höfners Laden, musste dieselbe Person doch auch mitbekommen haben, dass er danach in den Alten Wirt gegangen war und anschließend bei Josef übernachtet hatte. Wie hätte er die Aufzeichnungen von dort aus denn hierher in seine Wohnung zaubern sollen? Oder er wurde nur beim Kopienklau beobachtet. Dann musste der Täter aus irgendeinem Grund, vielleicht weil jemand gerade mit seinem Hund vorbeikam, verschwinden und war später aufs Geratewohl hierher zu ihm nach Hause gefahren. Aber woher wusste der Kerl seinen Namen und seine Adresse? Wenn es derselbe war, der die Drohbotschaft hinterlassen hatte, kannte er natürlich beides. Aber war das wirklich so? Oder hatte das ganze Durcheinander hier nichts mit Brunos ›Geheimakte Kepler 22b‹ zu tun, sondern vielmehr mit dem Anschlag auf Monika, und der hatte wiederum, so wie es Annie sagte, rein gar nichts mit den Höfners und den Ufos bei Machtlfing zu tun?

Viele gute Fragen, Raintaler. Streng dich an, wenn du die Antworten rausfinden willst. Aber erst mal rufst du Franzi an. Der muss mit seinen Fachleuten von der SpuSi herkommen, und die müssen hier jeden Millimeter unter die Lupe nehmen.

Er schickte die beiden Uniformierten ins Treppenhaus, damit sie nicht noch mehr Spuren zerstörten als bisher.

Dann nahm er sein Handy aus der Hosentasche und setzte sich auf seinen Couchtisch, der das Möbelmassaker aus einem unerfindlichen Grund heil überstanden hatte.

»Franz, Servus. Bei mir wurde eingebrochen.«

Zunächst war nichts als Stille am anderen Ende der Leitung.

»Geh, Schmarrn«, kam es dann ungläubig.

»Doch. Komm bitte mit der Spurensicherung her. Es könnte mit den Höfners und diesem Drohanruf bei mir zusammenhängen. Oder mit dem Anschlag auf Moni.«

»Okay. Das kann aber schon bis Mittag dauern.«

Franz konnte manchmal verdammt wichtigtuerisch klingen.

»Egal. Habt ihr inzwischen herausgefunden, wem die Stimme auf meinem AB gehört?«

Max konnte Franz' gelegentliche Bemühungen, sich ihm gegenüber den Anstrich einer vielbeschäftigten höhergestellten Persönlichkeit geben zu wollen, hervorragend ignorieren. Er wusste seit ihrer Schulzeit, dass sein kleiner Ex-Kollege manchmal von den Folgen eines unerklärlichen, aber offenbar tiefsitzenden Minderwertigkeitskomplexes heimgesucht wurde, übersah das im Namen ihrer langjährigen Freundschaft jedoch stets geflissentlich. Trotzdem ärgerte er sich.

»Haben wir.«

»Und?« Jetzt zickt er auch noch weiter herum, der Depp. Und mir läuft die Zeit davon.

»Sie gehört einem gewissen Winfried Zeitler. Der Mann ist Synchronsprecher, und der Text wurde aus einem seiner Filme herauskopiert und zusammengeschnitten.«

»Der Kerl, der das gemacht hat, wäre mir lieber gewesen.«

»Mir auch.«

»Wer von euch hat das herausgefunden?«

»Eine Praktikantin. Die hat den Film kürzlich gesehen und die Stimme gleich wiedererkannt.«

»Gute Frau.«

»Richtig. Was ist mit meinem Handy?« Franz klang zum ersten Mal wirklich interessiert.

»Du und dein Scheißhandy! Als gäbe es nichts Wichtigeres auf der Welt«, echauffierte sich Max. »Ich hab heute Morgen die ganze Wiese danach abgesucht. Da war kein Handy. Hammas dann damit?«

»Mist!« Franz hörte sich enttäuscht und besorgt zugleich an.

Bestimmt würde ihm Sandra die Hölle heißmachen, weil ihre Nummern, die auch auf seinem Handy gespeichert waren, jetzt unwiederbringlich weg waren. Ihr Bier. Warum kaufte sie sich eigentlich kein eigenes Telefon?

»Habt ihr gestern noch die Nachbarn der Höfners befragt?«

»Logisch. Die alte Frau gegenüber hat angeblich nichts gehört und gesehen. In den Häusern links und rechts der Pension war niemand zu Hause.«

»Dann hake ich dort heute noch mal nach.«

»Gerne. Wenn du sowieso draußen bist.«

»Wie schaut es mit dem AB der Höfners aus?«

»Nichts Verwertbares. Nur ein Geschäftsmann aus Magdeburg hat nach einem Zimmer für Juli angefragt.«

»Und Ruth Höfners Handy?« Herrschaftszeiten, Wurmdobler. Lass dir halt nicht schon wieder alles derart mühsam aus der Nase ziehen?

»Komplett gelöscht. Nur ihre Fingerabdrücke waren drauf.«

»Wie?«

»Keine Anrufe, keine Adressen und keine Nachrichten. Nichts.«

»Merkwürdig, dass der Kerl dazu noch Zeit hatte. Oder war sie es selbst?« Max strich sich nachdenklich über seinen Dreitagebart. Ich könnte mich mal wieder rasieren, fiel es ihm dabei ein. Egal, hat Zeit.

»Beides möglich.«

»Ach wirklich, Franzi? Da wäre ich jetzt aber nicht von selbst drauf gekommen.« Auch Max konnte gelegentlich zickig werden. »Spuren?«

»Nichts Brauchbares. Entweder der Täter war ein Geist oder ein luftdicht gekleideter Profi mit Handschuhen.«

Franz' manchmal provozierend gleichmütige Langsamkeit beim Sprechen hatte Max schon früher regelmäßig auf die Palme getrieben. Jetzt war er kurz davor, ihn deswegen anzuplärren. Da er aber aus Erfahrung wusste, dass das nichts ändern würde, zwang er sich, ruhig zu bleiben.

»Kannst du mir übrigens einen Computer mitbringen, wenn du nachher kommst? Meinen hat der Einbrecher ruiniert. Ich brauche ihn für E-Mails und Internet. Nur leihweise, solange wir an diesem Fall sind.«

»E-Mails und Internet? So was macht man heute doch vom Handy aus.«

Da war sie wieder, die nervige Wurmdobler-Wichtigtuerei. Erst wegen den Telefonnummern der eigenen Frau herumjammern und dann supergescheite Ratschläge geben. Warum hielt er nicht einfach die Klappe? Max hätte seinem alten Freund gerade am liebsten mit der Spitze seines rechten Cowboystiefels in den breitgesessenen Beamtenarsch getreten. Mit dem Rechten deshalb, weil er damit auch beim Fußball den besten Bums hatte.

»Ich hab aber bloß so einen alten Knochen. Das weißt du doch«, fuhr er mit möglichst gleichmütigem Ton fort. Ruhig bleiben, Raintaler. Bloß keine Blöße geben. Das wäre nur Wasser auf seine langsam mahlenden Wichtigtuermühlen. »Außerdem weißt du auch, dass ich nicht erst seit gestern mit der neuesten Technik auf Kriegsfuß stehe. Und jetzt, wo ich wenigstens schon mal diesen Computerkurs gemacht habe und …«

»Okay, okay. Wir bringen dir einen mit.«

Na also, ging doch. Man musste nur reden mit den Leuten. Sie legten auf.

Frau Bauer rief ihn an die nach wie vor offen stehende Tür. Sie stand mit einem großen Teller voll herrlich duftendem Käsekuchen davor.

»Ich dachte mir, dass Sie bei der ganzen Aufregung vielleicht eine Stärkung brauchen könnten, Herr Raintaler.«

»Das kann ich auf jeden Fall, Frau Bauer. Ich habe noch nicht einmal gefrühstückt. Vielen Dank. Genial.«

»Gerne.« Sie lächelte verschmitzt.

»Haben Sie diese Einbrecher heute Nacht denn gar nicht gehört?«, wollte Max noch wissen, bevor er wieder hineinging. »Sie hören doch sonst alles.«

»Nein, Herr Raintaler. Ich habe eine Schlaftablette genommen, wegen dem Föhn. Da könnte eine Bombe neben mir einschlagen, ich würde es nicht hören.«

»Schade. Also danke noch mal.«

Er trug denn Kuchen in die Küche und setzte Kaffee auf. Den dämlichen Uniformierten biete ich nichts davon an, sagte er sich. Der Bayer geht ja noch. Aber der dicke Preiß mit der Warze im Gesicht ist ein echter Volldepp. Nein. Wären sie mal alle beide etwas freundlicher gewesen. Aber so. Nichts da. Sollen sie doch im Treppenhaus stehen, bis sie schwarz werden, die Kaschperlköpfe.

14

Nachdem Franz, entgegen seiner ursprünglichen Ankündigung, doch schon recht bald mit seinen Leuten gekommen war, um die Wohnung nach Spuren auf den Kopf zu stellen, verabschiedete sich Max ins schöne Fünfseenland. Sein alter Freund und Exkollege versprach ihm, dass einer seiner Leute den Leihcomputer anschließen würde und dass sie die Tür hinter sich zuziehen würden, sobald sie fertig wären.

Eine Dreiviertelstunde später bog Max auf den Parkplatz der Starnberger Polizeiinspektion ein. Bevor er in Machtlfing weiter nach Spuren suchte, wollte er der Sache mit Bruno Höfners E-Mail, die hier im Revier offensichtlich nicht ernst genommen worden war, auf den Grund gehen. Auch diesen unverschämten Kleiber, mit dem er telefoniert hatte, würde er sich zur Brust nehmen. Vorausgesetzt er war da.

Er ging hinein und trat an den Besuchertresen.

Ein kräftiger junger Beamter stand behäbig von seinem Schreibtisch auf und begrüßte ihn von oben herab. »Was kann ich für Sie tun?«

»Sie könnten mir ein paar Auskünfte geben. Max Raintaler mein Name.«

Max zeigte ihm seinen Detektivausweis.

»Aha. Und um was geht es, Herr Detektiv?«

Der Jüngling verzog keine Miene.

»Es geht um den Unfalltod von Bruno Höfner.«

»Den UFO-Spinner?«

»Genau den, Herr …«

»Kleiber. Polizeiobermeister Kleiber. Haben wir wegen der Sache nicht gestern bereits telefoniert? Sind Sie der Exkommissar?« Kleiber zeigte sich nach wie vor unbeeindruckt.

Reichlich selbstbewusst für sein geringes Alter und seine Position, dachte Max. Hat wohl reiche Eltern.

»Haben wir. Aber Sie waren nicht besonders hilfreich. Deshalb komme ich heute persönlich vorbei. Und ja, ich war Hauptkommissar bei der Münchner Kripo. Machen Sie Ihren Kollegen hier auf dem Revier auch nur Schwierigkeiten?« Max' Ton verschärfte sich.

»Nein, Herr Raintaler. Mache ich nicht.« Kleiber reckte überheblich grinsend sein Kinn in die Höhe und schüttelte unmerklich den Kopf. »Und ich gebe Ihnen trotzdem keine Auskunft.«

»Nein?« Max war normalerweise ein geduldiger Mensch. Aber dieser aufgeblasene Stenz hier ging ihm jetzt schon schwer gegen den Strich.

»Nein. Muss ich auch nicht.«

»So, meinen Sie?« Wart's ab. Mit dir werde ich noch lange fertig, du Zigarettenbürscherl, du windiges. Da hat es schon ganz andere gegeben, die sich so aufgespielt haben wie du. Und sie alle haben es im Nachhinein bereut. »Passen Sie auf, Herr Kleiber. Wir machen das jetzt so.« Er stützte sich mit beiden Händen auf dem Tresen zwischen ihnen auf. »Sie beantworten auf der Stelle meine Fragen. Ohne weiteres Gezicke, sonst …«

»Sonst?« Kleiber blickte ungerührt drein.

»Sonst holen Sie mir umgehend Ihren Chef. Dann werden wir schon sehen, ob ich Sie nicht wegen Behinderung der Aufklärung eines Mordfalles drankriege. Meine Auftraggeber kommen von ganz oben. Wollen Sie Ihre schöne Uniform wirklich gleich morgen in die Altkleidersammlung geben? Das verspreche ich Ihnen nämlich, wenn Sie so weitermachen wie bisher.« Max Gesicht färbte sich rot vor unterdrückter Wut.

»Ruhig, Brauner!«, erwiderte Kleiber unverschämt grinsend. »Na gut, Herr Raintaler. Was wollen Sie wissen?«

Ich bring ihn gleich um. Hat die Welt jemals zuvor einen derart arroganten Heini wie den gesehen? Auf gar keinen Fall. Der Kerl hat echten Seltenheitswert. Er scheint sich seiner selbst sehr sicher zu sein. Mal sehen wie lange noch. »Bruno Höfner hat ihrem Revier eine E-Mail geschickt. Was wissen Sie darüber?«

»Keine Ahnung. Ich habe keine bekommen.«

»Wer dann?«

»Weiß ich nicht.«

»Aha. Aber Sie kannten Herrn Höfner?«

»Logisch. Jeder hier auf dem Revier kannte ihn. Er kam jede Woche mit seinem Schmarrn angetanzt. Ufos hier, Außerirdische da. So ging das die ganze Zeit.«

»Wann genau wurde Bruno Höfner von Ihnen tot aufgefunden?«

»Gar nicht. Moment. Ich komme wieder.« Er hob ein

paar Mal bedeutungsvoll die Brauen, drehte sich um und schritt breitbeinig auf das hintere Ende des Raumes zu. »Ein Cop aus München will euch sprechen, Jungs«, plärrte er in die dort offen stehende Tür hinein, sobald er vor ihr angehalten hatte.

Hirnloses Arschloch! Egal. Vergiss ihn, Raintaler. Es muss auch solche wie ihn geben, sonst hätten die netten Leute keine Messlatte, auf der die Skala nicht nur nach oben reicht.

Wenig später standen zwei ältere Beamte vor ihm. Der unsympathische Jungbulle Kleiber hatte sich, ohne Max auch nur noch einmal anzusehen, an seinen Schreibtisch verzupft.

»Das ist Polizeihauptmeister Wieland. Ich bin Polizeiobermeister Stern. Sie wollten uns sprechen.« Der schlanke ältere Beamte zeigte auf seinen hemdsärmeligen Kollegen hinter sich und auf sich selbst.

»Grüß Gott, die Herren. Raintaler.« Max nickte ihnen distanziert zu. »Es geht um den Unfall in der Walpurgisnacht auf der Landstraße bei Machtlfing.«

»Aber wir haben den Münchner Kollegen von der Kripo doch bereits alles gesagt.« Stern runzelte verwundert die Stirn.

»Ich wollte auch bloß noch mal nachhaken. Ist Ihnen an der Unfallstelle etwas Ungewöhnliches aufgefallen, worüber sie noch nicht mit den Münchner Kollegen gesprochen haben? Vielleicht weil es ihnen zu unwichtig vorkam? Waren zum Beispiel Fahrzeuge in der Nähe?«

»Nein. Was meinst du, Jobst?« Stern drehte sich zu seinem untersetzten Kollegen um.

»Nein … Doch, halt. Da war was«, erwiderte der.

»Was denn?« Max spitzte gespannt die Ohren. War er doch nicht umsonst hierher gefahren?

»Eine tote Kröte lag neben ihm. Wahrscheinlich, weil zurzeit Krötenwanderung ist und die da neben der Straße keinen Zaun haben.« Jobst kratzte sich nachdenklich am Kopf.

»Krötenwanderung. Soso.«

Max merkte, dass er so nicht weiterkam. Er ließ sich in Bernhard Karghammers Büro bringen. Wenigstens der Chef der Inspektion musste doch über einen IQ verfügen, der über Meeresniveau hinausreichte.

»Herr Raintaler«, entgegnete ihm der ältere Beamte auf seine Fragen nach Höfner. »Bitte glauben Sie mir. Wir haben erst den Fürstenfeldbrucker Kollegen und heute Morgen der Münchner Kripo alles mitgeteilt, was wir wissen. Aber sollte uns trotzdem noch etwas einfallen, rufen wir Herrn Hauptkommissar Wurmdobler sofort an. Der ist doch immer noch zuständig, oder? Auch für den Mord an Frau Höfner.«

»Richtig. Woher wissen Sie von dem Mord an ihr?« Die Jungs hier waren doch gestern gar nicht vor Ort. Das war doch nur Franzi mit seiner Mannschaft.

»So was spricht sich auf dem Land herum wie ein Lauffeuer.«

»Logisch. Stimmt.« Bestimmt darf der Herr Karghammer bald in Pension, so grauhaarig und faltig, wie er aussieht. Es müffelt auch schon leicht verwest hier drinnen. Geh, Schmarrn. Wahrscheinlich hat er Magenprobleme. Die schmalen Ausgemergelten haben es oft mit dem Magen. Warum hat Franzi mir vorhin eigentlich nichts von seinem Anruf hier erzählt? Na ja. Wahrscheinlich hat er es einfach vergessen. Außerdem hab ich ihn gar nicht danach gefragt.

»Ist das jetzt üblich bei der Kripo, dass sie mit einem Privatdetektiv zusammenarbeitet?«, wollte Karghammer wissen.

»Gelegentlich. Herr Wurmdobler ist außerdem ein alter Freund und mein Exkollege bei der Kripo. Und ich habe ein starkes persönliches Interesse an dem Fall. Nennen Sie es offiziell abgesegnete Passion oder Leidenschaft.«

»Ach so. Na dann.« Karghammer nickte, schien aber nicht restlos überzeugt von dem, was er gehört hatte. Zumindest legte sein zweifelnder Gesichtsausdruck diese Vermutung nahe.

»Da wäre noch etwas, Herr Karghammer. Bruno Höfner hatte ihrem Revier eine E-Mail geschickt. Es ging darin um UFO-Sichtungen und Ähnliches. Wissen Sie, wo diese E-Mail abgeblieben ist?«

Max sah sich in dem mit schwarzem Leder und dunklem Holz eingerichteten Raum um. Mein lieber Mann. Nicht schlecht ging es denen hier draußen im zweitreichsten Landkreis Deutschlands. Schon lustig, da hieß einer Karghammer, war aber alles andere als karg eingerichtet. Sie hatten damals bei der Kripo immer die ältesten Stühle und total abgeramschte Schränke gehabt. Oder war ihm das nur so vorgekommen? Egal. Heute war das anders. Franz zum Beispiel konnte sich über mangelnden Komfort in seinem Büro nicht beklagen. Obwohl, solange war das auch noch nicht der Fall. Noch vor zwei Jahren hatte sich seine alter Freund und Exkollege über die unbequemen Stühle und die wackeligen Tische beschwert. Zugegeben, es gab Wichtigeres. Aber in einem gemütlichen Büro hielt man sich eben auch gerne auf, arbeitete bisweilen sogar freiwillig. Siehe Franz am Sonntagmorgen.

»Keine Ahnung. Die E-Mails bearbeitet jeder abwechselnd, so wie sie hereinkommen.« Karghammer lehnte sich in seinem riesigen Chefsessel zurück.

»Also kann man nicht mehr nachvollziehen, ob und wer darauf geantwortet hat?«

»Ich denke nicht. Was sagen denn die Kollegen im Büro draußen dazu?«

»Keiner weiß etwas davon. Also muss einer lügen. Oder alle.« Max blickte ihm durchdringend ihn die Augen. Es wäre nicht das erste Mal, dass eine offizielle Behörde Informationen verschwinden ließ. Auch die Polizei war vor schwarzen Schafen in ihren eigenen Reihen nicht gefeit.

»Hier lügt keiner, *Herr* Privatdetektiv.« Der Inspektionschef schüttelte ärgerlich den Kopf. »Wir bekommen bloß täglich so viel Schmarrn reingeschickt, dass die Mails manchmal gelöscht werden, ohne dass jemand vorher reinschaut.«

»Aha. Na gut. Dann war's das auch schon. Bis auf eine Kleinigkeit. Ich überlege mir gerade, ob ich bezüglich Polizeiobermeister Kleiber eine Dienstaufsichtsbeschwerde vom Stapel lasse. Der Bursche ist mehr als unverschämt, und er behindert meine Ermittlungen.« Merkst du was, Raintaler? Du bist doch gerade derselbe Wichtigkaschperl wie dieser Kleiber. Wie war das noch mal? *Petze, Petze ging in 'n Laden, wollte ein Pfund Käse haben.* Geht's vielleicht noch kindischer?

»Der Ewald ist der Sohn vom Bürgermeister, Herr Raintaler. Ganz unter uns sag ich dazu nur so viel: Er ist ein verwöhnter kleiner Depp, der es nie so weit wie sein Vater bringen wird. Ich werde ihn mir gleich mal zur Brust nehmen.«

»Na gut. Dann spar ich mir den Papierkram. Ist mir eh zu stressig. Auf Wiederschauen.«

Auf dem Parkplatz vor dem Revier angekommen, stieg Max in sein Auto und machte sich auf den Weg nach Machtlfing. Eine Weile lang geisterte ihm die Sache mit Bruno Höfners unbeantworteter E-Mail noch im Kopf herum. Dann konzentrierte er sich auf die Straße und auf den Verkehr. Nicht dass es hier draußen trotz schönstem Frühlingswetter gleich den nächsten tödlichen Unfall innerhalb weniger Tage gab.

15

Höfners Nachbarn zur Linken, die Marnbergers, hatten weder etwas gehört noch etwas gesehen. Sie waren gestern Abend bei Bekannten in München eingeladen gewesen. Das könnten die auch jederzeit bezeugen, wenn es nötig wäre, hatten sie noch gemeint, während sich Max bereits zum Gehen umdrehte.

Jetzt läutete er an der Tür des Hauses auf der anderen Seite der Pension. Ein riesiger Bau mit Rundumbalkon im ersten Stockwerk, dem, genau wie dem Haus der Höfners, dringend ein neuer Anstrich fehlte. Die vertrockneten Blumen, die vom Balkon und von den Fensterbänken herunterhingen, vervollständigten den verwahrlosten Anblick. Moosleiter stand auf dem nagelneuen Klingelschild. »Woher kenn ich diesen Namen bloß?«, murmelte Max vor sich hin.

Sobald ihm geöffnet wurde, wusste er es wieder. Hias Moosleiter stand in Blaumann und Filzpantoffeln vor ihm, der rotbackige Homo neanderthalensis aus dem Alten Wirt.

»Wenn das nicht unser fescher Münchner von gestern Abend ist. Hast du von daheim aus gerochen, dass es Mittagessen bei mir gibt?« Hias lachte polternd. Gleich darauf hustete er, dass es nur so pfiff.

»So früh schon?« Max zog erstaunt die Brauen hoch. Er versuchte, der mörderischen Alkoholfahne, die aus dem Mund seines Gegenübers strömte, auszuweichen, indem er den Kopf zur Seite drehte.

»Logisch. Wer um fünf aufsteht, der hat um halb zwölf Hunger. Glaubst du, meine Kühe melken sich von selbst?«

»Nein, Hias. Ich komme auch nicht wegen dem Mittagessen.« Max wandte sich ihm wieder zu, hielt dabei aber gut zwei Meter Abstand.

»Warum dann?«

»Ich habe dir gestern Abend nicht alles über mich erzählt.«

»Lass mich raten. Du bist unser neuer Ministerpräsident.« Hias schlug sich vor Begeisterung über den gelungenen Witz auf den rechten Oberschenkel.

»Leider nicht.« Max lächelte tapfer. Wenn ich ihm gleich eine reinhaue, sagt er gar nichts mehr. Außerdem haut er vielleicht zurück, und wenn er richtig trifft, bricht er mir sämtliche Knochen. Also lass ich es besser und versuch es weiter mit Reden bei ihm. Gestern Abend hat das doch ganz gut hingehauen. »Ich bin Privatdetektiv.«

»Ja, da schau her, ein privater Bulle aus der Stadt. Willkommen bei deinen Freunden auf dem Land. Magst du sie in meinem Stall besuchen?« Hias lachte erneut.

Der Kerl ist offensichtlich immer noch besoffen. Oder

schon wieder. Oder hat er irgendein saulustiges Pulver gefrühstückt? Max ging nicht weiter auf den derben Scherz ein.

»Ich ermittle in zwei Mordfällen hier im Ort«, fuhr er in sachlichem Tonfall fort. »Bruno Höfner und seine Frau sind die Opfer, um die es geht.«

»Was? Der Bruno ermordet?« Der Schreck in Hias' Gesicht sah nicht gespielt aus. »Ich denke, der wurde überfahren.«

»Wir gehen inzwischen von Mord aus.«

»Wahnsinn. Aber die Ruth ist nicht tot. Die muss drüben in ihrem Haus sein. Hast du dort schon geklingelt?«

»Ich habe sie gestern Abend tot aufgefunden, als ich zu ihr kam, weil sie mir etwas verraten wollte.«

»Etwas wegen dem Bruno seinen Außerirdischen?«

Respekt. Schnell geschaltet. So hackedicht, wie es gerade noch den Anschein gehabt hatte, schien der rotbackige Bauer doch nicht zu sein. Aber wieso wussten eigentlich alle möglichen Leute über Brunos Außerirdischen Bescheid, nur seine Frau nicht. Merkwürdig. Dieses ganze Dorf hier schien eine wasserdichte Mauer des Schweigens aufbauen zu können, wenn es sein musste.

»So ähnlich.«

»Ja so eine Scheiße. Da weiß ich aber leider nix.« Hias schien das Lachen endgültig vergangen zu sein. Er kratzte sich nachdenklich am Hinterkopf. »Hab nur von anderen gehört, dass der Bruno an fremde Raumschiffe und so weiter glaubt. Mir selber hat er so einen Schmarrn nie erzählt.«

»Wer sind diese anderen?«

»Andere halt. Was weiß ich. Beim Alten Wirt haben mal ein paar Leute davon gesprochen.«

»Hast du gestern Abend drüben bei den Höfners etwas gehört? Oder jemanden rein- und rausgehen sehen?«

»Besonders gescheit seid ihr Detektive aber auch nicht.« Hias hörte auf, sich zu kratzen. Stattdessen schlug er sich mit der flachen Hand vor die Stirn.

»Wieso?«, fragte Max neugierig.

»Du hast mich doch gestern im Alten Wirt gesehen. Den ganzen Abend lang. Wie soll ich dann hier etwas beobachtet haben?«

»Ich meine vorher. Am frühen Abend. Bevor du in den alten Wirt gegangen bist.«

Ein Exkommissar in voller Fahrt ließ sich nicht so leicht aus der Bahn werfen. Logischerweise wurde sie umgebracht, lange bevor er in den Alten Wirt zurückgekehrt war und dort Hias zum ersten Mal getroffen hatte.

»Vorher habe ich gesät. *Säet, so werdet ihr ernten*, heißt es. Für uns Bauern eine wichtige Sache. Dann bin ich direkt zum Stammtisch gegangen. Um kurz vor sechs.«

Da hat Ruth Höfner noch gelebt. Habe ihn wohl genau wie Thorsten knapp verpasst. Wenn das stimmt, ist er auf jeden Fall aus der Sache raus. »Hat deine Frau etwas gesehen oder gehört? Es wäre sehr wichtig für uns. Wir wollen den Mörder der beiden finden.«

»Meine Alte ruht sich seit fünf Jahren aus.«

»Ist sie krank?«

»Nein, sie liegt auf dem Friedhof. Gott sei Dank. Hat mir sowieso immer bloß das Saufen verboten.«

Hias senkte langsam den Blick. Dann starrte er nur noch trübsinnig auf den Kiesboden zwischen ihnen.

Mist, Raintaler. In diesem Fall scheint es weder sinnvolle Spuren noch irgendwelche brauchbaren Zeugen oder Indizien zu geben. Am besten gehst du selbst erst einmal etwas essen. In den Alten Wirt natürlich. Wohin sonst.

Er verabschiedete sich von Hias, der weiterhin stur den Boden vor seinen Füßen begutachtete. Ob er seine Frau doch vermisst?, fragte er sich kurz. Schaut zumindest so aus. Dann stieg er in seinen rostbraunen R4.

»Hallo, Max«, begrüßte ihn Marianne strahlend, als er wenig später das Lokal betrat. »Schon ausgeschlafen?«

»Servus, Marianne. Schon lange. Ich habe gefühlt bereits einen ganzen Arbeitstag hinter mir.«

»Dann wird's höchste Zeit für ein Feierabendbier.« Sie lächelte dieses gewisse Lächeln, das ausnahmslos jeder geschäftstüchtigen Wirtin auf diesem Globus zu eigen ist.

»Feierabend noch nicht. Aber das Bier nehme ich trotzdem.« Max setzte sich und lächelte zurück.

»Servus, Marianne. Stell dir vor, die Ruth ist tot.« Eine zaundürre junge Frau um die 30 war eingetreten. Das fettige aschblonde Haar hing ihr in verklebten Strähnen ins verschwitzte gerötete Gesicht. Sie trug gelbe Gummistiefel zu einem abgetragenen blauen Schürzenkittel, wie ihn die Küchenhilfskräfte in der Großgastronomie oft anhaben.

»Was? Ehrlich, Gerdi? Hast du das gewusst, Max?« Die Wirtin blickte überrascht und schockiert zugleich von einem zum anderen.

»Ja, leider.«

»Aber was ist mit ihr passiert?«

»Jemand hat sie umgebracht.« Max betrachtete seine Fingernägel.

»Sicher?«

»Ganz sicher.« Er nickte bestätigend.

»Wahrscheinlich war es dieser schleimige Kerl, den sie zuletzt hatte. Dieser Willi aus der Stadt.« Gerdi grinste dümmlich. Ihre ohnehin übergroßen Nasenflügel öffneten sich dabei noch etwas weiter. »Auf jeden Fall ist sie tot und kann uns unsere Männer nicht mehr abspenstig machen.«

»Ich glaube, es ist besser, wenn du heimgehst und deinem Rudi etwas kochst, Gerdi.« Marianne wies ihr unmissverständlich die Tür.

»Moment, Gerdi. Wie haben Sie das gerade gemeint?«, mischte sich Max ein. »Hatte Frau Höfner etwas mit Ihrem Mann?«

Was für ein Zufall. Vielleicht hatte er hier seinen dringend gesuchten Schuldigen. Eine tragische Dreiecksgeschichte. Gerdi traute er Ruths Genickbruch, rein von der Kraft her, die dazu nötig gewesen wäre, nicht zu. Ihrem Mann schon eher. Die Männer auf dem Land waren alle kräftig. Er hatte also zuerst Bruno aus Eifersucht umgebracht und danach Ruth, weil er sich mit ihr wegen irgendetwas bis aufs Messer gestritten hatte. Vielleicht war er eifersüchtig gewesen. Auf einen weiteren Liebhaber. Diesen Willi zum Beispiel. Mord aus Leidenschaft, und Max brauchte den Kerl nur noch einzusammeln. Herrschaftszeiten, das wär's doch gewesen. Die besten Fälle waren immer noch die, die sich von selbst lösten.

»Keine Ahnung. Fragen Sie am besten Marianne. Die war eine gute Freundin von der Schlampe.« Gerdi zog verächtlich ihre großporige Nase kraus.

»Raus jetzt, Gerdi! Bevor ich mich vergesse!« Mariannes Lippen bebten vor Wut.

»Stimmt das?«, erkundigte sich Max bei ihr, nachdem Gerdi verschwunden war.

»Was?«

»Dass ihr Mann etwas mit Ruth hatte.«

»Ruth und der hässliche stinkende Fettsack? Um Himmels willen, nein. Gerdi ist schwer krank. Im Kopf, meine ich. Die ist sogar auf die Kühe in ihrem Stall eifersüchtig.«

»Berechtigt?«

»Nein, Blödmann. Oder doch? Keine Ahnung.« Sie musste grinsen.

Max fiel dabei auf, wie hübsch sie einmal gewesen sein musste. Manchmal hätte er nur zu gerne gewusst, welche Laune des Schicksals bestimmte Menschen in die Situation verschlagen haben mochte, in der er sie gerade kennenlernte. Hätte alles ganz anders für sie verlaufen können? Hätten sie ein besseres Leben verdient gehabt? War es ihre eigene freiwillige Entscheidung gewesen, dort zu landen, wo er sie antraf? Hatte der Zufall seine Hand im Spiel? Oder die Liebe?

»Und du warst wirklich mit Ruth befreundet?«

»Ja, das stimmt.« Das Grinsen verschwand genauso schnell aus ihrem Gesicht, wie es gekommen war. »Aber ich kann mir beim besten Willen nicht erklären, wer das getan haben könnte. Höchstens eines unserer eifersüchtigen Weiber. Gerdi natürlich auch.«

»Unmöglich.« Max schüttelte entschieden den Kopf.

»Wieso?«

»Der Täter muss enorme Kräfte gehabt haben.«

»Unterschätze die Mädels vom Land nicht. Die meisten von ihnen arbeiten verdammt hart.«

»Wie die Wirtinnen?« Er grinste spöttisch.

»Das ist nicht witzig, Max.« Ihre Augen funkelten ärgerlich.

»Stimmt. Sorry.« War wirklich plump, Raintaler. Auch wenn sie sich hier nicht gerade überarbeitet, sie macht ihren Job. Und sie macht ihn, so gut sie kann. Das ist mehr als so manch anderer von sich behaupten kann. Und vielleicht hat sie ja recht mit dem, was sie sagt.

Max hatte einmal am eigenen Leib erfahren, dass Frauen, die in der Landwirtschaft tätig waren, über sehr viel Kraft verfügten. Damals, vor gut zehn Jahren, als er mit Franz eine Bäuerin wegen des Verdachts auf Gattenmord festnehmen sollte. Es war in der Nähe von Dachau gewesen. Reine Routine, der reinste Spaziergang, hatten Franz und er gedacht, während sie im Hof des Bauernhauses parkten. Ein paar Minuten später war ihnen klar gewesen, wie gründlich sie sich getäuscht hatten. Sie hatten alle beide deftige Prügel bezogen, bevor sie der keifenden 50-jährigen Furie endlich Handschellen anlegen konnten.

»Und wer ist dieser Willi aus der Stadt?«, fuhr er fort.

»Willi Schneller. Ein Stadtrat aus dem Münchner Rathaus. Er vergibt Aufträge an Baufirmen und so weiter.«

»Er war ihr Geliebter?«

»Kann man so sagen.«

»Und warum hast du mir das nicht gleich gesagt? Als ich hier war, bevor sie starb?«

»Stimmt. War blöd. Aber Fremden gegenüber ist man hier erst mal vorsichtig. Sie selbst hat es nicht mal groß geheimgehalten. Bruno gab schließlich auch überall mit seinen Eroberungen an. So. Genug geplaudert. Ich bring dir noch dein Bier. Dann muss ich mein Essen für die Mittagsgäste fertig machen. Für dich einen Schweinsbraten?«

»Gerne.«

»Alles klar, Herr Kommissar.« Marianne schlurfte gewohnt langsam hinter den Tresen.

Wieso heiraten Leute überhaupt erst, wenn sie sich dann doch nur in einer Tour gegenseitig betrügen, fragte er sich, während er auf ihre Rückkehr wartete. Wenn er Monika heiraten würde, sobald es ihr wieder besser ginge, käme so etwas für ihn auf keinen Fall infrage. Nach der Hochzeit waren die wilden Zeiten endgültig vorbei. Das war zumindest seine Meinung. Verdammt. Hoffentlich wurde sie wieder. Alles andere wäre eine undenkbare Katastrophe.

Das faltige Gesicht der alten Rosi erschien im Fenster. Man konnte ihre krächzende Stimme nur sehr leise hören. »Der Untergang ist nah!« Dann war sie wieder verschwunden.

Max nahm es kopfschüttelnd zur Kenntnis. Lauter Wahnsinnige! Hatte Ruth Höfner am Ende eine Affäre mit einem Außerirdischen gehabt? Oder Bruno etwas mit einem weiblichen Alien? Gewundert hätte es ihn im Moment nicht. Auf jeden Fall würde er diesen Willi Schneller auch auf seine Liste der Verdächtigen setzen.

16

Max hatte vorzüglich gegessen und neugierig dem Dorftratsch an den Nebentischen gelauscht. Leider hatten sich dabei keine neuen Erkenntnisse bezüglich seiner Ermittlungen ergeben.

Jetzt fuhr er mit Josef, den er gerade zu Hause abgeholt hatte, durch die blühende Hügellandschaft des Fünfseenlandes zu Thorsten Ahlbecks Anwesen. Sein Handy schlug Alarm. Franz war dran.

»Was gibt's Neues, Herr Kommissar?«

»Hauptkommissar. So viel Zeit muss sein, Herr Exkommissar.«

»Sag schon.« Max schmunzelte.

»Die fremden Fingerabdrücke in deiner Wohnung sind nicht mit denen aus Monis Kneipe identisch.«

»Ach?«

»Ja.«

»Das heißt …«

»Die beiden Fälle hängen nicht miteinander zusammen.« Franz schien sein Urteil bereits gefällt zu haben. Er hatte schon früher, als sie noch zusammen bei der Kripo gearbeitet hatten, dazu geneigt, sich die Lösung ihrer Fälle möglichst einfach zu machen.

»Oder die Täter sind zu mehreren«, gab Max zu bedenken. »Zum Beispiel ein Boss und seine Handlanger.«

»Kann natürlich sein.«

»Aber wenn es wirklich so wäre, wie du sagst, dann wäre ich wenigstens nicht schuld an Monis Verletzungen.« Max atmete tief durch.

»Ist das so wichtig?«

»Was?«

»Dass du nicht schuld bist. Sie liegt doch immer noch im Koma.«

»Logisch. Aber ich müsste mir wenigstens keine Vorwürfe mehr deswegen machen.«

»Verstehe. Wusste nicht, dass es dabei um dich geht. Ich dachte, es wäre wichtig, dass *sie* wieder auf die Beine kommt.«

Klang Franz gerade vorwurfsvoll? Es hörte sich ganz so an.

»Ist es ja auch.«

»Aha. War mir wohl nicht klar. Hast du was Neues?«

Zack, nächstes Thema. Welche Laus war dem denn über die Leber gelaufen?

»Äh, ja. Ich brauche die Adresse von einem Willi Schneller. Er ist Stadtrat.«

»Such ich raus. Ich schick sie dir als SMS.«

»Danke. Was ist mit der Spritze, die ihr bei Moni gefunden habt?«

»Die Abdrücke gehören zu denen in Monikas Kneipe. Nicht zu denen bei dir dahcim.«

»Also hat ein Fixer Moni auf dem Gewissen.«

»Sieht so aus.«

Knapp, sachlich, unemotional, kein blöder Spruch. Was war denn bloß los? Hatte ihn Sandra wegen dem verlorenen Handy zusammengefaltet? Oder hätte Max das mit seiner Unschuld an Monikas Zustand nicht sagen sollen? War er schon wieder mal zu sehr auf sich selbst fixiert und vergaß dabei die anderen? Monika zum Beispiel? Aber das musste man doch verstehen, dass er froh darüber gewesen wäre, sich keine Vorwürfe mehr machen zu müssen. Oder war das im Moment wirklich nicht so wichtig? Meinte Franz das? Oder dachte er, dass es nach wie vor zu leichtsinnig gewesen war, diesen Aufruf im Internet zu starten? Das wusste Max doch selbst. Einem Profi durfte so etwas einfach nicht passieren. Ach was. Wahrscheinlich grantelte sein alter Freund und Ex-Kollege bloß herum. Bestimmt war immer noch Föhn.

»Wisst ihr schon mehr über den Kerl?«

»Wir arbeiten auf Hochtouren daran.«

»Gut, Franzi. Ich fahr heute Abend noch bei Moni vorbei. Danach knöpfe ich mir diesen Willi Schneller vor.«

»Tu das.«

»Gib mir bitte Bescheid, sobald ihr was über den Fixer habt. Vielleicht kommen wir über ihn an den Mann im Hintergrund ran, den Kerl, der auch für den Tod der Höfners verantwortlich ist.«

»Vielleicht.«

»Vorausgesetzt, er existiert.«

»Eben.«

»Ich werde mich natürlich auch auf die Suche nach Monis Peiniger machen. Das bin ich ihr schuldig.«

»Gut.«

»Warum hast du mir eigentlich nichts von deinem Anruf in der Starnberger Inspektion erzählt?«

»Warum sollte ich? Alles, was die mir erzählt haben, weißt du doch eh schon.«

»Stimmt auch wieder.«

»Noch was?«

»Nein.«

»Alles klar. Dann Servus.«

»Servus.« Du mich auch, Arschloch. So was Unfreundliches. Das nächste Mal, wenn du deine Tage hast, lass es an jemand anderem aus. Nicht zu fassen. Kaum erfuhr man, dass man eventuell nicht am Leid seiner Freundin schuld war, schon bekam man es von einer anderen Seite her reingewürgt.

»Gute Nachrichten?« Josef sah neugierig zu ihm herüber.

»Weiß man nicht genau. Auf jeden Fall gibt es Fingerabdrücke von Monis Täter, einem Fixer. Als Nächstes müssen wir herausfinden, wer er ist, und ihn dann festnageln.«

»Ist doch super.«

»Super?«

»Ja.«

»Super ist was anderes.« Max lachte humorlos.

Hier zeigte sich wieder mal deutlich der Unterschied zwischen einem Profi und einem Amateur. Natürlich fing die Arbeit jetzt erst an. Die Fingerabdrücke eines Tatverdächtigen nützten, solange sie nicht registriert waren, zunächst mal so gut wie gar nichts. Außer, der Täter samt überzeugendem Motiv und bestenfalls auch noch schlüssigen Indizien war sogleich im Umfeld des Opfers zu finden, zum Beispiel der gern zitierte Ehemann, der seine Frau erschlug. Dann hatte man über die Möglichkeit des Abgleichs sofort den nötigen Beweis, um ihn zu überführen. Selbst wenn er nicht gestand. Vorausgesetzt, es handelte sich bei der Tatwaffe nicht um einen Gegenstand aus dem gemeinsamen Haushalt, der täglich von beiden benutzt worden war.

Aber wenn das alles nicht der Fall war, und darüber hinaus noch nicht einmal das Tatmotiv geklärt war, erwies es sich erfahrungsgemäß als äußerst knifflig, einen Täter aufzutreiben. In einfachen Worten: Es gab verdammt viele Fixer auf dieser Welt, den Behörden bekannte und unbekannte. Sie alle zu verhaften und ihre Fingerabdrücke zu nehmen, wäre schlicht und ergreifend unmöglich.

Die Suche nach Monikas Täter musste also ganz groß

aufgezogen werden. Nachbarn befragen, Verdächtige ausquetschen, Kontakte in den einschlägigen Kreisen aktualisieren, gegebenenfalls Straßen und Plätze überwachen. Ein Haufen Rennerei und damit jede Menge Arbeit für jede Menge Beamte. So etwas konnte dauern. Außer, der Zufall half einem auf die Sprünge, oder der Täter wurde von plötzlicher Reue überwältigt und stellte sich freiwillig. Was nicht unbedingt an der Tagesordnung war. Max wusste das natürlich. Logisch. Er war lange genug Profi, um es zu wissen. Da hatte sein Doktor Watson noch viel dazuzulernen. Auch wenn er zugegebenermaßen nicht untalentiert war, was kriminalistisches Denken betraf.

»Ich bin gespannt, was der gute Thorsten sich hier draußen für eine Hütte hingestellt hat«, meinte Josef, während er Max' uraltes Autoradio lauter drehte.

Sie spielten ›The Winner Takes It All‹ von Abba, Josefs absoluter Lieblingsband.

»Abba ist so ziemlich das Schrecklichste, was ein Mensch hören kann. Noch schlimmer sind höchstens volkstümliche deutsche Schlager oder Marschmusik.« Max drehte den Ton wieder leise. Schon 100 Mal hatte er versucht, Josef von seinem grottenschlechten Musikgeschmack abzubringen. Umsonst. Manche Menschen waren einfach unbelehrbar.

»Ignorant! Du hast doch keine Ahnung.«

Da war er auch schon, der Beweis.

»Wir sind da, Herr Stirner. Läutest du am Tor?« Max war immer noch sauer auf Franz' pampige Art am Telefon. Und wer hatte eigentlich gesagt, dass schlechte Laune nicht dazu da war, um weitergegeben zu werden? Niemand. Na also.

»Gerne. Wenn man hier drinnen nicht mal anständige Musik hören darf.«

Der schnauzbärtige Keeper des FC Kneipenluft riss seinerseits verschnupft die Autotür auf und trabte auf die Einfahrt zu.

Nachdem sich das riesige schmiedeeiserne Tor mit den goldenen Initialen ›T‹ und ›A‹ automatisch geöffnet hatte, fuhren sie die gut 500 Meter lange Allee zum Haus hinauf, einem ungefähr 50 Meter breiten, dreistöckigen Bau, der ihnen mit jedem Meter, den sie sich ihm näherten, noch ein Stück höher erschien. Kleine Türmchen mit Runddächern und schnuckelige Erker zierten seine Front und seine Seiten. Einige riesige Bleiglasfenster, wie sie während der Gotik für Kathedralen verwendet wurden, verliehen ihm einen mystischen, geheimnisvollen Anstrich. Eine Vielzahl ausladender Balkone und Terrassen sorgte für südländisches Flair. Alles in allem zeigte sich ihnen hier mitten in Oberbayern eine imposante und zugleich reichlich eigenwillige Mischung aus Schloss Neuschwanstein und orientalischem Kalifenpalast. Sie stiegen aus.

»Ja leck mich doch am Arsch!« Josef bekam vor Staunen den Mund nicht mehr zu. »Hast du so eine Behausung schon mal gesehen?«

»Wow!« Max fehlten die Worte. Was hätte man hierzu auch groß sagen sollen? Viel zu putzen?

Das Portal des Schlosses öffnete sich. Thorsten trat heraus und eilte mit schnellen Schritten auf sie zu.

»Hallo, Max, hallo, Josef. Habt ihr gleich hergefunden?« Er schüttelte ihnen lachend die Hand. Zur Feier des Tages trug er einen lässigen beigefarbenen Sommeranzug, darunter ein blaulastiges Hawaiihemd. Die beiden oberen Knöpfe hatte er offengelassen, sodass man seine spärlichen grauen Brusthaare darunter erkennen konnte. Seine Füße steckten in hellbraunen Slippern.

Woher hatte ein einzelner Mensch nur so viel Geld, um sich solch einen Prachtbau hinzustellen? Max war einerseits völlig baff. Andererseits meldete sich sein allgegenwärtiger Schnüfflerinstinkt. Mit ehrlicher Arbeit kam man wohl kaum zu derart außergewöhnlichem Reichtum. Oder hatte Thorsten geerbt? Wie Josef? Nur mehr? Viel mehr?

Das Lied vom Tod erklang. Max bedeutete den anderen, dass sie schon vorausgehen sollten. Er ging ran.

»Max?« Annelieses Stimme hörte sich verweint und zittrig an.

»Annie. Was gibt's?«

»Moni ist … Moni hat …«

»Red schon, Annie. Was ist mit ihr?« Max hatte das Gefühl, als rutschte ihm gleich das Herz in die Hose. Seine Knie waren gummiweich. Sein Blick wurde starr. Er begann am ganzen Körper zu zittern. »Ist sie …?«

»Du meinst … tot?« Anneliese hauchte das letzte Wort in den Hörer.

»Sag schon, Annie.« Er rang mühsam um Selbstbeherrschung.

»Noch nicht. Aber sie hatte einen schlimmen Rückfall. Sie muss auf der Stelle operiert werden.«

»Was? Aber es ging ihr doch so gut. Also relativ stabil, meine ich.« Verdammt, bitte nicht, dachte er. Bitte, lieber Gott. Alles, nur das nicht. Lass sie nicht sterben. Das überlebe ich nicht. Die Brust wurde ihm eng. Er bekam kaum noch Luft.

»Warte. Ich gebe dir Doktor Strohmeier.«

Er hörte eine Weile lang nichts mehr. Dann war der Oberarzt dran.

»Herr Raintaler. Strohmeier hier. Ja, leider hatte ihre

Frau heute Nachmittag eine Krise. Wir wissen noch nichts Genaues. Aber im Moment sieht es leider nicht sehr gut aus.«

Max wurde schwarz vor Augen. Reiß dich zusammen, Raintaler. Du hast nichts. Moni ist todkrank. Schmink dir deine beschissene Hypochondrie ein für alle Mal ab. Du hattest noch nie etwas wirklich Schlimmes.

»Was ist denn … mit ihr?«

»Der Hirndruck ist angestiegen. Wir wissen nicht, warum. Aber wir müssen sie auf jeden Fall operieren, um ihr zu helfen.«

»Aber … überlebt sie das denn?« Max spürte seinen Körper nicht mehr. Er konnte sich kaum noch auf den Beinen halten.

»In den meisten Fällen erholen sich die Patienten nach dem Eingriff relativ schnell.«

»Aber es bleibt ein Risiko bestehen?«

»Ein Restrisiko bleibt immer. Bis zu unserem Ableben. Aber ich verspreche Ihnen, dass wir alles für Ihre Frau tun werden, was in unserer Macht steht. Ihre Herz und Kreislaufwerte sind stabil. Das ist schon mal sehr gut.«

»Sie ist nicht meine Frau, leider.« Max flüsterte den Satz mit rauer Stimme. »Ich komme sofort vorbei«, fuhr er entschlossen fort.

»Macht keinen Sinn, Herr Raintaler. Kommen Sie heute Abend, wenn wir fertig sind. Wird schon wieder.« Strohmeier sprach eindringlich, tröstend und sachlich zugleich.

»Wann kann ich zu ihr?«

»Frühestens um 20:00 Uhr.«

»Das ist zu spät.«

»Es geht aber wirklich nicht früher.«

»Ganz sicher nicht?«

»Ganz sicher nicht.«

»Und wenn ihr vorher etwas zustößt?«

»Wir passen auf.«

»Na gut, wie Sie meinen. Ich bin um halb acht da. Auf Wiederhören.«

Bis dahin würde Annie auf jeden Fall in ihrer Nähe bleiben. Sie würde ihn sofort anrufen, falls etwas wäre. Er legte auf und setzte sich in sein Auto, damit seine Knie endlich zu zittern aufhörten. Das ist alles nicht wahr, Raintaler. Gleich wachst du auf, und es ist alles wie immer. Moni wartet in ihrer Kneipe auf dich. Du gehst hin, um ihr beim Ausschenken zu helfen. Freunde und Bekannte sind da. Alle sind fröhlich. Alle lachen und trinken. Dann nimmst du deine Gitarre und spielst ein paar Countrysongs. Später gehst du mit ihr zu Bett und ihr liebt euch.

»Max! Was ist mit dir? Kommst du?« Josef stand in der riesigen Haustür und winkte ihn herbei.

»Gleich!« Er verharrte bewegungslos.

Josef kam näher. »Was ist los, alter Junge? Ist irgendwas passiert? Mit Moni?« Er blickte mit angespannter Miene auf ihn hinunter.

»Ja.« Max starrte nur geradeaus. Nach wie vor liefen ihm die Tränen übers Gesicht.

»Was? Ist sie etwa … tot?«

»Nein. Noch nicht.«

»Was heißt das?«

»Sie versuchen … sie zu retten.«

»Verdammt, Max. Das hört sich gar nicht gut an. Sollen wir gleich hinfahren?«

»Nein, ich fahr später hin. Um acht. Lass uns reingehen.« Er wischte sich mit dem Handrücken die Tränen aus dem Gesicht und erhob sich. »Wenn ich das Schwein zu fassen bekomme, das ihr das angetan hat, bringe ich es um. Ganz langsam. Das schwöre ich hiermit ganz offiziell beim Grab meiner Eltern.«

Sein Gesicht nahm einen brutalen Zug an, den Josef noch nie zuvor bei ihm gesehen hatte. Er glaubte ihm jedes Wort.

17

»Immer herein, immer herein!« Thorsten empfing sie freudestrahlend im hallenartigen, kuppelförmigen Vorraum seines Traumschlosses. »Was ist mit dir, Max? Schlechte Nachrichten?«

»Kann man sagen. Meine Freundin schwebt in Lebensgefahr.« Max war seine Besorgnis deutlich anzusehen.

Schon merkwürdig. Vor ihm stand einer, der offensichtlich so gut wie alles hatte, was er wollte. Der sich alles leisten konnte, was für Geld zu haben war, und er schien verdammt gut drauf zu sein. Und dann war da er selbst. Die Freundin an der Schwelle des Todes. Ein Fall, mit dem er nicht weiterkam, und Geld hatte er, bis auf die paar Euro Pension, die er seit seinem freiwilligen Ausscheiden aus dem Polizeidienst bekam, auch nicht viel. War die Welt gerecht? Niemals! War Selbstmitleid angebracht? Nein!

»Wie das denn?«

»Jemand hat sie überfallen und ihr dabei den Schädel eingeschlagen.«

»Um Himmels willen.« Thorsten war ehrlich erschüttert. »Kann ich etwas für euch tun? Ich kenne die besten Ärzte in München. Manche von ihnen sind gute Freunde von mir.«

Er klang anteilnehmend und entschlossen zugleich. Klar. Ein erfolgreicher Unternehmer wie er wusste natürlich sofort, was zu tun war.

Max zögerte. Aber nicht lange. »Na ja. Wäre nicht schlecht, wenn du jemanden, der sich mit zu hohem Hirndruck auskennt, ins Harlachinger Krankenhaus schicken könntest. Vielleicht kann er den Ärzten dort helfen. Obwohl die auf mich nicht inkompetent wirken.«

»Bei wem ist sie denn in Behandlung?«

»Er heißt Strohmeier.«

»Rudolf Strohmeier? Er ist einer der Besten, Max. Auf jeden Fall. Da solltest du dir keine Sorgen machen.«

»Wirklich?«

»Wenn sie einer wieder hinkriegt, dann er.«

»Aha.« Mein lieber Herr Ahlbeck. Da kann ja jeder kommen und so etwas behaupten. Bewiesen ist damit noch lange nichts.

»Er ist fleißig und intelligent, und er hat vor allem eins: Durchhaltevermögen«, fuhr Thorsten fort. »Bevor Rudi einen Patienten aufgibt, schläft er lieber selbst tagelang nicht. Er ist ein absoluter Perfektionist.«

»Hört sich nicht schlecht an.« Max' anfängliche Zweifel bekamen kleine Risse in der Fassade.

»Glaub mir. Sie ist in den besten Händen.«

»Meinst du?«

»Ja. Entspann dich.«

»Na gut. Danke, Thorsten.« Max war zwar noch nicht vollständig überzeugt, aber durchaus gewillt, ihrem Gastgeber zu glauben. In der größten Not greift man eben nach dem kleinsten Strohhalm, ging es ihm kurz durch den Kopf.

»*Da nich für*, wie wir Hamburger sagen.« Thorsten winkte verlegen lächelnd ab. »Kommt mit, Leute. Sara hat für uns drüben in der Bibliothek gedeckt. Dort kann man hervorragend Kaffee trinken und philosophieren. Oder eine Zigarre rauchen. Ich habe übrigens auch einen anständigen Whiskey da.«

»Sara?«, erkundigte sich Josef, während sie losstiefelten.

»Mein Hausmädchen. Hast du keins?«, erwiderte Thorsten.

»Doch. Aber die heißt Herta.«

»Sieht sie auch so aus?«, alberte Thorsten weiter, während er ihnen die Tür zu seinem Allerheiligsten aufhielt.

»Sappralot!« Josef konnte sein erneutes Staunen nicht verbergen.

So beeindruckend das Haus von außen aussah, so beeindruckend ging es hier drinnen weiter. Die beinahe deckenhohen, breiten Fenster, die seitlich von schweren roten Samtvorhängen umrahmt waren, ließen so viel Tageslicht herein, dass der Raum wie ein riesiger Wintergarten anmutete. In den ebenfalls fast deckenhohen Regalen an den Wänden stapelten sich Abertausende von Büchern. Romane, Geschichte, Wissenschaft, Gedichtbände, Bildbände aus aller Herren Länder und natürlich die großen Klassiker.

»Setzt euch, ihr Lieben. Max, erst mal einen Whiskey auf den Schock?«

»Gerne, aber nicht zu viel. Ich muss heute Abend noch ins Krankenhaus fahren.«

»Keine Angst. Zur Not fährt dich unser Simon hin.«

»Simon?«, fragte Josef grinsend. »Was ist das denn für ein Name?«

»Unser Chauffeur. Hast du keinen?« Thorsten grinste ebenfalls.

»Nein. Ich fahre noch selbst. Genauso wie ich noch selbst Fußball spiele und selbst zum Skifahren gehe.«

»Wie? Du besitzt keinen Fußballverein? Das gehört doch heute zum guten Ton«, scherzte Thorsten weiter.

»Ich kann auch ohne guten Ton leben. Nur auf Abba würde ich ungern verzichten.«

»Vortreffliche Antwort, mein Lieber. Auch einen Kleinen?« Thorsten nahm leise lachend die bauchige Whiskeyflasche von dem beräderten Beistelltischchen mit den Spirituosen.

»Single Malt, 30 Jahre alt«, stellte Josef mit Blick aufs Etikett fest. »Da sag ich nicht Nein. Sag mal, hast du die ganzen Bücher gelesen?« Er zeigte ins weitläufige Rund.

»Fast.«

»Auch die dicken Schinken über Wissenschaft und Technik?«

»Gerade die.«

»Ach klar. Du hast ja Luft- und Raumfahrttechnik studiert, hast du im Alten Wirt erzählt.«

»Eben. Und dann habe ich in Amerika lange Jahre eine Firma gehabt, die Bauteile für die NASA hergestellt hat.«

Aha. Daher weht der Wind, dachte Max. Bauteile für Space Shuttles und Raketen. Das gab natürlich richtig Kohle. So einer lebte in Machtlfing? Und Josef und er lernten ihn auch noch kennen? Schon irgendwie geil, um es im Slang der heutigen Jugend zu sagen. Oder sagten das inzwischen nur noch alte Deppen wie er? Richtig. Die Jugend hatte andere Ausdrücke, wie zum Beispiel *endkrass* oder *porno*. Wie hatte er das vergessen können? Wurde er langsam weltfremd? Wenn, dann waren auf jeden Fall die Aliens daran schuld. Sie sendeten bestimmt eine Art Blödheitsstrahlen auf die Erde, die vor allem Männer um die Mitte 50 in der Hypophyse trafen. Und dann wurden die blöd. Ganz einfach. Nur so ließ sich sein momentaner Zustand erklären. Oder seine Sorge um Monika war so groß, dass er an nichts anderes mehr denken konnte. Das war sogar noch wahrscheinlicher.

»Für die NASA? Raketenteile und so was? Respekt.« Josef zog erstaunt die Brauen hoch.

»Genau.« Thorsten lächelte bescheiden.

»Daher wohl auch das Geld für dieses gemütliche kleine Schloss hier«, meinte Max.

»Ja. Man kann sagen, ich habe gut verdient.«

Ihr Gastgeber schenkte ihnen ein. Während sich die leicht rötlichgoldene Flüssigkeit in die wertvollen Tumbler ergoss, machte sich ein köstlicher Duft nach altem Holz, Vanille, Torf und Gerstenmalz im Zimmer breit. Auch nach Rauch und Salz roch es ein wenig.

»Ein Insel-Whiskey? Im Sherryfass nachgereift?« Josef zog schnüffelnd die Nase kraus.

»Wie schön, einen Kenner zu Gast zu haben«, entgegnete Thorsten beifällig nickend.

»Und wieso bist du bei all deinem Reichtum so nett geblieben?« Josef nahm sein Glas dankbar lächelnd entgegen.

»Genau«, stimmte Max ihm zu.

»Keine Ahnung. Ich finde euch auch nett. Sonst hätte ich euch nicht eingeladen. Hier kommen sonst nur selten Leute her.« Thorsten reichte auch Max seinen Whiskey. Einen Doppelten. Wegen der Aufregung um Monika.

»Danke für die Ehre.« Josef hob sein Glas.

»Genau«, kam es erneut von Max.

Sie stießen an.

Nach dem Kaffee, der von einem ausführlichen Vortrag Thorstens über Luft- und Raumfahrttechnik begleitet wurde, zeigte er ihnen das Haus. Ein Zimmer war pompöser eingerichtet als das andere. Es gab einen blauen, einen grünen und einen roten Salon, etliche Schlafzimmer und eine Dachterrasse, die freien Blick bis in die Alpen hinein gewährte. Während die beiden anderen mit dem Fernrohr, das Thorsten hier oben hatte installieren lassen, ins Gebirge sahen, entdeckte Max im bewaldeten hinteren Teil des Grundstücks ein lang gezogenes Hallendach unter den Bäumen.

»Was ist das?«, erkundigte er sich neugierig.

»Ach nichts. Da parken nur meine Fahrzeuge drin.« Thorsten winkte ab.

»Du hast eine Menge Fahrzeuge, stimmt's?«

»Stimmt. Aber jetzt lasst uns weitergehen.«

Eigenartig. Über dieses Thema schien der freundliche Eremit nicht reden zu wollen, obwohl er ihnen sonst alles offenlegte. Na gut. Wahrscheinlich standen Millionenwerte in seiner Riesengarage und er wollte nicht riskieren, dass das publik wurde. Konnte man auch verstehen. Aber dann hätte er ihnen das Haus mit den vielen teuren Bildern an den Wänden eigentlich auch nicht zeigen dürfen. Egal. Thorsten würde schon wissen, was er tat. Man musste auch nicht andauernd Detektiv sein. Obwohl, da war immer noch diese Sache mit Bruno.

»Sag mal Thorsten, dein Ex-Gärtner. Hatte der irgendwelchen Streit, von dem du wusstest? Oder Feinde?«

»Bruno? Der hatte andauernd mit jemandem Streit, vor allem wegen seiner Weibergeschichten. Er war ja sozusagen der Hengst von Machtlfing.«

»Der Hengst von Machtlfing? Klingt wie der Titel von einem reichlich schrägen Heimatfilm.« Josef lachte laut auf. »Bitte um Entschuldigung, Leute. Bruno wird's mir hoffentlich verzeihen.« Er blickte reumütig in den weißblauen bayrischen Frühlingshimmel hinauf. Kein Blitz fuhr auf ihn hinunter. Gott sei Dank.

»Gibt es Namen der Damen?«, fuhr Max ernsthaft fort.

»Da fragst du am besten Marianne vom Alten Wirt. Ich habe mich um solche Dinge nie gekümmert. Man hört dies und das, vergisst es aber gleich wieder.«

War Thorsten wirklich mit Abstand der netteste Reiche, den Max jemals kennengelernt hatte? Oder mauerte er im Moment ein bisschen? Max' Menschenkenntnis sagte ihm, dass wohl eher Ersteres der Fall war. Andererseits hatte die viel und gern beschworene Menschenkenntnis schon so manchen getrogen. Egal. Früher oder später kam die Wahrheit sowieso ans Licht. Immer. Man musste nur lange genug warten können.

Sie verließen die Dachterrasse. Thorsten führte sie seitlich des Hauptgebäudes in ein gewölbeartiges Hallenbad mit einem Fünfzigmeterbecken. Um das Becken herum hatte er gemütliche Nischen aus weißem Marmor und dunklem Holz errichten lassen, die mit bequemen Liegestühlen ausgestattet waren. Rechts neben dem Eingang stand ein langer Tresen. Dahinter befanden sich Kühlschränke und ein breites Regal mit Schnapsflaschen.

»Das Olympiabad!«, platzte es aus Josef heraus.

»Wartet mal.«

Ihr Palastführer verschwand in der kleinen Tür links von ihnen. Kurz darauf erschallten Frida und Agnetha mit ›Money, Money, Money‹ aus überall versteckt angebrachten Lautsprechern. Thorsten kehrte grinsend zu ihnen zurück.

»Endlich mal jemand, der etwas von Musik versteht«, rief ihm Josef mit einem gespielt vorwurfsvollen Seitenblick auf Max zu.

»Das kann man so oder so sehen. Moni zum Beispiel hasst Abba genauso inständig wie ich«, kam die prompte Retourkutsche. Herrschaftszeiten, Moni. Verlass mich nicht. Tu mir das nicht an. Ich flehe dich an. Es gibt noch so viel zu leben für uns.

18

Um zehn vor acht parkte Max vor dem Harlachinger Krankenhaus und eilte hinein. Er hatte Josef bei sich zu Hause abgesetzt. Auf dem Weg dorthin waren sie sich darüber einig gewesen, dass sie in Thorsten einen Supertypen kennengelernt hatten, und dass er wohl nichts mit dem Tod seines Gärtners zu tun hatte. Da müsste man eher den Dorfbewohnern noch einmal etwas gründlicher auf den Zahn fühlen, und diesem Willi Schneller auf jeden Fall auch. Josef hatte versprochen, sich später noch unauffällig im Alten Wirt umzuhören. Vielleicht verplapperte sich dort jemand. Max würde schauen, wie es Monika ging, und falls mit ihr soweit alles gut war, Ruths letztem Geliebten einen Höflichkeitsbesuch abstatten. Es musste endlich etwas weitergehen in diesem Fall. Alleine schon wegen Monika.

Er öffnete die Tür zur Intensivstation. Anneliese lag quer über drei der Stühle, die man im Flur für die Wartenden bereitgestellt hatte. Sie schien zu schlafen. Doch sobald er vor ihr stand, schlug sie die Augen auf.

Also doch wach, dachte er. Kein Wunder. Ich könnte hier auch nicht schlafen.

»Max! Gott sei Dank, du bist da. Ich weiß noch nichts.«

Sie richtet sich langsam auf. Er half ihr dabei und küsste sie anschließend zur Begrüßung links und rechts auf die Wangen.

»Alles klar, Annie. Möchtest du nicht mal nach Hause gehen und dich anständig ausschlafen?«

»Ich bin nicht müde. Außerdem würde ich es mir nie verzeihen, wenn Moni ganz alleine ist, falls ihr etwas zustößt.« Sie drängte tapfer die Tränen zurück.

»Weißt du, wann sie fertig sind?«

»Keine Ahnung.«

»Ich erwische das Schwein. Das schwöre ich dir.«

»Hoffentlich. Kaffee?«

»Gerne.«

»Ich hole uns einen.«

»Soll nicht lieber ich …«

»Nein. Die Bewegung tut mir gut.«

Während sie in einem Zimmer im hinteren Teil des Flurs verschwand, setzte er sich und schloss nachdenklich die Augen. Monika hatte ihm vor Jahren einmal einen Talisman geschenkt. Ein kleines Metallschild mit tibetischen Schriftzeichen darauf. Sie hatte es bei einem Vortrag des Dalai Lama mitgenommen. Es sollte Glück bringen. Er trug es seitdem an einem schmalgliedrigen Silberkettchen um den Hals. Warum hat sie es nicht behalten?, fragte er sich jetzt. Dann läge sie heute bestimmt nicht hier. Sobald ich wieder zu ihr darf, gebe ich es ihr zurück.

Gerade als ihn die Angst um sie erneut zu überwältigen drohte, trat Doktor Strohmeier aus der breiten Milchglastür mit der Aufschrift ›Zutritt nur für Krankenhauspersonal‹. Er schritt eilig auf ihn zu.

»Wir sind fertig. Es sieht gut aus, Herr Raintaler. Was Ihre Frau jetzt braucht, ist absolute Ruhe.«

»Heißt das, sie wird wieder gesund?« Max wusste nicht, ob er lachen oder weinen sollte. Er ließ es auch bleiben, den Oberarzt zum wiederholten Mal darauf aufmerksam zu machen, dass Monika seine Freundin und nicht seine Frau war. Zumindest noch nicht.

»Sagen wir mal so. Die Chancen dafür haben sich gerade um ein Vielfaches erhöht.« Strohmeier lächelte ihn aufmunternd an.

Max ergriff seine Hand mit beiden Händen und schüttelte sie ausgiebig. »Vielen Dank, Herr Doktor. Vielen, vielen Dank«, flüsterte er mit brüchiger Stimme. »Ich hätte es nicht überlebt, wenn sie … von uns gegangen wäre.«

»Wird schon werden. Wo ist denn Frau Rothmüller?«

»Sie holt Kaffee.«

»Das ist gut. Trinken Sie beide einen Kaffee und seien Sie zuversichtlich. Morgen früh dürfen Sie zu ihr. Vielleicht auch schon heute Nacht. Wir geben Ihnen Bescheid.«

Strohmeier verschwand genauso schnell, wie er gekommen war. Gott sei Dank. Alles wird gut. Max fiel ein ganzer Felsbrocken vom Herzen. Thorsten hatte recht gehabt. Man konnte sich anscheinend wirklich auf den Oberarzt verlassen.

»Ich wusste nicht, wie viel Zucker und Milch du magst. Da habe ich nur wenig von beidem hineingetan.« Anneliese war mit dem Kaffee zurück. Sie setzte sich zu ihm.

»Passt schon, Annie. Strohmeier war gerade da. Es sieht alles gut aus, hat er gemeint.«

»Echt?« Ihr fiel vor freudigem Schreck fast der Kaffeebecher aus der Hand.

»Echt.«

»Gott sei Dank.« Sie atmete erleichtert auf.

»Aber wirklich.«

»Dürfen wir schon zu ihr?«

»Morgen. Oder am späten Abend.«

»Gut, ich bleibe hier. Geh du weiter den Täter fangen. Ich will, dass der Kerl bereut, was er getan hat.«

»Das wird er, Annie. Verlass dich drauf. Servus.«

Ein Küsschen links, ein Küsschen rechts folgten.

»Servus, Max. Pass auf dich auf.« Sie legte ihm besorgt die Hand auf den Unterarm.

»Logisch.«

Willi Schneller wohnte in Bogenhausen. In der feinen Gegend unten an der Isar. Der Feierabendverkehr war längst vorbei, und so kam Max gut voran. Bereits eine halbe Stunde, nachdem er das Harlachinger Krankenhaus verlassen hatte, stellte er seinen Wagen in der Einfahrt von Ruth Höfners Exgeliebtem ab. Er stieg aus und klingelte an der Haustür. Es war kühl geworden. Wie im tiefsten Winter rieb er seine Hände aneinander, während er wartete.

Ein mittelgroßer beleibter Mann mit dicken feuchten Lippen und wabbeligen Backen öffnete ihm. Er blickte ihn munter kauend über den oberen Rand seines schwarzumrandeten Nasenfahrrads hinweg an. In der fleischigen rechten Hand hielt er eine Gabel. Der hatte was mit Ruth Höfner? Nicht zu fassen, was die tollsten Frauen sich teilweise für hässliche Vögel aussuchten. Offenbar hatte Max ihn gerade beim Abendessen gestört. Egal, wenn es um Mord ging, durfte man es in solchen Dingen guten Gewissens mit den üblichen Benimmregeln nicht allzu genau nehmen.

»Was kann ich für Sie tun?« Die Stimme des Mannes klang wie die des Synchronsprechers von Clint Eastwood. Knarrend, dunkel, cool, sehr männlich.

»Herr Schneller? Willi Schneller?«

Max grinste leicht irritiert darüber, wie wenig Aussehen und Stimme bei seinem Gegenüber zusammenpassten. Wahrscheinlich hat Ruth Höfner ihn am Telefon kennengelernt, mokierte er sich innerlich. Wo sonst? Wobei, so weit hergeholt, wie es zunächst den Anschein hatte, war das gar nicht. Eine gute Telefonstimme durfte man generell nicht unterschätzen. Das hatte er einmal in einem Fortbildungskurs bei der Kripo erfahren. Sie konnte der Karriere durchaus dienlich sein. Und wie es gerade aussah, war das wohl auch, was die Frauen betraf, der Fall.

»Sagen Sie mir erst mal, wer Sie sind?« Der dunkelhaarige Hausherr taxierte ihn misstrauisch. Oder war er gar nicht der Hausherr? Das hätte auch die Sache mit Ruth Höfners offenkundiger Geschmacksverirrung erklärt. »Presse? Versicherung? Zeugen Jehovas?«

»Max Raintaler mein Name. Tut mir leid, wenn ich Sie gerade beim Essen störe, Herr Schneller. Aber ich ermittle in einem Mordfall. Da ist die Zeit immer knapp.« Max hielt ihm seinen Detektivausweis hin.

»Schön für Sie, Herr Raintaler. Oder eher schlecht. Aber was habe ich damit zu tun?« Willi spielte unruhig mit der Gabel in seiner Hand.

»Kannten Sie Ruth Höfner?«

»Ist sie etwa Ihre Ermordete?«

»Wussten Sie das nicht?«

»Nein, woher. Ich meine … vage, ganz vage sagt mir der Name etwas. Aber …« Der Stadtrat vermied es, Max direkt in die Augen zu sehen.

Schon wieder einer, der log, sobald er den Mund aufmachte. Max war es mehr als leid, bei seiner Arbeit immer wieder mit denselben kindischen Verhaltensweisen konfrontiert zu werden. »Herr Schneller, reden wir nicht lange um den heißen Brei herum. Es gibt etliche Zeugen in Machtlfing, die aussagen, dass Sie mit Ruth Höfner ein Verhältnis hatten.«

»Soso. Gibt es die?« Willi lief knallrot an.

Erst lügt er wie gedruckt und dann wird er auch noch rot dabei. Will der Typ mich verarschen? Logisch will er das. Er versucht es zumindest. »Ja. Also entweder Sie beantworten jetzt ehrlich meine Fragen, oder wir hängen die Sache an die große Glocke. Presse, Rathaus, Ihre Partei und so weiter. Es liegt ganz bei Ihnen.«

»Nicht so laut, Herr Raintaler.« Willi blickte sich panisch um. »Was glauben Sie, was los ist, wenn das meine Frau erfährt. Die bringt mich glatt um.«

»Wollen wir ein Stück gehen? Oder uns irgendwo auf ein Bier setzen? Ich habe da vorne eine nette kleine Kneipe gesehen.«

»Gut. Ich komme mit. Warten Sie einen Moment.«

Max setzte sich in seinen R4. Zehn Minuten später trat Schneller aus dem Haus. Max parkte ums Eck, damit Frau Schneller keinen Verdacht schöpfte. Anschließend führte ihn Willi in die schwach beleuchtete Grünanlage nahe der Isar. Hier konnten sie höchstens von ein paar späten Joggern oder Radfahrern gestört werden.

»Also, Herr Schneller. Noch mal. Kannten Sie Ruth Höfner?« Max versuchte, so ruhig und gelassen wie möglich zu klingen. Bei einem ängstlichen Charakter wie Willi war das zunächst einmal die beste Methode, ihn zum Reden zu bringen.

»Ja.«

»Hatten Sie ein Verhältnis mit ihr?«

»Um Gottes willen, ja. Aber nun sagen Sie doch endlich, was mit ihr ist. Ist sie wirklich tot?« Der Stadtrat trat unruhig von einem Fuß auf den anderen. Seine dicke Unterlippe zitterte in banger Erwartung dessen, was kommen würde.

»Leider.«

»Oh Gott! Ruth!« Willi brach zusammen. Ließ seinen Tränen freien Lauf.

Sieht ganz so aus, als hätte er sie wirklich geliebt. So wie ich meine Moni. Er scheint wirklich nichts gewusst zu haben oder er ist ein perfekter Schauspieler. Aber dann würde ich ihn auf jeden Fall kennen, weil er längst einen

Oskar gewonnen hätte. Nein, Raintaler, der hat niemanden umgebracht. Sieht nicht so aus. Obwohl man niemals nie sagen soll. Na gut. Machen wir dem Trauerspiel hier ein schnelles Ende. »Wo waren Sie am Samstag- und am Dienstagabend?«

»Am Samstag und am Dienstag, sagen Sie?«

»Ja.«

»Na hier, wie meistens. Erst im Rathaus und dann zu Hause.«

»Kann das jemand bezeugen?«

»Natürlich. Einmal der Bürgermeister. Und dann natürlich meine Frau. Wir essen so oft es geht abends gemeinsam und besprechen dabei den Tag.« Willi wischte sich die Tränen aus dem Gesicht und blickte zu Max auf.

»Das ist schön für Sie, Herr Schneller«, erwiderte der. Und deine Geliebten warten solange irgendwo auf dich, dachte er weiter. Ja mei, wie es halt einmal war in den höheren Kreisen. Da vögelte man keine billigen Straßenhuren, da leistete man sich eine teure Geliebte. Wieso glaubte jeder eigentlich immer, das wären alles bloß Klischees. Es war die Wahrheit. Nichts als die banale nackte Wahrheit.

»Meinen Sie?« Willis coole Clint Eastwood-Stimme klang nun gar nicht mehr cool. Eher reichlich verunsichert.

»Ja. Meine ich. Gut. Das war's dann auch schon. Ihr Alibi werden meine Kollegen von der Mordkommission natürlich noch einmal überprüfen.« Man konnte schließlich nie wissen, was bei den Verdächtigen sonst noch so herauskam.

19

»Du kennst dich doch mit solchen Sachen aus. Oder deine vielen Bekannten im Cyberspace. Du musst für mich herausfinden, was es mit diesem merkwürdigen Zahlen und Buchstaben auf sich hat. Mir sagt das alles nichts.«

Max blickte Charlie eindringlich in die geröteten Augen. Hatte er gekifft oder kam das vom andauernden Glotzen auf den Computerbildschirm? Dann übergab er dem klapperdürren Nerd Kopien von den geheimen Kopien, die er bei den Höfners mitgenommen hatte, und die 200 Euro, die er ihm versprochen hatte. Er hatte, nachdem er Schneller verlassen hatte, vom Auto aus deswegen mit Charlie telefoniert und war gleich darauf zu ihm nach Untersendling gefahren. Jetzt standen sie im Dunkeln vor Charlies Haustür. Max wie gewöhnlich in Jeans und Lederjacke. Charlie in einem schmuddeligen rot-weiß gestreiften Bademantel, bunten Boxershorts, einem fleckenübersäten, ehemals vermutlich weißen T-Shirt und grünen Plastiksandalen. Der unnachahmliche Jeff Bridges als Dude in ›The Big Lebowski‹ ließ grüßen.

»Na gut, Max. Magst du reinkommen? Ist aber nicht aufgeräumt.«

»Nein danke. Ich will dich weiter gar nicht stören. Außerdem brauche ich dringend eine Dusche und muss meine eigene Bude aufräumen.« Kein Wunder, dass der Bursche am Telefon immer so erkältet klingt, so wie er hier in der Kälte herumläuft. Möchte gar nicht wissen, wie es bei ihm in der Wohnung aussieht. Wahrscheinlich so wie bei mir, bloß dass bei ihm niemand eingebrochen hat.

»Junggeselle. Kenn ich gut.« Charlie kratzte sich am Hinterkopf, von dem aus die wenigen fettigen Strähnen, die er noch hatte, bis auf seine Schultern hinunterhingen.

»Ja mei.«

»Ach, Max. Fast hätte ich es vergessen.« Charlie hörte auf, sich am Kopf zu kratzen. Stattdessen begann er unter den Armen damit. »Heute Abend um zehn findet ein Treffen von lauter UFO-Freaks und so weiter statt. Vielleicht erfährst du dort etwas zu deinen Ufos in Machtlfing oder zu diesem Unfall.«

»Super Idee. Ich fahr gleich hin.« Also doch noch nicht nach Hause. Warum komme ich eigentlich nicht selbst auf so was? Wenn du Informationen willst, geh zur Quelle. Das weiß man doch. »Wo ist das?«

»Obergiesing. Zum Ostfriedhof, die Tegernseer Landstraße stadtauswärts und dann vor der Kirche rechts rein, haben sie auf ihrer Website gepostet. Da muss irgendwo so eine Kneipe mit großem Saal sein.« Charlie kratzte sich ungeniert im Schritt.

Herrschaftszeiten, hatte der Schuppenflechte? Neurodermitis? Haustiere? Flöhe? Wanzen? Läuse? Max trat vorsichtshalber einen Schritt zurück. »Perfekt. Ich glaub, ich kenn den Laden. Bayrisches Essen? Ausländischer Wirt?«

»Denke schon.«

»Alles klar.«

»Na dann. Ich schick dir eine E-Mail, sobald ich was über diese Formeln hier herausgefunden habe.«

»Ach, das sind Formeln? Hab ich mir fast schon gedacht.«

»Ja, mathematische, chemische, physikalische. Da ist alles dabei. Aber was es genau ist, kann ich noch nicht sagen.«

»Alles klar. Bis dann, Charlie.« Max stieg in seinen alten R4 und startete den Motor.

Während er die Isar überquerte, begann es ihn am Arm zu jucken. Dann an der Schulter. Nachdem er sich ausgiebig gekratzt hatte, war Ruhe. Gott sei Dank, keine ungebetenen Besucher. Trotzdem höchste Zeit, dass er unter die Dusche kam. Doch vorher warteten noch die Ufologen.

Die Parkplatzsuche in Obergiesing erwies sich wie immer als Geduldsspiel. Zuletzt stellte er sich irgendwo beim Hochufer im Dunkeln auf den Gehsteig und hoffte, dass ihm dort um diese Zeit niemand mehr einen Strafzettel verpasste.

Der Saal des Traditionslokals war brechend voll. Max setzte sich auf einen der letzten freien Plätze an einem Tisch gleich neben dem Eingang. Die Bühne der Vortragenden befand sich genau gegenüber am anderen Ende des Raumes. Weit weg von ihm. Egal. Sie hatten Lautsprecher aufgestellt. Er würde genug verstehen.

»Ein Bier, der Herr. Stimmt's?« Die junge blonde Kellnerin im Dirndl blickte freundlich lächelnd aus tiefblauen Augen auf ihn herab. Natürlich wusste sie genau, was ein Mann wie Max trank.

»Ein Bier. Stimmt.« Er nickte grinsend.

»Gerne.« Sie trabte zügig davon.

Fesch, freundlich, flott. So sollte es sein. Mehr erwartete man als Gast doch gar nicht.

Max sah sich unter den Gästen um. Erstaunlich. Man hätte nicht sagen können, dass das Interesse an den Außerirdischen einem Menschenschlag mit einem einheitlichen Erscheinungsbild vorbehalten war. Alt und Jung waren hier versammelt, Reich und Arm, Schön und weniger Schön, Gescheit und nicht so Gescheit.

»Liebe Freunde, liebe Gleichgesinnte. Darf ich um eure Aufmerksamkeit bitten!« Ein schmales Männlein im grauen Anzug war hinter das Rednerpult auf der Bühne getreten.

»Ich darf mich kurz vorstellen. Mein Name ist Professor Harald Giebler. Ich werde heute durch den Abend führen und die Diskussion leiten.«

Stürmischer Beifall.

»Danke, danke.« Giebler hob abwehrend die Hand. »Zunächst einmal möchte ich feststellen, wie wunderbar ich es finde, dass unsere Veranstaltung so viele Interessierte angelockt hat ...«

Max hörte nicht weiter zu, weil ihm die nette Kellnerin gerade sein Bier brachte.

»Darf ich gleich abkassieren«, fragte sie höflich. »Sonst komme ich bei den vielen Leuten bloß durcheinander.«

»Selbstverständlich. Wie viel macht's?«

»2,50.«

»Stimmt so.« Max drückte ihr lächelnd einen Zehner in die Hand.

»Aber das ist doch viel zu viel.« Sie lächelte, sah dabei aber peinlich berührt aus.

»Passt schon«, erwiderte er. »Wer nett ist, bekommt Trinkgeld. Wer grantig ist, geht mit Nichts nach Hause. So halte ich es immer.«

»Vielen Dank!« Leicht errötend schob sie den Schein in ihren Geldbeutel.

»Gerne.« Max hob sein Glas, prostete ihr zu und trank genussvoll den ersten Schluck Bier des Tages.

»Ich glaube, da dürfen Sie mir gleich noch eins bringen!«, rief er ihr nach, als er damit fertig war.

»Kommt sofort!«, rief sie lächelnd zurück.

»… und nun bitte ich euch alle um Aufmerksamkeit für unseren geschätzten Gastredner, Herrn Säbli aus der Schweiz!«

Giebler machte Platz für einen älteren Herrn mit langem grauem Rauschebart. Langanhaltender respektvoller Applaus folgte. Es musste sich um einen Großen der Szene handeln. So viel war sicher.

»Grüezi, mitenand!« Säblis wache Augen blitzten schalkhaft durch die Gläser seiner viereckigen Brille mit Goldrand. »Und keine Angst, ich werde hochdeutsch zu Ihnen sprechen.«

Erleichtertes Aufatmen, von vereinzelten Lachern und nervösem Hüsteln begleitet.

»Gehen wir gleich in medias res, meine Damen und Herren. Ufos und Aliens sind keine Einbildung. Es gibt sie wirklich. Da hierfür weltweit unzählige Beweise existieren, können und dürfen wir alle diese Tatsache nicht länger infrage stellen. Ich erwähne hierzu nur noch einmal kurz die Ihnen allseits sicher bestens bekannten Schlagworte wie den Roswell-Zwischenfall, Area 51, Atlantis, Bermuda Dreieck, das unterirdische Agharta, Kornkreise sowie die zahlreichen Berichte über Entführungen und die Untersuchungen unserer Genitalien auf den Raumschiffen unserer außerirdischen Freunde aus der Mitte der Plejaden, den Plejanern. Diese Untersuchungen mögen teilweise wohl schmerzhaft sein, aber sie dienen einem guten Zweck. Seien Sie dessen versichert.«

Säbli zwinkerte verschwörerisch, wartete das Ausklingen des zustimmenden Applauses ab und fuhr fort. »Nun freue ich mich aber ganz besonders, den bekannten und erwiesenen Tatsachen heute Abend völlig neue Beweise und

Erkenntnisse hinzufügen zu können. So hat zum Beispiel die Häufigkeit von UFO-Sichtungen letzten Winter stark zugenommen, und das lässt uns hoffen, dass sich unsere Freunde bald der ganzen Welt zu erkennen geben werden.«

Frenetischer Applaus und begeisterte Bravorufe.

»Ewiges Leben wird über die Menschheit kommen!«, sprach Säbli anschließend weiter. »Die Vereinigung mit unseren Freunden steht vor der Tür! Die Zeit der gemeinsamen Herrschaft über das Weltall ist angebrochen! Es wird nicht mehr lange dauern. So viel kann ich euch heute Abend auf jeden Fall schon versprechen.«

Jetzt gab es kein Halten mehr. Stehende Ovationen. Tobender Beifall und laute Pfiffe wie bei einem Rockkonzert. Max erinnerte die Szenerie zunehmend an den Gottesdienst eines amerikanischen Wanderpredigers. Er hatte da neulich so einen Filmbericht gesehen. Die Gläubigen darin waren am Ende völlig aus dem Häuschen gewesen. Als wären sie einer Art Massenhypnose erlegen. War das hier etwa auch so ein Kerl? Einer, der die Menschen hypnotisierte und mit nichts als plakativen Sprüchen auf seine Seite zog?

»Alle Zeichen künden uns von der baldigen Ankunft, die alles verändern wird. Wir sollten so gut wie möglich darauf vorbereitet sein«, nahm Säbli seinen Sermon wieder auf. »Ich bitte euch alle, massenhaft Orangen und Zitronen zu kaufen und sie unseren Besuchern anzubieten, sobald sie landen. Wie ihr wisst, lieben sie unsere Südfrüchte über alles.«

»Vielleicht sollte ich noch schnell auf Obsthändler umschulen«, murmelte Max vor sich hin. »Oder ist dieser Säbli etwa selbst einer? Was für eine gequirlte Scheiße.«

Er stöhnte gequält auf. Der Großmarkt würde morgen auf jeden Fall das Umsatzhoch des Jahres haben. Garantiert.

Nachdem Säbli seinen Vortrag beendet hatte, durften Fragen gestellt werden.

Max meldete sich zu Wort. Er bekam von einer bereits etwas älteren grauhaarigen Dame in einem über und über mit Orangen und Zitronen bedruckten Overall ein Mikrofon gereicht. »Raintaler mein Name. Ist Ihnen eine Sichtung über Machtlfing bekannt, Herr Säbli? Letzten Samstag in der Walpurgisnacht.«

»Nein, Herr Raintaler, die meisten Sichtungen fanden in der Schweiz und in den USA statt. Und über Rosenheim wurden unsere Freunde ebenfalls entdeckt. Weiß einer der Anwesenden im Saal etwas über Machtlfing zu berichten?« Säbli blickte fragend in die Runde.

Verneinendes Gemurmel und Kopfschütteln.

»Aha. Na gut«, meinte Max. »Dann hätte ich noch eine Frage zu den Untersuchungen unserer Genitalien.«

»Bitte sehr.« Säbli nickte ihm ermunternd zu.

»Untersuchen die Außerirdischen unsere Geschlechtsteile vielleicht, weil sie selbst keine haben?«

»Sehr ungewöhnliche Fragestellung. Wie kommen Sie denn darauf, Herr Raintaler?«

»Weil die immer einen Raumanzug anhaben. Es gibt so gut wie keine Berichte über nackte Aliens.«

»Ja und?« Säbli lächelte interessiert.

»Na ja, vielleicht schämen sie sich ja wegen ihres Mankos und sind neidisch. Und ihre Untersuchungen machen sie, weil sie uns die Dinger abschneiden wollen, um sie bei sich selbst dran zu nähen.«

Max konnte sich nicht mehr beherrschen. Er musste laut loslachen. Natürlich wurde er dafür umgehend von nahezu 200 tödlichen Blicken torpediert. Nur gut, dass keine Steine in der Nähe sind, dachte er. Ich wäre sonst schon tot.

»Herr Raintaler. Ich möchte Sie bitten, unsere Versammlung umgehend zu verlassen. Leute wie Sie brauchen wir hier nicht.« Der schmale graugewandete Professor Giebler hatte sich ein Mikrofon geschnappt und kam mit drei muskelbepackten Glatzköpfen im Schlepptau auf ihn zu.

»Werft ihn raus, Jungs«, befahl er seinen Begleitern. Seine Augen blitzten feindselig.

»Kein Problem. Ich gehe freiwillig. Wiedersehen.«

Während der Münchner Exkommissar unter lauten Buhrufen und Drohungen unterschiedlichster Art zum Ausgang eilte, wandte sich bereits der nächste Fragensteller an Säbli.

»Humor ist nicht gerade denen ihre Stärke«, teilte Max der netten blonden Bedienung, die mit verschränkten Armen am Türstock lehnte, im Vorbeigehen mit. »Habt ihr eigentlich Zitronen oder Orangen da?«

Sie schüttelte nur langsam den Kopf und blickte dabei stur geradeaus.

»Nein? Na gut.« Er zuckte mit den Achseln. Wahrscheinlich gehörte sie auch dazu. Ewig schade. Als Kellnerin war sie ein echtes Ausnahmetalent.

Da hast du dir wohl gerade nicht viele Freunde gemacht, dachte er, während er zu seinem Wagen eilte. Er sah sich dabei immer wieder nach Verfolgern um, konnte aber niemanden entdecken.

Gerade als er die Autotür aufsperren wollte, spürte er eine Hand auf seiner Schulter. Blitzartig drehte er sich um, trat einen Schritt zur Seite und ging in Abwehrstellung, so wie er das jahrelang im Selbstverteidigungstraining bei der Kripo geübt hatte.

20

»Hey, halt! Ich will Ihnen doch nichts tun.« Der schlanke dunkelhaarige Mann, der ihm gegenüberstand, hob beschwichtigend die Hände.

»Wer sind Sie? Mann, Sie haben mich ganz schön erschreckt.« Max entspannte sich. Er stellte sich wieder normal hin und ließ seine Fäuste sinken. Eine plötzliche Windböe ließ die jungen Frühlingsblätter des Ahorns über ihren Köpfen leise rauschen.

»Ich bin Reinhold.« Der Unbekannte hob vielsagend die Brauen.

»Reinhold. Ja und? Kennen wir uns?«

»Bisher nur aus dem Internet, Herr Raintaler. Ich hatte Ihnen gemailt wegen Ihrem Blog-Aufruf bezüglich Machtlfing. Erinnern Sie sich?«

»Ach so. Sie sind das.«

Der geheimnisvolle Reinhold. Herrje. Gerade hatte der Bursche seinem Namen wirklich alle Ehre gemacht. Schlich sich der Kerl doch glatt im Dunkeln von hinten an. Es hätte nicht viel gefehlt, dann hätte Max ihn ohne lang zu fragen umgenietet.

»Ja, der bin ich. Der Reinhold aus dem Internet. Grüß Gott.« Reinhold streckte ihm die knochige Hand entgegen.

Max ergriff sie und schüttelte sie spürbar erleichtert darüber, dass er sich nun doch nicht prügeln musste. »Raintaler, Max Raintaler.« Geh, hör doch endlich mal mit deinem James Bond-Schmarrn auf, du alter Depp. Kindischer geht's wohl kaum.

»Ich habe Kontakt per E-Mail mit Ihnen aufgenommen, wie Sie das wollten, aber Sie haben nicht zurückgeschrieben.«

»Hatte noch keine Zeit. Viel Forschungsarbeit.« Reinhold setzte ein wichtiges Gesicht auf.

»Waren Sie etwa auch bei diesem Ufologenkongress da vorne?« Max deutete auf das Kneipenschild, das ungefähr 100 Meter von ihnen entfernt in die Nacht hineinleuchtete.

»Ja.«

Aha. Noch so ein Irrer. »Und was wollten Sie mit mir bereden?«

Reinhold berührte Max leicht mit den Fingerspitzen am Oberarm. Er blickte sich kurz nach eventuellen Beobachtern um. Dann kam sein Gesicht näher. »Sie sind bereits da«, flüsterte er.

Sein Atem roch nach Knoblauch. Vampir kann er auf jeden Fall schon mal keiner sein, sagte sich Max. Oder stimmt das gar nicht, dass die keinen Knoblauch vertragen?

»Wer ist da?«

»Die Außerirdischen.«

»Woher wollen Sie das wissen?«

»Ich habe sie gesehen.«

»Wo?«

»Bei Machtlfing.«

»Nein.«

»Doch.«

»In der Walpurgisnacht?«

»Ja.«

»Unglaublich.«

»Eben. Deswegen wollte ich mit Ihnen reden.«

»Und jetzt?« Max kratzte sich ratlos am Hinterkopf. Er überlegte einen Moment lang, ob er das dünne Bürscherl vor sich direkt in die nächste Nervenklinik bringen sollte oder ob er am besten einfach nur schnell alleine in seinen R4 stieg und nach Hause fuhr. Er entschloss sich dazu, keins von beidem zu tun, sondern erst einmal weiter zuzuhören. Selbst im größten Wahnsinn versteckte sich oft irgendwo ein winziges Körnchen Wahrheit, wusste er.

»Jetzt werden sie erst mal die Welt erobern«, fuhr Reinhold immer noch flüsternd fort.

Max musste sich die größte Mühe geben, ihn zu verstehen. »Wo haben Sie die Burschen denn gesehen?«

»Sie sind in der Nähe von Machtlfing aus einem Wurmloch gestiegen.« Der geheimnisvolle Reinhold klang mehr als geheimnisvoll.

»Aus einem Wurmloch? Bei Machtlfing? In der Walpurgisnacht? Soso.« Max blickte nachdenklich durch ihn hindurch.

Nur mal rein theoretisch angenommen, das stimmte wirklich, dann konnte die Sache damit natürlich schon wieder ganz anders aussehen. Dann hätte Franz doch recht gehabt mit seinem Ufo. Genau wie Bruno Höfner mit seinem Gerede von den Aliens. Hatte er sie etwa auch aus diesem Wurmloch spazieren sehen? Hatten sie dabei mit ihren Taschenlampen dieses im Zickzack fliegende Licht verursacht? Oder waren das eher ihre Kumpels gewesen, die mit der Raumfähre unterwegs waren, um das Gepäck für alle zu transportieren? Die Sache wurde unübersichtlich. Gerade war er sich noch absolut im Klaren darüber gewesen, dass diese UFO-Spinner alle miteinander gehörig einen an der Waffel hatten. Doch jetzt begannen sich, was das betraf, leise Zweifel in ihm zu regen. Oder war er selbst auch schon nicht mehr ganz dicht? Hatte ihn dieser Säbli auf der Versammlung hypnotisiert?

»Ja. In der Nacht der Hexen. Es sind die Nordischen. Sie schauen aus wie wir.« Reinhold zeigte mit wissender Miene auf sein eigenes glattrasiertes Gesicht.

»Könnte ich also auch einer von ihnen sein?« Max, der sich inzwischen mit verschränkten Armen gegen sein Auto gelehnt hatte, musste sich den kleinen Scherz erlauben, um innere Distanz zu der unglaublichen Situation, in der er sich gerade befand, herzustellen. Nicht dass er am Ende selbst noch anfing, Nordische zu sehen.

»Natürlich, Herr Raintaler. Theoretisch auf jeden Fall. Das ist das Vertrackte mit denen. Man kann sie nicht von uns unterscheiden.«

»Und aus was für einem Wurmloch kriechen die? So ein Regenwurm ist nicht gerade der Größte.«

»Es ist ein Wurmloch über uns, Herr Raintaler. Eine riesige Querverbindung zwischen weit entfernten Galaxien. Drei Mann können aufrecht nebeneinander darin stehen.« Reinhold hob seine Arme und formte damit eine Kugel in der Luft. Wohl um damit die Größe und die Unendlichkeit des Weltalls anzudeuten.

»Ach so. Logisch.« Da war doch mal so etwas bei Einstein mit Galaxien, die man zusammenklappte oder so, fiel es Max ein. Und in Science-Fiction-Filmen gibt es das doch auch, dieses Wurmloch. Klar. Wieso komme ich da jetzt erst drauf? Vernagelt? Wahrscheinlich. »Kennen Sie welche von diesen Nordischen, Reinhold?«

»Ich habe ein paar von ihnen gesehen. Aber persönlich kenne ich keinen. Es heißt, dass sie bereits in den Regierungen sitzen und in den Vorständen der Banken. Sie übernehmen die Macht, um uns alle vor dem großen Tag zu evakuieren.«

Was war daran bitteschön neu? Da war doch inzwischen wohl bereits jeder draufgekommen, dass die gewissenlosen Banker und Politiker unserer Zeit auf gar keinen Fall von dieser Welt sein konnten. Die fleißigen Chinesen nicht zu vergessen.

»Vor welchem großen Tag?«

»An dem hier alles in die Luft fliegt.«

»Können die das denn nicht verhindern?« Max staunte ihn mit großen Augen an. Voll abgefahren, dachte er. Ich stehe nachts im Dunkeln neben der Heilig-Kreuz-Kirche, und ein schmächtiger Fremder erzählt mir vom Weltuntergang, von Außerirdischen und von galaktischen Wurmlöchern. Dazu weht ein kalter Wind, der mir zusätzlich Gänsehaut macht. Erlebe ich das gerade wirklich?

»Das habe ich auch schon oft auf unseren Versammlungen gefragt«, erwiderte Reinhold. »Aber es geht offenbar nicht. Hat wohl mit einer anderen, sehr kriegerischen Spezies zu tun, die auch auf dem Weg zu uns ist.«

»Wohin bringt man uns?«

»Das weiß man nicht. Aber psst.« Reinhold legte seinen Zeigefinger vor den Mund. »Reden Sie mit niemandem über die ganze Sache. Die könnten es herausfinden und Sie umbringen.«

»Wer?«

»Die Nordischen natürlich.«

»Warum?«

»Sie wollen es zunächst noch geheim halten.«

»Wozu?«

»Damit keine Panik entsteht.«

»Ach so. Kann man auch wieder verstehen.« Hast du das gerade wirklich gesagt, Raintaler? »Und wieso reden *Sie* dann mit mir darüber? Sie haben doch gerade selbst gemeint, ich könnte auch einer von ihnen sein.«

»Ich habe gesagt, dass es theoretisch so sein könnte. Ich vertraue Ihnen. Außerdem weiß ich, wie man sie doch erkennt.« Reinhold setzte ein oberschlaues Gesicht auf. Wie Lehrer Lämpel vor der Klasse reckte er seinen rechten Zeigefinger in den sternenübersäten Obergiesinger Nachthimmel.

»Ach wirklich? Und wie?«

»Die Nordischen haben den schiefen Blick. Ich kann ihn deutlich sehen, wenn ich nah genug vor ihnen stehe. Sie haben ihn nicht, Herr Raintaler. Sie sind ein Mensch und noch dazu ein guter.«

»Wenn Sie das sagen, wird's wohl stimmen.« Max grinste kopfschüttelnd. Das wurde langsam immer schöner. Jetzt war der Kerl auch noch Hellseher. Genau wie die blonde Kellnerin vorhin, die ihm auf den Kopf zugesagt hatte, dass er ein Bier wollte. »Und sonst?«

»Wie bitte?«

»Haben Sie mir sonst noch etwas zu sagen? Wegen Machtlfing?«

»Nein.«

»Gut. Dann bräuchte ich bitte noch Ihre Adresse und Ihren Nachnamen, falls ich noch Fragen an Sie habe.«

Ein Krankenwagen fuhr eine Straße weiter mit laut tönendem Martinshorn vorbei. Das blinkende Blaulicht wurde von den umliegenden Häuserwänden reflektiert.

»Reinhold Staller. Sendlinger Straße 34.« Reinhold legte seinen Kopf in den Nacken und schien zu den Sternen hinaufzusehen.

War da etwa das nächste Wurmloch im Anmarsch? Oder die Raumschiffflotte der Nordischen? Ach was. Wahrscheinlich hatte er einfach bloß Verspannungen.

»Wunderbar. Danke, Herr Staller. Servus.«

Max ließ den UFO-Jünger stehen und stieg in seinen Wagen. Er hatte für heute genug über Ufosichtungen, Nordische, Wurmlöcher und Ähnliches gehört. Im Rückspiegel sah er, dass Reinhold ihm nachblickte, bis er rechts in die Aignerstraße einbog, um an deren Ende den Giesinger Berg hinunterzufahren. Ab nach Hause. Im Moment brauchte er nichts als Distanz zu dem abgedrehten Thema.

Doch seine Gedanken kreisten weiter. Was, wenn der dünne Bursche selbst ein Nordischer war und ihn bezüglich Machtlfing und Bruno Höfner nur auf eine falsche Fährte locken wollte? Oder wenn er dieselben Ziele verfolgte, ohne ein Nordischer zu sein? Schließlich gab es keine Außerirdischen. Oder? War Reinhold am Ende sogar der Verfasser der Drohnachricht an Max gewesen? Hatte er Monikas Verletzungen auf dem Gewissen? Nichts schien unmöglich in diesem merkwürdigen Fall irgendwo zwischen den Welten außerhalb der bekannten Dimensionen.

21

Nachdem er die Tür hinter sich ins Schloss fallen lassen hatte, zog Max seine Lederjacke und die Cowboystiefel aus. Dann machte er sich auf Socken daran, zumindest das gröbste Chaos in seiner Wohnung zu beseitigen. Der oder die Täter hatten wirklich ganze Arbeit geleistet. Letztlich hatten nur der Couchtisch, das Bett, die Schlafzimmerkommode und die Einbauküche die in Max' Augen nach wie vor völlig übertriebene Verwüstungs- und Suchaktion einigermaßen unbeschadet überstanden. Alles andere, wie seine rote Lieblingscouch, der Schlafzimmerschrank, Tante Isoldes Sideboard, der kleine Bauernschrank im Flur, die Polster der zwei Sessel, die er von Isolde geerbt hatte, die Kissen in Wohn- und Schlafzimmer, die Teppiche, der Küchentisch, der Badezimmerschrank und massenhaft Geschirr und Gläser, war der Zerstörungswut des oder der offensichtlichen Irren, der oder die hier am Werk gewesen sein mussten, zum Opfer gefallen.

Er stopfte die Scherben, kaputten Bretter und Fetzen, immer wieder mit dem Kopf schüttelnd, in zehn riesige blaue Müllsäcke, die er anschließend in den Keller trug. Dort würden sie erst einmal bleiben, bis er Zeit hatte, sie auf den Sperrmüll zu fahren.

Drei Stunden später, in denen er schwitzend und fluchend geracket hatte, konnte er sich in seinen Räumen wenigstens wieder frei bewegen. Staubsaugen würde er in der Früh. Die Nachbarn um drei Uhr nachts damit zu behelligen, war keine gute Idee. Sie würden ihm garantiert aufs Dach steigen. Zu Recht. Er mochte es genauso wenig, wenn nach Mitternacht noch irgendwo im Haus randaliert wurde. Mist, neue Möbel musste er sich so bald wie möglich auch noch beschaffen.

Vor dem Schlafengehen schaltete er den Computer ein, den ihm Franz' Leute angeschlossen hatten. Alles funktionierte. Er setzte sich davor und checkte seine E-Mails.

Charlie hatte ihm geschrieben. ›Servus, Max. Zu deinen Kopien zunächst schon mal so viel. Die Aufschrift ›Geheimakte Kepler 22b‹ bezeichnet einen erdähnlichen Planeten, um die 600 Lichtjahre von uns entfernt, der kürzlich mit dem Weltraumteleskop Kepler entdeckt wurde. Bei den anderen Schriftzeichen handelt es sich zum einen um chemische Formeln für Metalllegierungen, die bisher nicht bekannt sind. Die mathematischen Formeln könnten mathematische Berechnungen der Flugroute nach Kepler 22b sein. Wenigstens behaupten das meine Quellen. Ich bleibe dran. Gruß, Charlie.‹

Sehr gut. Der schlampig gekleidete Computerfreak lieferte ab. Pünktlich und effektiv. Max betrachtete nachdenklich die Wand vor seiner Nase. Also waren sie doch da, die Außerirdischen, und hatten sogar Daten über ihre Technik und Flugrouten hinterlassen. Kaum zu glauben, aber es sah ganz so aus. Wie war Bruno Höfner da nur drangekommen? Das galt es herauszufinden, dann würde auch der Täter nicht weit sein. Aber heute nicht mehr. Er ging zu Bett.

Um sechs wurde er von seinem Handy geweckt. Er sah auf das Display. Verdammt, nur drei Stunden Schlaf nach den ganzen Strapazen. Wehe der Anrufer hatte keinen guten Grund, ihn zu wecken.

»Max? Annie hier.«

»Hallo, Annie«, meldete er sich verschlafen. Seine Stimme versagte fast dabei. Wahrscheinlich hatte er wieder mal lautstark geschnarcht. Er versuchte, ein wenig Spucke in seiner ausgetrockneten Kehle anzusammeln.

»Max, du musst unbedingt sofort herkommen.« Sie klang nicht nur aufgeregt. Sie hörte sich panisch und atemlos an.

»Ist was mit Moni?« Das Adrenalin schoss ihm in Lichtgeschwindigkeit von den Haarwurzeln bis in die Zehenspitzen. Hellwach setzte er sich in seinem Bett auf.

»Nein. Ihr fehlt nichts. Gott sei Dank. Aber jemand wollte uns überfallen!«

»Was? Ich denke, ihr werdet bewacht.«

»Der Polizist liegt ohnmächtig vor der Tür. Oder tot, keine Ahnung.«

»Hast du Franzi angerufen?«

»Nein.«

»Ist der Täter noch in der Nähe?«

»Nein … das heißt, ich glaube nicht.«

»Ich bin sofort bei euch. Bleib bei Moni und schrei die ganze Station wach. Je mehr Leute bei euch sind, umso besser.«

»Okay, Max. Mach schnell.«

Er stieg in seine Klamotten und sagte Franz Bescheid, der ihm verschlafen versprach, auf der Stelle ein paar Leute hinzuschicken und selbst auch zu kommen. Dann steckte er seine Waffe ein, die seine Wohnungsdurchsucher in dem kleinen Bodenversteck unter dem Schlafzimmerbett, wo auch seine wichtigsten Papiere lagen, nicht gefunden hatten. Anschließend rannte er zu seiner Wohnungstür hinaus, das Treppenhaus hinunter, auf den kleinen Parkplatz vor dem Haus und fuhr so schnell er konnte ins Harlachinger

Krankenhaus. Keine zehn Minuten später parkte er dort gleichzeitig mit drei Streifenwagen.

Als er mit den Uniformierten hinter sich bei Monikas Zimmer ankam, entdeckten sie zunächst einmal nur den reglosen Körper des Beamten, der eigentlich Wache schieben sollte. Schweigend näherten sie sich ihm, die Waffen im Anschlag. Sein Kopf lag in einer riesigen Blutlache. Es sah ganz so aus, als hätte ihm jemand den Schädel eingeschlagen. Wie Monika. War es derselbe Täter? Wer weiß. Max bedeutete den anderen, ihm Deckung zu geben. Er kniete sich vor Monikas Tür und drückte so leise wie möglich mit der Linken die Klinke hinunter. In der Rechten hielt er weiterhin seine Waffe. Er sah hinein, blickte sich vorsichtig von seiner Hockposition aus im Zimmer um. Dann erhob er sich, trat ein und winkte die Nachhut herbei.

Monika lag reglos auf ihrem Bett. Aber sie schien am Leben zu sein. Die Anzeige ihrer Instrumente funktionierte. Max hörte das Piepsen ihres Herzschlags. Gott sei Dank. Links neben dem Bett standen Anneliese und eine jüngere Krankenschwester dicht aneinandergedrängt. Auf der rechten Seite hatte sich Oberschwester Hildegard postiert. Alle drei waren jeweils mit einer Krücke bewaffnet, die sie nun sichtlich erleichtert an der Wand abstellten.

»Max! Gott sei Dank!« Anneliese lief ihm mit Tränen in den Augen entgegen. »Noch eine Minute länger, und ich hätte mir vor Angst in die Hosen gemacht.« Sie umarmte ihn.

»Respekt, Annie. Eine tolle Truppe seid ihr. Habt ihr den Attentäter etwa mit euren Krücken in die Flucht geschlagen?«

»Ja, Max. Vor allem Schwester Hildegard hat sich als wahre Heldin erwiesen. Du hättest mal sehen sollen, wie sie auf den Kerl losgegangen ist. Obwohl der einen Totschläger in der Hand hatte.«

»Na ja. So doll war's auch wieder nicht.« Die kräftig gebaute Oberschwester errötete verlegen.

»Respekt, Schwester Hildegard. Mit Moni alles in Ordnung?« Max sah sie fragend über Anneliese Schulter hinweg an.

Sie warf einen prüfenden Blick auf die Instrumente neben dem Bett. »Sieht gut aus, Herr Raintaler.«

»Gott sei Dank.« Er atmete hörbar erleichtert auf.

»Servus, alles gut?« Franz betrat den Raum.

»Soweit ja«, erwiderte Max. »Der Beamte vor der Tür scheint was abbekommen zu haben.« Eins muss man Wurmdobler lassen, dachte er, wenn man ihn wirklich braucht, ist er da wie eine Eins. Selbst wenn man ihn dabei mitten in der Nacht aus dem Bett schmeißt. Na ja. Am frühen Morgen.

»Schaut so aus, als wäre er tot.« Franz blickte betreten zum Fenster hinaus.

»Was?« Anneliese wankte stark. Ihre Knie schienen jeden Moment den Dienst aufzugeben. »Aber ich habe ihm doch vorhin noch einen Kaffee gebracht. Er war immer so nett zu mir.« Entkräftet sank sie auf den Rand von Monikas Bett. Was zu viel war, war zu viel. Sie hatte in den letzten Tagen mehr mitgemacht als in den gesamten letzten zehn Jahren zusammengezählt.

»Woher wollen Sie wissen, dass er tot ist, Herr Kommissar?«, erkundigte sich Oberschwester Hildegard.

Franz war in ihren Augen offenbar niemand, der den Tod eines Menschen feststellen konnte. Dafür gab es schließlich Ärzte und Oberschwestern. Profis eben.

»Hauptkommissar, bitte. So viel Zeit muss sein. Weil er keinen Puls mehr hat und Blut aus seinem Schädel fließt.«

Wenn jemand dir mit einem Totschläger voll auf den Kopf schlägt, überlebst du das nicht, wusste Max. Klang ja irgendwie auch zwingend logisch. Er und Franz hatten in ihren gemeinsamen Jahren bei der Kripo einige Opfer mit derartigen Verletzungen gesehen.

»Moment, ich rufe einen Arzt.«

Die resolute Oberschwester schien immer noch nicht überzeugt zu sein. Sie bahnte sich wie ein riesiges Schlachtschiff ihren Weg durch ihre Retter auf den Flur hinaus. Ihre jüngere Kollegin, die bis dahin überhaupt nichts gesagt hatte, folgte ihr im Kielwasser und schwieg dabei weiter. Der Schreck schien ihr immer noch in allen Knochen zu stecken.

»Wenigstens ist den Frauen nichts passiert«, meinte Max mit rauer Stimme. »Es wird höchste Zeit, dass wir den Kerl kriegen, Franzi. Langsam läuft uns die Zeit davon.«

»Du musst uns doppelte Wachen besorgen, Franzi«, fügte Anneliese hinzu. Sie hatte dabei diesen ganz gewissen Tonfall am Leib, den Frauen immer dann anschlugen, wenn sie signalisieren wollten, dass sie keinen Widerspruch duldeten. Gar keinen. Nicht den geringsten.

»Ihr habt beide recht«, erwiderte Franz, dem ihr ganz gewisser Tonfall bestens von zu Hause her vertraut war. »Wie hat der Kerl denn ausgesehen, der euch angegriffen hat, Annie?«

»Mittelgroß, lange schwarze Haare, Kinnbart, und im rechten Nasenflügel hatte er ein Piercing. So einen kleinen silbernen Ring«, kam es wie aus der Pistole geschossen von ihr zurück.

»Aha.« Max strich sich nachdenklich übers Kinn.

»Könntest du mit einem von Franzis Zeichnern ein Bild von ihm machen?«

»Ja. Aber der müsste herkommen. Ich lasse Moni auf gar keinen Fall mehr allein. Solange bis ihr diesen Gangster geschnappt habt.« Anneliese hob trotzig ihr Kinn.

Max war klar, dass sie keine zehn Pferde aus Monikas Zimmer herausbekommen würden. Zumindest solange, bis der Täter gefasst war. Ihre beste Freundin war in Gefahr, und sie hielt tapfer zu ihr. Er empfand tiefen Respekt vor ihr. Wo gab es heutzutage denn noch Menschen, die nicht ununterbrochen ausschließlich an sich selbst dachten? Na gut, ein paar von denen gab es schon noch. Aber die musste man wirklich mit der Lupe suchen, so wie die sprichwörtliche Nadel im Heuhaufen.

»Das kriegen wir geregelt, Annie.« Franz nickte ihr beruhigend zu. »Und die beiden Wachen kriegt ihr natürlich auch. Hier drinnen kommt ab sofort niemand mehr an euch ran. Nicht mal die Mafia. Das verspreche ich dir.«

»Danke, Franzi.« Die Tränen übermannten sie, wie so oft in den letzten Tagen.

»Soll ich dir einen Kaffee holen, Annie?«, fragte Max. Herrschaftszeiten, sie macht genauso viel mit wie ich, dachte er. Wenn nicht noch mehr, weil sie andauernd hier neben dem Bett sitzt. Moni kann froh über so eine Freundin sein. Aber wirklich.

»Eine Cola wäre mir lieber.«

»Alles klar, bin gleich wieder da.« Er eilte hinaus zum Getränkeautomaten.

Wenig später war er mit zwei kalten Flaschen zurück und reichte Annie eine davon. Die andere öffnete er sich selbst. »Sie hatten leider nur Pepsi.«

»Ich weiß. Aber in der Not …« Annie lächelte schwach.

»… frisst der Teufel Fliegen. Mir geht's genauso.« Max lächelte zurück. Dann wandte er sich an Franz. »Ein Arzt ist bei dem Wachmann. Aber ich glaube, du hast recht. Da ist wohl nichts mehr zu machen. Sie haben ihm gerade ein Tuch über das Gesicht gelegt.«

»Also doch. Verdammt, ich kannte ihn flüchtig.« Franz schüttelte mit starrem Gesichtsausdruck langsam den Kopf. »Er heißt Hans Schmiedl. Hat eine Frau und zwei kleine Kinder. Wer erklärt denen jetzt bloß, dass ihr Papa nie wieder nach Hause kommt.«

»Diese Dreckschweine schrecken vor nichts zurück. Ich fahre sofort nach Machtlfing, Franzi. Ich glaube immer mehr, dass dort der Schlüssel zu allem begraben liegt.« Max trat an Monikas Bett. Er legte ihr seinen kleinen tibetischen Talisman aufs Kopfkissen, wie er sich das gestern Abend vorgenommen hatte. Sie konnte im Moment alles Glück dieser Welt gebrauchen.

»Auch zu dem hier?« Franz deutete im Raum umher.

»Ja. Inzwischen bin ich fast überzeugt davon, dass es eine Verbindung zwischen den Anschlägen auf Moni, deinem Ufo und den beiden Toten in Machtlfing gibt. Verschiedene Täter, da verschiedene Methoden, aber ein und derselbe Auftraggeber. Kann sein, dass wir da einer größeren Sache auf der Spur sind.«

»Eine geheime Organisation?«

»Vielleicht so was in der Art, ja.« Max dachte an die durchgeknallten Ufologen gestern Abend. Denen war alles zuzutrauen. Dann war da noch der gute Willi Schneller. Der wollte sicher nicht, dass das Geringste über ihn und Ruth Höfner herauskam. Ein Feigling wie er wäre der klassische

Auftraggeber für einen Mord. Sicher hatte er Max nicht die ganze Wahrheit gesagt. Schließlich waren alle Politiker professionelle Lügner. Das lag bei denen in der Natur. Bruno Höfners Tagebuch mit diesen Formeln für unbekannte Metalle und den Flugrouten ins All durfte man natürlich ebenfalls nicht außer Acht lassen. Genau wie den geheimnisvollen Reinhold. Und die Nordischen. Die gab es auch noch. Oder eher doch nicht? Auf jeden Fall führten alle Spuren nach Machtlfing. »Wieso warst du letztes Mal am Telefon eigentlich so komisch?«

»Ich komisch? Wie meinst du das?« Franz zog erstaunt die Brauen hoch.

»Na ja. Reichlich knapp und eben komisch.«

»Keine Ahnung. War mir nicht bewusst.« Franz zuckte die Achseln.

»Echt nicht?«

»Echt nicht.«

»Na gut.«

22

Max fuhr um kurz nach acht nachdenklich die Garmischer Autobahn hinaus. Auf der einen Seite hoffte er, damit recht zu haben, dass alles in diesem Fall zusammenhing, wenn das dazu führen sollte, die Täter möglichst schnell dingfest machen zu können. Auf der anderen Seite wäre er natürlich nach wie vor mindestens ebenso froh gewesen, wenn es ganz anders gewesen wäre und sich herausstellen würde, dass sein Aufruf im Internet nichts mit den Anschlägen auf Monika zu tun gehabt hätte. Es war zum aus der Haut fahren. Nichts als Fragen und ein heilloses Durcheinander. Mist verdammter. Er schnallte sich ab, holte sein Handy aus der Hosentasche, schnallte sich wieder an und wählte Josefs Nummer.

Letztes Jahr war er einmal wegen Telefonierens beim Fahren von einer Streife angehalten worden. Sie wollten ihm zuerst ein Knöllchen verpassen. Doch dann hatte er ihnen glaubhaft versichert, dass sein Auto für eine Freisprechanlage schlicht und ergreifend zu alt sei. Sie hatten ihn mit einer mündlichen Verwarnung davonkommen lassen. Offensichtlich gab es auch Uniformierte mit Humor.

»Max, bist du's?« Josef klang wie immer. Fröhlich, frisch, frei von der Leber weg.

»Nein, ich hab mein Handy verschenkt. Pass auf, Josef. Ich bin in einer Dreiviertelstunde im Alten Wirt. Treffen dort?«

»Logisch. Bis gleich.«

Sie legten auf. Max bog auf die Starnberger Autobahn ab. Monikas strahlendes Lächeln tauchte vor seinem inneren Auge auf. Seit er sie kannte, hatte er sich gefragt, wie es möglich war, dass ein Mensch anderen Menschen nur durch sein Lächeln das Gefühl geben konnte, etwas Besonderes zu sein. Oft schon hatte er vermutet, sie käme von einem anderen Stern. War sie am Ende vielleicht eine Nordische? Wohl kaum. Deren schiefen Blick hätte auch er längst bei ihr bemerkt. Nein, nein. Ihr Blick war alles andere als schief.

Er war von Leichtigkeit und Fröhlichkeit beseelt, von Ehrlichkeit und Anstand, Großzügigkeit und Freundschaft. Und von unendlich viel Liebe. Das durfte man keinesfalls zerstören. Sonst würde man alles zerstören.

Er wusste auf einmal, dass es nicht richtig von ihm gewesen war, immer wieder zu versuchen, ihren Freiheitsdrang zu bändigen. Freiheit entstand eben nicht allein in einem selbst, wie er bisher immer gedacht hatte. Selbst die schönsten Vögel durfte man nicht in einen goldenen Käfig sperren, Menschen schon gar nicht, auch wenn man beides noch so gerne um sich gehabt hätte. Das wurde ihm gerade so klar wie nie zuvor. Er würde Monika auf keinen Fall weiterhin bedrängen, ihn zu heiraten. Falls sie jemals wieder aufwachte, würde er ihr von ganzem Herzen alle Freiheiten lassen, die sie brauchte. Ihr Glück war wichtig. Nicht seins. Das würde sich automatisch einstellen, wenn sie glücklich war. Darauf würde er von nun an blind vertrauen. So viel war sicher.

Er passierte Starnberg, bog auf die Olympiastraße Richtung Traubing und ließ den Starnberger See links hinter der sanft geschwungenen bewaldeten Hügellandschaft des Fünfseenlandes liegen. Zu beiden Seiten des Weges zogen weite Felder an ihm vorbei. Vor ihm zeichneten sich die Umrisse der Alpengipfel am Horizont ab. Von links tauchte die morgendliche Frühlingssonne alles in ihr warmes weiches Licht. Schon schön hier draußen, dachte er flüchtig. Kein Wunder, dass so viele Touristen zu uns kommen.

Um kurz vor neun parkte er vor dem Alten Wirt in Machtlfing. Eine gute halbe Stunde Fahrzeit, länger hatte er nicht gebraucht. Braves altes Auto. Wer wollte da noch einen Sportwagen. Er schnallte sein Achselholster ab, verstaute es samt seiner Pistole im Handschuhfach und stieg aus.

»Hallo, Max.« Marianne winkte ihm fröhlich vom Tresen aus zu, sobald er das Lokal betrat. Dann spülte sie weiter ihre Gläser.

»Servus, Marianne. Ich habe gehofft, dass du schon auf hast. Gewusst habe ich es nicht.« Er lächelte schief.

»Ich habe heute Mittag eine Gesellschaft. Weiß auch nicht, warum die ausgerechnet am Donnerstag Mittag Geburtstag feiern müssen. Aber was soll man machen. 30 Schweinsbraten mit Kraut und Knödeln. Da muss ich früh anfangen. Magst du einen Kaffee?« Sie wischte sich mit dem Handrücken ein paar kleine Schweißperlen von der Stirn.

»Gerne.« Max setzte sich ihr gegenüber auf einen der hölzernen Barhocker.

Sie trocknete ihre Hände ab, strich sich eine vorwitzige Haarsträhne aus dem Gesicht und schenkte ihm aus der großen Thermoskanne, die hinter ihr im Regal stand, ein. Dann stellte sie ihm ein volles Haferl, Zucker und Milch vor die Nase.

Während er mit dem Löffel in seiner Tasse herumrührte, betrachtete sie ihn interessiert.

»Du schaust müde aus«, stellte sie nach einer Weile fest.

»Bin ich auch, Marianne. Jemand hat heute Nacht versucht, meine Freundin im Krankenhaus umzubringen.«

»Ein Arzt?« Sie riss erschrocken die Augen auf.

Dunkelgrüne Iris mit braunen Tupfern drin, registrierte Max. Wunderschön. Ist mir bisher noch gar nicht aufgefallen.

»Nein. Jemand von draußen. Ein mieser Kerl, der es auf sie abgesehen hat. Vielleicht hängt es mit meinen Nachforschungen im Fall Höfner zusammen.«

»Du meinst, da will dir jemand über deine Freundin eins auswischen?«

»Könnte sein. Herrje, ich komme einfach nicht weiter bei diesem Fall.« Er stöhnte ärgerlich auf, bevor er den ersten Schluck des heißen Gebräus in seiner Tasse genoss. »Hast du zufällig noch mal jemanden etwas über die Höfners reden gehört? Oder vergessen, mir etwas zu sagen?«, fuhr er fort, nachdem er getrunken hatte.

»Komisch. Gestern am frühen Abend war die Starnberger Polizei hier und hat mich so ziemlich dasselbe gefragt.« Sie lächelte ihn ungezwungen an.

Flirtet sie etwa mit mir? Schmarrn. Sie weiß doch, dass es meiner Freundin schlecht geht. »Die Starnberger? Tun die endlich auch mal was. Und wer von denen?«

»Der Kleiber und ein netter Älterer, den ich nicht kenne.«

»Du kennst diesen Kleiber?«

»Logisch. Hier draußen kennt man sich. Außerdem war er schon ein paar Mal hier. Hat mit Kollegen gefeiert.«

»Und was hast du ihnen geantwortet?«

Er trank noch einen Schluck Kaffee und sah sie dabei gespannt über den Tassenrand hinweg an.

»Nur, dass ich nichts weiß. Aber dass vielleicht die Irmi Randstetter in Andechs droben mehr weiß. Sie arbeitet als Kellnerin im Bräustüberl. Bruno war in letzter Zeit locker mit ihr zusammen.« Sie schenkte sich ein Mineralwasser ein.

»Aber wieso hast du mir das nicht längst gesagt?« Er zog verwundert die Brauen hoch.

»Ich hielt es nicht für wichtig. Sie hatten bloß ein paar Mal was miteinander, hat Irmi gemeint. Nichts Ernstes.«

»Aha. Na gut, Marianne. Der Kaffee schmeckt übrigens hervorragend.« Verdammte Amateure. Hält die blöde Nuss doch glatt wichtige Informationen in einem Mordfall zurück. Ich könnte ausrasten. Das hat man von seiner Freundlichkeit.

Zehn Minuten später betrat Josef das Lokal.

»Du brauchst dir gar nichts zu bestellen, Watson«, begrüßte ihn Max, noch bevor sein Freund den Mund aufmachen konnte. Er stand auf und kam ihm auf halbem Weg entgegen. »Wir müssen sofort nach Andechs. Auf den Heiligen Berg in die Klosterwirtschaft. Fahren wir mit deinem oder mit meinem?«

»Mit deinem«, erwiderte Josef leicht verdattert. »Ich bin zu Fuß da. Meiner ist in der Inspektion.«

»Alles klar. Komm!«

Sie winkten Marianne zum Abschied zu, traten auf die Straße hinaus und stiegen eilig in Max' R4.

Während sie zu der jahrhundertealten Schänke hinüberfuhren, klärte Max seinen Freund über die neuesten Erkenntnisse im Fall Höfner auf. Dass Monika und Anneliese im Krankenhaus überfallen wurden, erzählte er ihm auch.

»Wird Moni jetzt wenigstens richtig bewacht?«

»Ja, Franzi hat versprochen, Doppelposten einzusetzen. Da sollte vorerst nichts mehr anbrennen. Hoffentlich.« Er presste besorgt die Lippen aufeinander.

»Wissen kann man es nie«, unkte Josef.

»Eben. Hast du letztes Mal eigentlich noch etwas herausgefunden, als du im Alten Wirt sitzen geblieben bist?«

»Nichts, was wir nicht schon wussten. Bruno und Ruth Höfner hatten offensichtlich sehr häufig wechselnde Sexualkontakte in und um Machtlfing herum. Ich frage mich langsam, ob sie Geld dafür verlangt haben.« Josef runzelte nachdenklich die Stirn.

»Kann natürlich sein. Vielleicht hat die beiden auch irgendein Perverser auf dem Gewissen.«

»Du meinst, so ein Serienkiller? Aber der hätte sie vor dem Mord doch zumindest missbraucht. Oder ihnen die Haut abgezogen oder so was. Wie in den Actionthrillern aus Hollywood halt. Oder?« Doktor Watson schaute fragend zu Sherlock Holmes hinüber.

»Keine Ahnung. Kann sein. Kann aber auch nicht sein.«

»Ja, äh … logisch, klar.«

Max ließ Josef weiter darüber im Ungewissen, welche Spuren perverse Serienkiller normalerweise hinterließen oder nicht. Er stellte den Wagen auf dem Besucherparkplatz ab. Sie stiegen aus und gingen den kleinen Weg hinauf, der zu den Klostergasstätten auf dem Heiligen Berg führte.

»Haben die überhaupt schon offen?«

»Marianne hat gemeint, ja.«

»Na dann.«

Als sie das Bräustüberl betraten, wurden sie von lauten Stimmen empfangen. Eine üppige brünette Kellnerin mit dicken Waden über den schwarzen Gesundheitssandalen stritt gerade mit dem gestandenen blonden Burschen hinter dem Schanktresen, der die Zapfanlage putzte.

»Grüß Gott, die Herrschaften. Darf man Sie kurz in Ihrer Auseinandersetzung unterbrechen?« Max lächelte. Einnehmend, wie er meinte.

»Was gibt's?«

Die Kellnerin drehte sich brüsk zu ihnen um und musterte sie von oben herab. Ihre Miene blieb ausdruckslos. Offensichtlich störten sie gerade bei etwas Wichtigem. Oder sie war generell so unfreundlich. Was wiederum die oft gedachte Frage aufgeworfen hätte, warum sie dann ausgerechnet einen Job machte, bei dem man es mit Menschen zu tun bekam, anstatt beispielsweise irgendwo alleine in aller Ruhe Büros zu putzen. Zum Beispiel nachts.

»Wir suchen Irmi Randstetter. Sind Sie das?« Max blieb höflich.

»Nein. Die ist weg.«

Was für ein ausgesucht pampiger Ton. Mit der wollte man nicht näher bekannt sein. Max versuchte sich daran zu erinnern, wann ihm jemand wie sie zum letzten Mal begegnet war. Nicht in den letzten zehn Jahren, so viel war sicher. Dennoch riss er sich zusammen und ließ sich sein Erstaunen über die selten feindselige Behandlung nicht anmerken.

»Wie darf ich das verstehen?«, erkundigte er sich. Er nahm die Schultern zurück und stellte sich aufrecht hin, um der Sache einen möglichst offiziellen Anstrich zu geben.

»Wer sind Sie überhaupt?«, kam ihre postwendend geblaffte Antwort.

»Raintaler, Privatdetektiv. Das hier ist ein freier Mitarbeiter, Herr Stirner. Wir ermitteln für die Kripo.« Er zeigte auf Josef, zog seinen Detektivausweis aus der Innentasche seiner Lederjacke, hielt ihn eine Sekunde lang in ihre Richtung und steckte ihn gleich darauf wieder ein.

»Ach so, Kriminaler.« Sie warf ihrem Schankkellner einen bedeutungsschwangeren Blick zu. »Aber Sie wissen doch eh Bescheid. Oder? Wieso fragen Sie dann so scheinheilig nach ihr?«

»Wie bitte?« Max zog überrascht die Brauen hoch.

»Die Irmi ist doch tot. Sie hatte einen Unfall. Aber … sind Sie denn gar nicht deshalb hergekommen?«

Ihr Ton klang jetzt nicht mehr ganz so barsch. Eher verwirrt. Und fast schon sachlich. Immerhin. Obwohl es von sachlich zu freundlich natürlich noch mal ein weiterer sehr großer Schritt gewesen wäre.

Es gab Leute, die musste man nur zu nehmen wissen, dann verwandelten sie sich innerhalb von Minuten von einem Teufel zum Engel, wusste Max. Sie gehörte sicher nicht dazu, trotz des veränderten Tonfalls gerade. Das sagte ihm sein Bauchgefühl.

»Nein«, erwiderte er. »Vielmehr wegen der Irmi schon, aber nicht wegen ihrem Tod. Wie ist das passiert?«

»Sie ist gestern am frühen Abend im Biergarten über die Mauer gefallen. Ein Besoffener, der gerade vom Klo kam, muss sie beim Hin- und Herschwanken so kräftig geschubst haben, dass sie daraufhin das Gleichgewicht verloren hat.« Sie blickte ausdruckslos drein. Das traurige Schicksal ihrer Kollegin schien ihr nicht besonders zu Herzen zu gehen.

»Ist es sicher, dass es ein Gast war?« Verdammt noch mal. So viel Pech gab es doch gar nicht. Da hatte Max die erste wirklich heiße Spur in dem Fall, und schwupp, schubste irgendein besoffener Tourist die Zeugin von der Mauer. Nicht zu fassen. Das war doch kein Zufall. Da war doch Absicht im Spiel. Kämpfte er hier draußen etwa gegen Windmühlen?

»Ja, die Uniformierten haben ihn gestern gleich mitgenommen. Er hat sich tausendmal entschuldigt. Aber mitkommen musste er trotzdem. Der eine Polizist hat etwas von fahrlässiger Tötung gesagt.«

»War die Polizei denn vor Ort, als das Ganze passiert ist?«

»Nein, aber keine fünf Minuten nach Irmis Sturz standen die hier auf der Matte. Wenn sie bloß immer so flott wären. Zum Beispiel, wenn es bei uns eine Prügelei gibt.« Sie wischte wie eine Italienerin ärgerlich mit den Händen durch die Luft und blickte die beiden Besucher vorwurfsvoll an. Kripo, Polizei, Detektive, in ihren Augen war das offensichtlich alles dieselbe unzuverlässige Bande.

Wahrscheinlich war es dieser Schnösel Kleiber, der mit seinem Kollegen den unglückseligen Trunkenbold dingfest gemacht hat, sagte sich Max. Die wollten doch sowieso hier rauf.

Sollten sie hier noch weitere Leute verhören oder sich wieder auf den Weg in den Alten Wirt machen? Dort konnten sie beim Mittagessen wenigstens versuchen, etwas bezüglich Bruno und Ruth Höfner herauszufinden. Hier war eigentlich alles gesagt. Das Starnberger Revier und Franz würde Max halt noch anrufen. Wegen der Details. Dann konnte er gegebenenfalls immer noch erneut hierher kommen und weiter ermitteln. Also ab in den Alten Wirt. Dort traf man sich und redete. Die beste Chance, mehr zu erfahren. Was würde Marianne wohl zum Tod ihrer Freundin Irmi sagen?

»Und? Was machen wir jetzt?«

Konnte Josef Gedanken lesen?

»Wir fahren zurück in den Alten Wirt. Aber vorher würde ich mir gerne die Unglücksstelle ansehen.« Max wandte sich an die Kellnerin: »Würden Sie uns bitte zeigen, wo es passiert ist?«

»Wenn's unbedingt sein muss.« Weiterhin griesgrämig vor sich hinstierend, stapfte sie voraus.

23

Halb elf. Max parkte direkt vor dem Lokal. Endlich Frühstück.

Die Besichtigung des Unglücksortes hatte nicht allzu viele neue Erkenntnisse gebracht. Auf jeden Fall muss man einen kräftigen Stoß kriegen, um dort hinunterzufallen, hatte Max angesichts der mehr als hüfthohen Mauer gedacht, die den Biergarten an dieser Stelle vom Abgrund trennte. Außerdem fand er es mehr als merkwürdig, dass eine wichtige Zeugin im Fall Bruno und Ruth Höfner ausgerechnet gestern zu Tode gestürzt war. Er mochte immer noch nicht an einen Zufall glauben. Wenn man ihn fragte, hatte da jemand absichtlich nachgeholfen. Aber die Zeugenaussagen schienen eindeutig zu sein, und die Starnberger Polizei hatte wohl auch den richtigen Schuldigen mitgenommen.

»Was hältst du von Weißwürsten und Weißbier?«, fragte er Josef, während sie Mariannes ländlichen Gourmettempel betraten.

»Viel.«

»Na dann. Nichts wie ran an den Speck.«

Genau, Weißwürste. Die würden ihn wieder aufrichten. Max war halb verhungert. Die ganze Aufregung, der Stress und dann bloß eine Flasche Cola und eine Tasse Kaffe am heutigen Tag. Das war eindeutig zu wenig. Selbst für einen durchtrainierten Freizeitsportler wie ihn.

»Und? Was hat sie gesagt?«, wurden sie von Marianne begrüßt. Sie blickte ihnen gespannt vom Tresen aus entgegen.

»Tja, Marianne. Das ist jetzt ... nicht so gut.« Max zögerte. Er wusste nicht, wie er ihr möglichst schonend beibringen sollte, dass ihre Freundin oder Bekannte oder was auch immer nicht mehr am Leben war.

»Wie meinst du das?«

»Also diese Irmi. Eine gute Freundin von dir?«

»Geht so. Man kennt sich eben. Wieso?«

»Na ja. Sie ist tot.« Das war jetzt nicht unbedingt sensibel, Raintaler. Da sagt man doch erst mal, dass die Leute sich setzen sollen, damit sie gleich merken, dass was Ernstes kommt. Dann ist es auch nicht mehr so schwer für sie. Aber mei, was soll man machen? Es rutscht einem halt raus, wie's kommt. Manchmal zumindest. Er trat verlegen von einem Fuß auf den anderen. Sollte er sie in den Arm nehmen und trösten?

»Was? Die Irmi? Aber die wollte doch morgen heiraten.« Marianne starrte ihn fassungslos an.

Dann war es bestimmt kein Selbstmord, schoss es Max durch den Kopf. Außer, der Mann hatte sich kürzlich als Ekel oder Monster herausgestellt, und sie hatte nicht gewusst, wie sie sonst aus der Geschichte wieder herauskommen sollte.

»Daraus wird wohl nichts. Sie wurde von einem Besoffenen versehentlich in die Tiefe geschubst.«

»Im Biergarten? Bei der Arbeit?« Sie schien nicht glauben zu wollen, was sie gerade hörte.

»Ich fürchte, ja. Obwohl die Umstände andererseits auch wieder seltsam sind. Scheint aber tatsächlich so gewesen zu sein.«

Während sich Josef bereits an ihren Tisch gesetzt hatte, blieb Max unschlüssig stehen. Er wollte nach wie vor selbst nicht so recht an die offizielle Version des Tathergangs glauben. Aus Erfahrung wusste er, dass es diesbezüglich zumindest immer zwei Sichtweisen gab.

Marianne stiegen die Tränen in die Augen. »Ich meine, ich habe sie … nicht so besonders gut gekannt«, stammelte sie, »aber immerhin waren wir einmal gemeinsam im Urlaub. Sie war eine lustige Maus. Man konnte super mit ihr lachen. Hübsch war sie auch.«

»Tut mir leid für dich.« Max hob bedauernd die Arme. Er machte einen Schritt auf sie zu, um sie nun doch zu umarmen.

»Passt schon, Max«, wehrte sie ab. Sie nahm eine Serviette vom Tresen und schnäuzte laut hinein.

»Alles klar. Wen wollte sie eigentlich heiraten? Du hast doch gesagt, sie hätte was mit Bruno gehabt.«

»Schon. Aber sie hat gemeint, mit ihm wollte sie sich vor der Ehe bloß noch mal austoben. Ihren Roman hat sie wirklich geliebt.«

»Roman wie noch?«

»Roman Brandner. Er wohnt ein Stück weit außerhalb.«

»Alles okay mit dir?« Max sah ihr forschend ins Gesicht, während er sich den Namen des Bräutigams notierte.

»Ich komm schon klar. Was kann ich euch bringen?«

»Weißwürste. Aber bloß, wenn's nicht zu viel Arbeit macht.«

»Geht schon.« Sie putzte sich erneut kräftig die Nase und verschwand in ihrer Küche.

»Scheiße«, murmelte Max. Er setzte sich.

»Aber echt«, bestätigte Josef. »Und jetzt?«

»Essen.«

»Gut.«

Während sie auf ihre Würste warteten, rief Max Annie im Krankenhaus an.

»Alles in Ordnung, Max«, meinte sie. »Wir haben sogar drei Bewacher. Ich habe schon zwei Stunden geschlafen. Gleich lege ich mich noch mal hin.«

»Und Moni?«

»Unverändert.«

»Alles klar. Bis dann.«

Er legte auf und wählte die Nummer von Bernhard Karghammer. Der Chef der Starnberger Polizeiinspektion hob nach dem zweiten Klingeln ab.

»Herr Karghammer? Raintaler.«

»Grüß Gott. Was kann ich für Sie tun?« Karghammer klang sachlich und kühl, wie es sich für den Chef eines Polizeipostens gehörte.

»In Andechs ist gestern Abend eine Kellnerin zu Tode gestürzt.«

»Ich weiß. Irmi Randstetter. Ein bedauerlicher Unfall.«

»Wer von Ihren Leuten hat die Ermittlungen geführt?«

»Das waren Kleiber und Polizeihauptmeister Wieland. Eine glasklare Sache. Sie wurde aus Versehen von einem torkelnden Arbeitslosen aus München gerempelt und stürzte dabei über die Mauer. Der Mann hat gleich an Ort und Stelle gestanden.«

»Gab es Zeugen?« Kleiber. Wusste ich's doch.

»Die Freundin des Mannes und etliche andere. Herr Wurmdobler von der Münchner Kripo weiß bereits Bescheid. Er wollte ja über alles, was im Umkreis passiert, informiert werden. Wegen der Sache mit den Höfners.«

»Logisch. Macht auch Sinn. Ist der Mann noch bei euch?«

»Nein. Sein Anwalt war heute Morgen hier und hat ihn abgeholt. Es wird wohl ein Verfahren wegen fahrlässiger Tötung gegen ihn geben.«

»Und danach wird er nicht mal eingesperrt. Na sauber.« Max nickte wissend. Schon lustig, unsere Gesetze. Wenn du im Rausch einen Menschen umbringst, kommst du oft genug mit einer Geldstrafe davon. Aber wehe, du klaust als Verkäuferin einen Kaugummi in dem Laden, in dem du arbeitest. Dann bist du ruck zuck deinen Job los.

»Ja mei. Sein Anwalt ist teuer und bekannt im ganzen Landkreis. Wahrscheinlich bekommt er eine Geld- oder Bewährungsstrafe, und vielleicht muss er noch seinen Führerschein abgeben. Das war's dann auch schon.«

»Na gut. Dann vielen Dank, Herr Karghammer. Auf Wiederhören.« Also doch ein Unfall. Das passt mir eigentlich überhaupt nicht ins Konzept. Und dann noch ein Arbeitsloser mit einem sauteuren Anwalt. Verflixt noch mal, irgendwas an der Sache ist faul. Aber was? Max legte nachdenklich auf.

»Und?« Josef, der unfreiwillig mitgehört hatte, zumindest das, was Max gesagt hatte, sah ihn fragend an.

»Unfall. Eindeutig.« Max nickte langsam.

»Also kein Zusammenhang mit den Morden an Bruno und Ruth Höfner?«

»Sieht so aus. Und mit dem Anschlag auf Moni auch nicht.«

»Scheiße.«

»Aber echt.« Max verzog ärgerlich das Gesicht. So ein Mist. Jetzt konnte er wieder ganz von vorne anfangen mit seinem Fall. »Oh Gott. Bitte nicht die schon wieder«, fuhr er flüsternd fort und verdrehte genervt die Augen.

Die alte Rosi betrat den Raum.

»Der Untergang ist nah! Die Zeichen sind überall, überall!«, rief sie den beiden krächzend zu, während sie schlurfend ihrem Stammplatz an der Wand entgegenstrebte.

»Vielleicht hat sie einen MP3-Player eingebaut, der immer die gleiche Schleife spielt«, gab Josef grinsend zu bedenken.

»Oder sie hat einen Papagei verschluckt. Auf jeden Fall hat sie einen gehörigen Knall. Mich wundert's bloß, dass sie andauernd alleine durch die Gegend rennt. Kümmert sich denn keiner um sie?«

»Sieht ganz so aus.«

»Schweinerei. Ich dachte immer, dass wenigstens auf dem Land die Welt noch in Ordnung wäre.«

Max dachte flüchtig an seinen Großvater. Er hatte Alzheimer gehabt. War immerzu verwirrt gewesen, hatte nicht mehr gewusst, wo er war und wollte andauernd nach Hause gehen. Konnte sich gegen Ende nicht mal mehr den letzten Satz merken, den er selbst oder jemand anders gerade gesagt hatte. Max' Großmutter und seine Mutter hatten sich aufopfernd um ihn gekümmert. Er selbst war viel zu jung gewesen, um das gesamte Ausmaß der Tragödie zu begreifen. Manchmal hatte er sich einen Spaß damit gemacht, den alten Mann zu veräppeln. Hatte ihm irgendeinen totalen Schmarrn erzählt. Nur so, aus Jux und Dollerei. Oder ihm zugestimmt, wenn der Opa wieder mal vorgeschlagen hatte, dass sie gemeinsam nach Hause fahren sollten. Nach Innsbruck, wo er aufgewachsen war. Genau wie Max' Vater. Einmal hatte er sogar Opas Koffer gepackt und ihm vor die Füße gestellt. Kinder konnten echt bescheuert sein. Obwohl, Erwachsene genauso.

»Hey, Leute. Das ist ja ein Zufall. Was führt euch denn hierher? Arbeit oder Vergnügen?« Thorsten stand wie aus dem Nichts vor ihrem Tisch. Keiner von beiden hatte bemerkt, wie er hereingekommen war.

»Beides«, erwiderte Max lächelnd. »Der Mord an den Höfners muss aufgeklärt werden. Aber der Hunger in unseren Mägen gehört ebenfalls gestillt.«

»Darf ich mich setzen?« Thorsten zeigte auf einen der freien Stühle an ihrem Tisch.

»Du musst!«, erwiderten beide wie aus einem Mund.

»Wie geht es deiner Freundin, Max?«, erkundigte sich Thorsten, nachdem er sein dunkles Wollsakko über die Stuhllehne gehängt und Platz genommen hatte.

»Den Umständen entsprechend gut. Du scheinst recht gehabt zu haben, was diesen Doktor Strohmeier betrifft.«

»Der Rudi ist gut. Du wirst sehen, sie kommt wieder völlig in Ordnung.« Thorsten nickte zuversichtlich.

»Dein Wort in Gottes Ohr.« Max grinste schief.

Ihre Weißwürste kamen. Im heißen Wasser in einer weißen Porzellanschüssel, dazu ein Töpfchen süßer Senf, so wie es sich gehörte. Thorsten bekam sogleich Appetit darauf, als er sie sah. Er bestellte sich auch welche.

»Was ist denn mit Marianne los?«, erkundigte er sich, nachdem die dunkelhaarige Wirtin wieder in ihrer Küche verschwunden war. »Sie sieht nicht gut aus. So kennt man sie gar nicht.«

»Sie trauert«, sagte Max.

»Um wen?«

»Eine Freundin von ihr ist gestern bei einem Unfall umgekommen.«

»Wer denn?« Thorsten setzte sich ruckartig auf.

»Irmi Randstetter, eine Kellnerin vom Bräustüberl in Andechs.«

»Was, die Irmi? Einen Unfall? Aber die wollte doch morgen ihren Roman heiraten.« Thorsten blickte erstaunt und ungläubig zugleich drein.

Offenbar hatte er sie auch gekannt. Logisch, das hier war nicht München, sondern ein Dorf.

»Das wird sie nun leider nicht mehr können.« Max spielte nervös mit den Bierdeckeln herum. Überall nur Tote. Er kam sich vor wie in ›Leichen pflasterten seinen Weg‹ Gerade auch wegen Monika ging ihm der Fall langsam an die Substanz. Hoffentlich endete er nicht auch so wie der brutale Italo-Western, in dem am Schluss das Böse triumphierte.

»Zwei tödliche Unfälle in einer Woche, kaum einen Steinwurf voneinander entfernt. Das ist doch nicht normal.« Thorsten starrte auf das kleine gehäkelte weiße Deckchen mit den bunten Wiesenblumen darauf, das in der Mitte des Tisches lag.

»Das kannst du laut sagen.«

Max zuzelte seine erste Wurst. Sie schmeckte genauso, wie sie sollte. Schön heiß, nicht zu fett, gut gewürzt.

24

Als die Gesellschaft kam, auf die sich Marianne den ganzen Vormittag lang vorbereitet hatte, war es Max und Josef zu voll im Alten Wirt geworden. Sie waren aus dem Lokal geflüchtet. Vorher hatte sie Thorsten für heute Nachmittag abermals zum Kaffee bei sich zu Hause eingeladen. Er wolle ihnen etwas zeigen, was ihnen sicher gefallen würde. Dabei hatte er geheimnisvoll geschaut.

Max hatte zunächst Josef bei sich daheim abgesetzt, weil der endlich seinen BMW aus der Werkstatt nebenan holen wollte. Dann war er alleine durch Machtlfing gestreift und hatte weitere Nachbarn der Höfners wegen der Morde an ihnen befragt. Auch nach Andechs war er noch einmal gefahren, um dort mit den anderen Bedienungen und etwaigen Stammgästen bezüglich Irmis gestrigem Unfall zu reden. Ergebnislos. Ein Anruf bei Franz hatte, außer dass der ihm ein Foto von Irmis Leiche per MMS schickte, ebenfalls keine neuen Erkenntnisse bezüglich der Todesfälle Bruno, Ruth und Irmi ergeben.

Dafür hatten Franz und seine Kollegen jetzt einen Burschen im Visier, der für die Anschläge auf Monika verantwortlich sein könnte. Ein gewisser Ronald Beerwein aus Sendling. Am Hauptbahnhof hatte ihn ein anderer Fixer auf der Zeichnung, die nach den Beschreibungen von Anneliese und den Schwestern angefertigt worden war, erkannt und behauptet, der Mistkerl würde ihm jede Menge Kohle schulden. Außerdem meinte die junge Schwester im Harlachinger Krankenhaus, die mit Oberschwester Hildegard und Anneliese in Monikas Zimmer gewesen war, ihn schon einmal gesehen zu haben. Er wäre ein paar Tage zuvor bereits einmal dort gewesen, um sich zu einem Entzug anzumelden, aber gleich wieder verschwunden. Nach seinem Besuch hätten Medikamente gefehlt, vor allem Methadon und Diazepam. Obwohl die Medischränke stets gut verschlossen waren und die Bestandslisten stimmten. Man war zufällig darauf gekommen und hatte natürlich sofort das Krankenhauspersonal verdächtigt. Dass es etwas mit ihm zu tun gehabt haben könnte, war der Schwester erst heute Morgen aufgegangen, als sie ihn wiedersah.

Er musste auf jeden Fall einen Verbündeten im Krankenhaus gehabt haben, war es Max sofort in den Sinn gekommen. Eine Schwester oder einen Arzt, die sich ein paar Euro dazuverdienen wollten. Hatte dieser Helfer dem Täter auch den Zugang zu Monikas Zimmer ermöglicht, um sie endgültig zu erledigen? Wie gesagt, nichts war unmöglich. Wenn Max nach einem halben Leben im Polizeidienst etwas sicher wusste, dann war es das. Auf jeden Fall wünschte er dem Kerl die Höchststrafe für seinen Mordversuch an Monika und dem Mord an dem Beamten, der vor ihrer Tür Wache geschoben hatte.

Jetzt war er mit Josef auf dem Weg zu Thorstens Anwesen.

»Was das wohl für eine Überraschung sein mag, die Thorsten für uns hat?«, sinnierte Josef laut, während sie die Auffahrt zum Haus hinauffuhren.

»Warten wir's ab.«

Max parkte neben dem Eingangsportal. Sein Handy spielte das Lied vom Tod. Charlie war dran. Seit wann telefonierte der? Normalerweise schickte er doch nur E-Mails.

»Max? Ich habe wegen deiner geheimen Kopien noch weitere Leute befragt. Internationale Wissenschaftler von Rang. Es ist eindeutig so, wie ich dir bereits gesagt habe. Es handelt sich um Formeln für bisher unbekannte Metalllegierungen und um Teile der Berechnungen der Flugroute nach Kepler 22b. Sie hätten am liebsten die gesamten Unterlagen gehabt.«

»Wer?«

»Die Wissenschaftler.«

»Weil es sich um unbekannte Metalllegierungen handelt?«

»Ja. Der Erfinder könnte Millionen machen, wenn er die Formeln an die richtigen Leute verkauft.« Charlie schnalzte mit der Zunge.

»Alles klar. Pass auf, ich weiß, es klingt albern.« Max zögerte, seine nächste Frage zu stellen. Er hatte Angst, sich lächerlich zu machen. Dann rang er sich dennoch dazu durch. »Könnten diese Formeln von Außerirdischen stammen?«

»Theorctisch ja. Aber es ist kaum anzunehmen, dass sie dieselben Schriftzeichen und Ziffern benützen wie wir.«

»Stimmt.«

»Außer, es handelt sich um Übersetzungen aus ihrer Sprache. Aber da bräuchte man erst mal einen Übersetzer.« Charlie kicherte albern in den Hörer.

»Stimmt wieder. Noch mal danke. Du hast was gut bei mir.«

»Ich weiß. Servus.«

Sie legten auf. Die Formeln in Brunos Kopien waren also höchstwahrscheinlich irdischen Ursprungs, obwohl die Metalllegierungen unbekannt waren. Gut zu wissen.

Stellenweise war es in diesem Fall wirklich nicht mehr so einfach, zwischen Fiktion und Wirklichkeit zu unterscheiden.

Während sie ausstiegen, kam ihnen Thorsten entgegengeeilt. Er musste schon sehnsüchtig auf sie gewartet haben.

»Hey, Leute. Schön, dass ihr da seid. Kommt rein«, begrüßte er sie ähnlich freudig wie bei ihrem letzten Besuch.

Sie folgten ihm in die Bibliothek, setzten sich in die bequemen Ledersessel, die um Thorstens gläsernen Couchtisch herum gruppiert waren, und ließen sich von ihm Kaffee und Whiskey einschenken.

»Also, Thorsten. Was ist nun mit deiner Überraschung?«, erkundigte sich Max nach dem ersten Schluck Kaffee ungeduldig.

»Es geht gleich los.«

Der Gastgeber nahm die Fernsteuerung, die auf Tisch lag, zur Hand und drückte ein paar Knöpfe. Daraufhin senkten sich Rollos vor die Fenster und verdunkelten den Raum. Kleine Spots in den Wänden sorgten dafür, dass es dabei nicht vollständig finster wurde. Vor einem der großen Bücherregale an der gegenüberliegenden Wand rollte sich von der Decke her eine riesige Leinwand aus.

»Kino! Genial!«, rief Josef. »Kann ich bitte Popcorn haben?« Er lachte ausgelassen.

»Popcorn gibt es später. Versprochen«, erwiderte Thorsten grinsend. »Jetzt schaut euch bitte erst mal den Film an.«

»Na gut.«

Während ein kurzer Vorspann lief, in dem festgehalten war, dass der folgende Beitrag nur ausgewählten Personen zugänglich gemacht werden durfte, lehnten sie sich entspannt und auch ein kleines bisschen geschmeichelt in ihren Sitzen zurück.

Das Bild eines Planeten erschien. Die Erde. Die Kamera zog auf und zeigte den Mond, dann die Planeten unseres Sonnensystems von Merkur und Venus bis Neptun und Pluto. Anschließend verließ sie unser Sonnensystem. Der Sprecher begann zu reden. »Der große Menschheitstraum, fremde Welten im All zu erobern, kann vielleicht bald wahr werden. Das meint Doktor Ahlbeck, ehemaliger Präsident der Spacematerials Incorporated.«

Thorsten kam ins Bild. Doktor war er also auch noch. Na so was. Das hatte er ihnen bisher noch gar nicht verraten.

»Wir verfügen bereits heute über die Möglichkeit, fremde Sterne zu bereisen«, verkündete er. »Zumindest theoretisch. Das Einzige, was uns noch fehlt, sind die entsprechenden Antriebe dafür. Aber die Spacematerials Incorporated arbeitet gemeinsam mit bekannten Spezialisten der NASA unter Hochdruck daran. Bald werden wir dieses kleine Problem auch noch gelöst haben, und dann steht unserer Expansion ins All nichts mehr im Wege.«

Thorsten ein galaktischer Christoph Kolumbus? Max schüttelte irritiert den Kopf. Hörte dieser Weltraum- und Alienschmarrn denn überhaupt nicht mehr auf? Er sehnte sich auf der Stelle nach einem normalen Menschen mit normalen Ansichten in einer normalen Welt. Aber was hieß heutzutage schon *normal*? Gab es so etwas überhaupt noch? Doch, doch. Einen normalen Menschen kannte er: Monika.

»Wir verfügen bereits jetzt über machbare Konzepte für Transportmittel, die uns Lichtjahre von der Erde fortführen«, sprach Thorsten im Film weiter. »Überbevölkerung und Hunger werden bald keine Themen mehr für uns sein. Wir besiedeln einfach neue Planeten, die genug Platz und Ressourcen für das Überleben aller Menschen bieten.«

Das Bild eines erdähnlichen Planeten tauchte auf. Allerdings hatten seine Kontinente andere Umrisse. Dann folgten ein paar Aufnahmen von traumhaften Stränden, üppigen Feldern, saftigen Wiesen und gletscherüberzogenen Bergen. Natürlich stammten die Aufnahmen von der Erde und waren im Nachhinein computeranimiert worden, um den Eindruck eines perfekten fremden Paradieses wiederzugeben. Da schau her. Ein absoluter Fantast, unser Thorsten, dachte Max. Aber wenigstens ein netter.

»Es gibt diese Planeten wirklich«, fuhr Thorsten im Film fort. »Einer von ihnen ist noch nicht einmal besonders weit von der Erde entfernt, nur 600 Lichtjahre. Sein Name ist Kepler 22b.«

Kepler 22b? Geheimakte Kepler 22b? Bei Max schrillten die Alarmglocken. Die Überschrift auf Bruno Höfners Kopien. Hatte der sexbesessene Gärtner etwa Thorsten die Informationen zu diesem Projekt gestohlen und ihn damit erpresst? Die Gelegenheit dazu hätte er als Hausangestellter auf jeden Fall gehabt. Musste er deshalb sterben? Spielte der reiche Herr Ahlbeck ihnen den fröhlichen und lustigen Freund nur vor? Aber wieso zeigte er ihnen dann diesen Film? Er wusste doch, dass Max die Todesfälle der Höfners untersuchte, und musste auch wissen, dass er sich so nur selbst ans Messer liefern würde. Vorausgesetzt, Bruno hatte ihn wirklich erpresst, mal abgesehen davon, dass Thorsten, rein zeitlich gesehen, nicht Ruths Mörder sein konnte. Das stand auf jeden Fall fest. Auf all das gab es nur eine einzige sinnvolle Antwort: Offensichtlich hatte Thorsten keine Ahnung davon, dass Bruno Raubkopien seiner Unterlagen besessen hatte.

Oder anders, die Geheimdokumente hatten nichts mit Thorstens Plänen zu tun, weil Kepler 22b zurzeit sowieso in aller Munde war, da er erst kürzlich entdeckt worden war. Schließlich hatte Bruno mit etlichen Ufologen und Wissenschaftlern Kontakt. In diesem Fall hätte er dann vielleicht jemand anderen damit erpresst, der ihn daraufhin töten ließ oder selbst getötet hatte. Im Moment erschien das Max plausibler als die erste Erklärung.

War Thorsten bei der Sache also endgültig aus dem Schneider? Es sah ganz so aus. Dachte er das jetzt nur, weil ihm Thorsten so sympathisch war? Nein. Oder doch? Vielleicht. Aber wen hatte Bruno erpresst, wenn nicht Thorsten? Das war die große Frage. Auf jeden Fall musste es jemand aus dem UFO- und Raumfahrtumfeld sein, der wie Thorsten geheime Pläne bezüglich Kepler 22b verfolgte. Vielleicht wurden die unbekannten Metalllegierungen für den Bau eines Raumschiffs verwendet. Ein Kollege? Ein Wissenschaftler? Die Außerirdischen selbst? Oder doch das Militär? Im Prinzip war alles möglich. Immer vorausgesetzt, dass Bruno wirklich jemanden mit seinen Unterlagen unter Druck gesetzt hatte, und dass es die Außerirdischen wirklich gab, was Max nach wie vor bezweifelte.

Oder hatte irgendwer völlig andere Gründe gehabt, Bruno umzubringen? Ein eifersüchtiger Ehemann aus dem Dorf? Irmis Bräutigam? Was, wenn dieser Roman Brandner Bruno und ihr auf die Schliche gekommen war und sich auf grausame Weise an allen Beteiligten gerächt hatte, inklusive Ruth Höfner, weil sie für ihn irgendwie dazugehörte? Ein psychisch kranker Massenmörder. Das war auf jeden Fall auch noch eine Option. Er würde Brandner auf jeden Fall befragen müssen. Wieso hatte er eigentlich nicht gleich heute Vormittag daran gedacht? Wahrscheinlich, weil es in seinem Kopf nur noch wie in einem Bienenstock surrte, bei dem ganzen Chaos ringsumher. Aber Moment mal: Irmi wurde aus Versehen von einem Betrunkenen gestoßen, und es gab etliche Zeugen dafür. Also war es Roman Brandner wohl doch nicht. Konzentration, Raintaler. Konzentration und Genauigkeit.

Und Brunos Kopien? Irgendeine Bewandtnis musste es doch damit haben. Herrschaftszeiten. Egal wie er an die Sache heranging, er drehte sich im Kreis. Sollte er Thorsten auf die Sache mit den Kopien ansprechen? Warum nicht. Vielleicht würde ihm dessen erste Reaktion mehr verraten. Zunächst sah er sich jedoch den Film zu Ende an.

»Geheimakte Kepler 22b«, legte er ohne Einleitung los, sobald es wieder hell in der riesigen Bibliothek war. »Bruno Höfner besaß ein paar zusammengeheftete Kopien mit genau dieser Überschrift als Deckblatt. Sie sind jetzt in meinem Besitz. Darauf sind Formeln für bis dahin auf der Erde völlig unbekannte Metalllegierungen verzeichnet. Und mathematische Kursberechnungen nach Kepler 22b. Könnten sie von dir stammen?«

»Bruno? Kopien?« Thorsten sah ihn erstaunt an. »Ja, ich habe eine Geheimakte Kepler 22b. Kann ich diese Kopien sehen? Dann wüssten wir genau, ob sie von mir sind.«

»Im Moment leider nicht. Ich habe sie nicht dabei. Aber es erscheint mir höchst unwahrscheinlich, dass jemand anderes exakt dieselbe Überschrift verwendet haben sollte.« Max blickte abwartend drein. Er war gespannt darauf, was in den nächsten Minuten zutage kam.

»Das ist wohl wahr. Obwohl, Kepler ist zurzeit in aller Munde. Sie könnten auch von jemand anderem stammen. Ich frage mich gerade nur, wieso Bruno meine Unterlagen überhaupt hätte kopieren sollen?«

Thorsten legte sein Kinn in die linke Hand. Er schien fieberhaft nachzudenken. Max sah förmlich den Rauch aus seinem Kopf aufsteigen.

»Vielleicht wollte er sie verkaufen. Oder jemanden damit erpressen. Dich zum Beispiel. Und dann wurde er deswegen umgebracht. Kann doch sein.« Max trank einen Schluck Kaffee.

»Bruno als Dieb? Und dann noch jemanden erpressen? Unmöglich. Das kann ich nicht glauben. Er war gar nicht der Typ für so etwas. Er war ein oberflächlicher Frauenheld. Er hätte gar nicht die Nerven gehabt, jemanden zu erpressen.« Thorsten schüttelte vehement den Kopf.

»Bist du dir da ganz sicher?«

»Na ja … weiß nicht.«

»Na siehst du.«

»Wo sind die Kopien denn jetzt?«

»An einem sicheren Ort.« Max setzte sein bestes Pokerface auf.

»Willst *du* mich etwa damit erpressen?« Thorstens fröhliches Dauerlächeln fiel in sich zusammen. Stattdessen präsentierte er ihnen nun das Gesicht des erfolgreichen Geschäftsmannes Thorsten Ahlbeck. Hart, sachlich, klar. Sein Mund verzog sich zu einem schmalen Strich. Seine Augen ruhten emotionslos in ihren Höhlen.

»Wie sollte ich? Ich weiß ja nicht einmal, wozu du diese Formeln brauchst. Vorausgesetzt natürlich, sie stammen wirklich von dir.« Max hob unschuldig die Hände. Seine Miene blieb weiter undurchdringlich.

»Also gut. Ich muss euch mein Projekt Kepler 22b wohl auf der Stelle erklären.«

»Wäre sicher hilfreich.«

Max blinzelte Josef verschwörerisch zu. Der schaute ausdruckslos zurück, so als würde er sich fragen, was sein Freund nun schon wieder vorhatte. Offensichtlich kam er gerade nicht mehr ganz mit.

»Ich hätte gerne noch eine halbe Stunde damit gewartet. Wollte es ein bisschen spannender machen. Aber gut. Sei es, wie es sei.«

Thorsten erhob sich, legte seine Hände vor seinen Bauch, verschränkte die Finger ineinander und begann gemessenen Schrittes vor ihnen auf und ab zu gehen.

»Ich muss dazu allerdings etwas ausholen.«

»Nur zu«, ermutigte ihn Max. Alles, was Klarheit in diesen vertrackten Fall brachte, war gern gehört und gesehen.

25

»Also gut. Vom Mayakalender habt ihr sicher gehört.« Thorsten blickte wie ein Privatlehrer auf sie hinunter.

Die Schüler Max und Josef nickten zustimmend.

»Den Berechnungen darin nach sollte die Welt am 21. oder 22. Dezember 2012 untergehen. Davon habt ihr sicher auch gehört.«

Erneutes Kopfnicken.

»Das stimmte aber nicht.«

»Ach, wirklich?« Max musste grinsen. Sie hatten Ende Mai 2013. Wenn die Berechnungen des Majakalenders gestimmt hätten, dürften sie alle längst nicht mehr da sein. Was natürlich ein ausgemachter Schmarrn war, da sie da *waren*, wie man unschwer erkennen konnte. Oder träumte er sein Leben nur? Träumten alle Menschen ihr Leben nur? So wie in diesem Science-Fiction-Film ‚Matrix'?

»Der Kalender wurde falsch interpretiert«, eröffnete ihnen Thorsten.

»Schaut ganz so aus.«

Max blickte Josef lachend an. Der lachte mit.

»Aber der Untergang kommt. Nur etwas später. Ich habe da eigene Berechnungen angestellt, die das eindeutig beweisen.«

»Was sich erst noch als wahr erweisen muss«, wagte Max ihrem hohen Gelehrten zu widersprechen. »Und was hätte das alles mit Brunos Formeln für unbekannte Metalle und Flugrouten ins Weltall zu tun?« Er kratzte sich nachdenklich am Kopf. Nur mal angenommen, Thorsten wäre doch der Mörder von Bruno und Ruth Höfner gewesen und wusste nun, dass ihm Max direkt auf den Fersen war. Hätte er sich dann so ruhig und gelassen gegeben, wie er das im Moment tat? Schwer zu glauben. Außer, er war ein mindestens ebenso überzeugender Schauspieler wie Wissenschaftler, Träumer und Fantast. Außerdem war die Sache mit Ruth Höfner doch geklärt. Da musste man dann auch nicht fortwährend innerlich neue Zweifel schüren. Das war eindeutig kontraproduktiv. Herrschaftszeiten noch mal.

»Darauf wollte ich gerade kommen, Max.« Thorsten lächelte flüchtig.

»Ach so.«

»Es geht darum, diesem Untergang, der in nicht allzu ferner Zukunft stattfinden wird, zu entfliehen. Auf eine ferne Welt zu reisen und sie zu bewohnen.«

»Und dafür braucht man zum Beispiel die Berechnungen der Flugrouten nach Kepler 22b?«

»Mag sein. Ich habe unter anderem solche Berechnungen angestellt. Aber auch viele andere haben das getan. Kepler 22b ist außerdem nicht der einzige Planet, der für eine Besiedelung infrage käme.«

»Und die unbekannten Metalllegierungen?«

»Mit neuen Metalllegierungen wird jeden Tag überall auf der Welt herumexperimentiert. Sie werden in der Industrie verwendet, und natürlich haben wir in der Spacematerials Incorporated auch damit gearbeitet.«

»Dann kann es also durchaus möglich sein, dass es sich bei Brunos Kopien um deine geheimen Unterlagen handelt?«

»Mag sein«, stimmte Thorsten zu. »Wenn du sie mir zeigst, kann ich dir das, wie gesagt, ganz genau sagen. Aber Bruno hat mich nicht erpresst. Und umgebracht habe ich ihn auch nicht. Um Himmels willen, so etwas könnte ich nie. Das müsst ihr mir glauben.« Er faltete die Hände vor der Brust und schüttelte sie wie ein italienischer Pfarrer bei der Sonntagspredigt.

Jetzt räumt er auch noch deutlich ein, dass es seine Unterlagen sein könnten, obwohl er weiß, dass Bruno vielleicht genau deswegen umgebracht wurde. Alles klar, Raintaler. Der hat echt niemanden getötet. Er hat zwar einen ausgewachsenen Vogel. Aber er ist definitiv kein Mörder. Da wirst du auf jeden Fall Brunos andere Kontakte unter die Lupe nehmen müssen, um den Täter zu finden. Hier gräbst du vergebens. Bestimmt gab es in Brunos weiterem Umfeld etliche Weltraumfanatiker, die man mit einem Geheimprojekt Kepler 22b erpressen konnte. Also lassen wir unserem netten Gastgeber seinen Spaß und hören weiter zu. Immerhin war er bisher einfach nur ein netter Kerl gewesen.

»Also gut, ich glaube dir, Thorsten.« Max sah ihm offen in die Augen. »Themenwechsel. Du willst also zu fernen Welten aufbrechen?«

»Wie viele andere auch. Ja.« Thorsten atmete hörbar erleichtert auf. Die Sache schien ihn mehr aufgeregt zu haben, als er sich zunächst hatte anmerken lassen.

»Aber hast du in deinem Film nicht gerade selbst gesagt, dass es für einen Flug dorthin noch keinen brauchbaren Antrieb gäbe?« Max rutschte neugierig auf die Kante seines Ledersessels vor.

»Habe ich. Doch die Situation hat sich geändert.«

»Ihr habt den Antrieb?«

»Bald. Und sogar das Raumschiff dazu.«

»Und dann? Universum, wir kommen?« Eigentlich schön, sich sein zukünftiges Leben so unrealistisch herbeizuträumen, dachte Max. Auf einmal sind alle irdischen Sorgen unwichtig, nichts kratzt dich mehr, du hast nur noch die rosa Brille auf. Außer, sie bringen dich weg, stecken dich in eine Zwangsjacke und pumpen dich mit Psychopharmaka voll. In einer gemütlichen kleinen Nervenklinik hier auf deinem Mutterplaneten. Oder sagt man Vaterplanet? Auf jeden Fall ist das dann garantiert nicht mehr lustig.

»Könnte man so sagen.« Thorsten rieb sich zufrieden die Hände. Seine Augen leuchteten vor Begeisterung.

»Ich muss wohl nicht betonen, dass alles, was wir hier besprechen, strengster Geheimhaltung unterliegt«, fuhr er mit dem Zeigefinger vor dem Mund fort. »Nicht auszudenken, was los wäre, wenn die Menschheit von dieser exklusiven Möglichkeit erfahren würde.«

»Dann würde dein Raumschiff im Angesicht des bald drohenden Weltuntergangs wegen Übergewicht nicht abheben können. Stimmt's?« Max streckte die Arme vor seinem Bauch aus und blies die Backen auf, um das Thema Übergewicht visuell zu untermauern.

»Vortrefflich bemerkt, Max.« Thorsten strahlte erst ihn an, dann Josef. »Wir können nur eine begrenzte Zahl von Menschen an Bord nehmen.«

Was für ein ausgemachter Schwachsinn, dachte Max. Jeder Mensch wusste doch, dass man auf der Erde rein technisch noch lange nicht in der Lage war, weitere Entfernungen im All mit herkömmlichen Raketenantrieben zu überwinden. Selbst wenn man dabei der Lichtgeschwindigkeit nahe kam. Es würde Jahrhunderte dauern, bis man den nächsten bewohnbaren Planeten erreicht hätte. Oder hatte Thorsten etwas völlig Neuartiges erfunden? Vielleicht so eine Art Materietransporter wie in den Science-Fiction-Filmen, der einen innerhalb von Sekunden quer durch die Galaxie schleuderte. Schmarrn. Nichts als Zukunftsmusik. Außerdem wäre es längst irgendwo durchgesickert. Man konnte nichts auf dieser Welt absolut geheim halten. Irgendwann kam die Wahrheit irgendwo immer ans Licht.

»Von uns erfährt niemand was«, versicherte er ihrem Gastgeber höflich. »Stimmt's, Josef?«

»Auf gar keinen Fall.« Josef konnte sich sein breites Grinsen offensichtlich nicht verbeißen.

Sicher hatte er ebenso wenig wie Max eine solch unerwartete Wendung des Gesamtgeschehens auf dem Radar gehabt. Von der mühsamen Mordermittlung zum voll abgedrehten Wahnsinn.

»Und Bruno hat dich mit seinem Wissen wirklich nicht erpresst?«, hakte Max abschließend noch einmal nach. Er würde es spätestens jetzt merken, wenn Thorsten die ganze Zeit über doch gelogen hatte. So viel war sicher.

»Nein. Ich weiß auch gar nicht, wie er an die Unterlagen gekommen sein sollte. Nur meine Tochter Judy und ich haben Zugang dazu.«

»Judy?« Josef spitzte hellwach die Ohren. »Welche Judy? Etwa so eine hübsche Amerikanerin? Die ist deine Tochter?«

»Ja. Kennst du sie?« Thorsten zeigte auf ein gerahmtes Foto auf dem Sideboard hinter ihnen, das ihnen bis jetzt weder beim letzten Mal noch heute aufgefallen war.

Thorsten, noch eine Frau und ein Mädchen mit rotem Schal um den Hals lächelten vom Ende eines langen hölzernen Piers in die Kamera. Wahrscheinlich irgendwo in den USA. Max war einmal an der Ostküste gewesen. Sein weitester Urlaub überhaupt. Philadelphia, Virginia Beach, North Carolina bis Georgia hinunter. Da hatten die Piers am Strand auch so ausgesehen. Er stand auf und betrachtete das Bild genauer. Tatsächlich, sie war es. Die andere Frau war wahrscheinlich Thorstens Ex. Guter Geschmack. Das musste ihm der Neid lassen.

»Flüchtig, vom Maifeuer her. Sie spricht nur Englisch?« Josef errötete. Wie hätte er einem nahezu Gleichaltrigen auch erklären sollen, dass dessen Tochter bei ihm übernachtet hatte.

»Nicht nur. Aber leider nur wenig Deutsch. Sie ist in Amerika aufgewachsen, wisst ihr?«

»Wie alt ist sie eigentlich«, erkundigte sich Josef. Er gab sich Mühe, seine Frage beiläufig klingen zu lassen. Von der Antwort erhoffte er sich wenigstens eine minimale Ehrenrettung.

»34.«

Na also, das war doch gar nicht mehr so arg jung. Da durfte man schon mal ohne schlechtes Gewissen baggern, auch wenn man die 50 knapp überschritten hatte.

»Aber sie lebt jetzt bei dir?«, wollte Max wissen.

»Nur im Sommer. Den Winter verbringt sie bei ihrer Mutter in Florida.«

»Und wieso war sie in der Walpurgisnacht nicht mit dir in Hamburg bei eurer Familienfeier?«

Einmal Kriminaler, immer Kriminaler. Logisch.

»Sie hatte keine Lust. Wie erwachsene Kinder nun mal sind. Sie führen ihr eigenes Leben.«

»Wo ist sie jetzt?« Josef versuchte, so unbeteiligt wie möglich auszusehen.

»Sie kommt gleich.«

»Ach tatsächlich?« Wenn er wollte, konnte Josef wie das reinste Unschuldslamm ausschauen. So auch jetzt. Keiner der anderen bemerkte die kleinen Freudensprünge, die sein Herz gerade machte. Würde es also doch noch ein Wiedersehen mit ihr geben. Genial.

Thorsten bot ihnen Zigarren aus dem hellbraunen Humidor auf dem Couchtisch an. Echte Havannas. Nachdem Max dankend abgelehnt und Josef freudig zugriffen hatte, gab der Gastgeber ihm und sich selbst Feuer. Mit einem Span aus Zedernholz natürlich, so wie es sich von jeher in den besseren Kreisen gehörte.

»Übrigens, Josef, Max«, fuhr er dann fort. »Ich danke euch von Herzen dafür, dass ihr niemandem etwas von meinen Plänen verratet.«

Wie konnte ein einerseits so erfolgreicher Geschäftsmann wie Thorsten auf der anderen Seite bloß ein derart hirnrissiger Tagträumer sein? Max konnte es immer noch nicht glauben.

»Woher willst du denn wissen, dass wir uns auch daran halten?« Er grinste provozierend.

Judy war also Thorstens Tochter. Und natürlich musste sie Bruno gekannt haben. Aber warum hatte sie das während des Frühstücks nach dem Tanz in den Mai geleugnet? Oder pflegten die Töchter der Reichen wirklich keinen Kontakt mit dem Personal? Das würde auf jeden Fall noch zu klären sein.

»Ich habe mich eingehend über euch erkundigt«, erwiderte Thorsten. »Ihr würdet so etwas nicht tun.« Er sah so aus, als hätte er nicht den geringsten Zweifel an dem, was er gerade gesagt hatte.

»Und wenn doch?« Max konnte nicht anders, als neugierig zu sein. War wohl eine echte Berufskrankheit.

»Dann habe ich meine Möglichkeiten.« So ernst, aber gelassen, wie er dreinblickte, schien sich Thorsten seiner Sache verdammt sicher zu sein.

»Verstehe.« Max schaute von einer Sekunde auf die andere ebenfalls ernst drein. Wenn er etwas nicht mochte, waren es Menschen, die ihm gefährlich werden konnten oder – noch schlimmer – sogar dazu in der Lage waren, ihn unter Druck zu setzen.

Er traute Thorsten durchaus zu, dass es so war, wie er gerade gesagt hatte. Der Mann besaß Geld und hatte Einfluss. So jemand konnte zur Not jeden Feind vernichten und musste sich dabei noch nicht einmal kriminell verhalten. Siehe andere Superreiche, Banker, Regierungen, die das bereits unzählige Male bewiesen hatten. Hatte am Ende doch er die Drohbotschaft auf Max' AB hinterlassen und auch Monikas Zustand zu verantworten? Hatte doch er die Höfners getötet oder gar töten lassen? Schmarrn. Das war bereits alles geklärt. Obwohl. Wer wollte es so genau wissen? Wenn die Situation im Moment eines war, dann unübersichtlich und verworren. Das reinste Dauerabo für die Achterbahn.

»Aber so weit wollen wir es alle natürlich nicht kommen lassen. Stimmt's?« Thorstens Miene hellte sich wieder auf. »So. Und jetzt schnell die schlechten Gedanken verscheucht und zu meiner Überraschung.« Er lachte fröhlich.

»Da bin ich aber gespannt«, erwiderte Max.

»Ich auch«, fügte Josef hinzu.

Thorsten schenkte ihnen noch einmal von seinem weichen Single Malt Whiskey und Kaffee nach. Dann blickte er ihnen abwechselnd fest in die Augen und ließ die Bombe platzen.

»Ich hätte gerne, dass ihr mitkommt. Was sagt ihr dazu?« Er grinste breit über beide Backen, als hätte er ihnen soeben den Gewinn des letzten Lottojackpots verkündet.

»Wohin?«, fragte Max.

Er und Josef sahen sich unschlüssig an.

»Auf eine ferne Welt. Eigentlich wollte ich es euch erst später sagen. Aber nachdem ihr bereits so viel wusstet …«

»Wir sollen … mit dir auf einen neuen Planeten?« Der Typ ist echt nicht ganz sauber, sagte sich Max. Wie war das noch mal? Betrunkenen und Irren soll man immer recht geben. Genau. Dann tun wir das doch auch. Schadet sicher nichts. »Logisch kommen wir mit. Oder, Josef?«

»Auf jeden Fall.« Josef nickte lächelnd, sodass die Enden seines riesigen Schnurrbartes wie kleine Gräser im Wind zitterten. Dann wandte er sich seinem alten Freund und Mannschaftskollegen beim FC Kneipenluft zu und verdrehte unauffällig die Augen.

»Wunderbar. Champagner für alle!«

Thorsten bekam aufgrund des offensichtlichen Freudentaumels, der ihn gerade ergriff, wohl gar nicht mit, dass ihn seine Besucher nicht für voll nahmen. Er führte ein kleines Tänzchen auf, hob dann das kleine silberne Glöckchen vom Couchtisch, das gleich neben dem Humidor stand, und klingelte damit.

Max hatte sich schon die ganze Zeit über gefragt, was es mit dem glitzernden Kleinod für eine Bewandtnis hatte. Jetzt wusste er es. Man rief damit das Personal herbei. Logisch. Wie in den alten Agatha-Christie-Filmen. Ja mei, der alte Geldadel, der hatte es halt heraus, wie man sich das Leben schön machte. Und das nicht erst seit gestern.

26

Es kam kein Personal. Stattdessen trug Judy in hautengem rotem Minikleid und rot glänzenden High Heels den Eiskübel mit dem Champagner höchstpersönlich auf einem silbernen Tablett herein. Daneben befanden sich vier flache, an den Rändern goldverzierte Glaskelche. Sie würde also mit ihnen trinken. So viel war zu Josefs größter Freude sicher.

»Hello, Judy. Nice you see«, mühte er sich in seinem besten bayrisch klingenden Englisch ab. Er grinste dabei täppisch.

»Hallo, Josef. Es mich freuen auch.« Sie sprach zwar, als hätte sie eine Handvoll Kartoffelbrei im Mund, aber es war Deutsch. Immerhin.

»Also kommt, ihr Lieben. Lasst uns einschenken und anstoßen.« Thorsten hatte einen roten Kopf vor Aufregung. »Auf den Beginn einer langen Freundschaft.«

»Darauf trinke ich immer gern«, meinte Max.

»Und auf unsere Fliegen die Sterne«, radebrechte Thorstens Tochter.

Wirklich ein ausnehmend gutaussehendes Mädel, sagte sich Max. Eine echte Hammerfigur. Obwohl, wenn eine 34 ist, sagt man wohl eher Frau. Doch, doch. Auf jeden Fall. Aber bei all ihrer Schönheit scheint sie, was diesen Weltraumschmarrn betrifft, genau dieselbe Meise unterm Pony zu haben wie ihr Vater. Vielleicht ist es eine Art Erbkrankheit.

»Wie? Du auch mitkommen?« Josef zeigte auf sie und sich. Er lächelte erstaunt und erfreut zugleich.

»Yes.« Sie lächelte freundlich distanziert zurück.

Hatte der Stirner das gerade wirklich gefragt? War er etwa auch schon narrisch geworden? Angesteckt? Blitzartig. Von einem Moment zum nächsten. War es also doch keine Erbkrankheit, sondern ein Virus? Neuartige Bakterien? Oder waren die drei anderen normal und Max hatte gerade einen gewaltigen Aussetzer? Träumte er alles bloß und würde gleich neben Monika aufwachen, beim Bäcker ums Eck Semmeln holen und dann mit ihr gemeinsam frühstücken, bevor sie anschließend einen wunderschönen Ausflug in die Berge machten? Er schüttelte sich kurz, in der Hoffnung darauf, dadurch wieder klarer sehen zu können.

»Es freuen mir, dass ihr mit mich unsere Babys machen. Meine Dad hat euren Genen untersuchen lassen. Examination, äh. Sie sind … how do you say? … äh, perfect.« Sie lächelte neutral wie eine Stewardess, die ihre Passagiere bittet, sich für den Start anzuschnallen.

»Moment mal. Wie war das?« Max setzte sich ruckartig auf. Er schaute zuerst ihr und dann Thorsten geradewegs ins Gesicht.

»Keine Bange«, erwiderte der. »Irgendwer muss nun mal für Nachwuchs sorgen, wenn wir in unserer neuen Heimat gelandet sind. Erhaltung der Art. Ihr zwei seid wie gemacht dafür.«

»Du meinst, wir … und deine Tochter?« Max zeigte auf sich selbst und Josef. Allerdings grinste er dabei nicht wie ihr Gastgeber, sondern staunte nur mit offen stehendem Mund.

»Warum nicht?« Thorstens Grinsen mutierte zu einem unbefangenen Lächeln.

»Alle beide?«

»Gibt es da ein Problem?«

Das konnte der alte Knabe auf keinen Fall ernst meinen. Wahrscheinlich erlaubte er sich nur einen deftigen Spaß mit ihnen. Doch, doch. Bestimmt.

»Meine Freundin hat sicher ein Problem damit. Und ich auch. Ich bin doch kein Zuchtbulle.« Max kam vor Empörung gar nicht dazu, sich über das gelungene Wortspiel zu freuen, das er gerade so schlagfertig kreiert hatte. Exkriminaler, Bulle, Zuchtbulle. Ach was. Komm wieder runter, Raintaler. Alles halb so wild. Bloß lauter Schmarrn. Der Spuk hier wird jeden Moment wieder vorbei sein. Wahrscheinlich lässt dich der mörderische Stress der letzten Zeit gerade nur alles Mögliche falsch verstehen.

»Egal, dann soll deine Freundin auch mitfahren«, trieb Thorsten seinen Wahnsinn munter weiter. »Je mehr kluge, gesunde und schöne Menschen wir dabei haben, umso besser.«

»Das berührt mich gerade sehr unangenehm«, warf Max ein. »Könnte mit unserer unrühmlichen Vergangenheit hier in Deutschland zusammenhängen.«

»Die Vergangenheit ist vergangen. Die Zukunft zählt, sonst nichts. Du wirst sehen, Max, es wird super. Aber jetzt Schluss damit. Die Einzelheiten werden wir alle noch besprechen. Lasst uns endlich fröhlich feiern.«

»Und wie kommst du zu unseren DNA-Analysen?«

»Wir waren zusammen im Alten Wirt. Oder nicht? Ein paar Haare hier, ein paar Hautfetzen dort, ein bisschen Spucke am Besteck, und ab damit ins Labor. Als ehemaliger Kriminaler weißt du doch selbst am besten, wie so etwas geht.«

Thorsten reichte jedem sein Glas. Sie stießen an.

Wenn ich nicht innerhalb der nächsten zehn Minuten hier rauskomme, schreie ich, dachte Max. Das ist doch alles nicht zu fassen. Ich sitze irgendwo in Machtlfing und trinke mit einem spinnerten Multimillionär darauf, dass ich mit ihm ins Weltall fliege und dort auf einem fernen Planeten seine Tochter vögle. Und zu allem Überfluss ist mein Torwart vom FC Kneipenluft auch noch mit von der Partie. Das kann doch alles bloß ein Traum sein. Ein ganz schlechter Albtraum. Wie war das noch mal? Was musste man gleich wieder tun, um aufzuwachen? Richtig.

»Josef«, raunte er seinem alten Freund zu, als Judy und Thorsten für einen kleinen Moment beiseitegetreten waren, um etwas wegen einem Anruf, den Judy am Vormittag bekommen hatte, zu besprechen. »Zwick mich mal.«

»Gerne. Aber das ist kein Traum. Kann ich dir gleich sagen. Obwohl Judy absolut traumhaft aussieht.« Josef starrte seiner Angebeteten mit verklärtem Blick auf das wohlgeformte Hinterteil.

»Sag mal, geht's noch? Lass uns hier abhauen. So schnell wie möglich.« Max zischte wie eine Kobra, kurz bevor sie zustieß.

»Du kannst gerne gehen, Max. Ich bleibe noch ein bisschen. Vielleicht führt mich Judy ja noch ein wenig auf dem Gelände herum.« Josefs blödverliebtes Grinsen ließ eindeutig darauf schließen, dass er alles Mögliche war, nur nicht mehr Herr seiner Selbst.

Herrje. Dem ist wirklich nicht mehr zu helfen, sagte sich Max. Nichts wie weg. Bevor der ganze Wahnsinn hier auf mich übergreift. Aber vorher habe ich noch eine Frage.

»Judy?«

»Yes, Max.« Ihre dunklen Augen ruhten wie zwei geheimnisvolle Tore zu einer fremden Welt auf ihm.

Wurmlöcher schoss es ihm durch den Kopf. Vielleicht hatte Thorsten eine Möglichkeit gefunden, durch Wurmlöcher zu reisen. Das würde so manche Entfernung im Universum gewaltig abkürzen. Dann wäre es wohl auch durchaus im Bereich des Möglichen, zum Beispiel diesen Kepler 22b zu erreichen. Ruhig, Junge. Alles ist gut. Alles ist da, wo es hingehört. Draußen singen die Vöglein ihr Frühlingslied, und dich geht der ganze Schmarrn hier nichts weiter an. Du willst nur deinen Mörder finden. Also reiß dich zusammen.

»Wieso hast du bei unserem Frühstück nach der Walpurgisnacht behauptet, du würdest Bruno nicht kennen?«

»Bruno?« Ihre Augen flackerten einen Moment lang unruhig hin und her. Sie schien nicht zu verstehen, was er meinte. Oder verstand sie es nur zu gut?

»Bruno. Your Gardener.«

»Oh, Bruno. Yes. Ich haben ihm gesehen eine paar Mal. Aber die Personal in die Garten ist dem Sache von meine Daddy. Ich kümmere nur dem Personal in die Haus.« Ihr ruhiger und offener Blick sendete die Botschaft aus, dass sie fest an das glaubte, was sie da kauderwelschte.

Ob Max ihr auch glauben sollte, wusste er im Moment noch nicht so genau.

»Aha. Na gut. Und wieso hast du damals so getan, als könntest du kein Deutsch?«

»Weil meine Deutsch so bad.« Sie blickte beschämt zu Boden.

»Aha. Aber verstanden hast du uns schon?«

»Yes.«

Also hatte ihr die Nachricht von Brunos Tod damals

wirklich nichts ausgemacht, weil sie ihn so gut wie nicht kannte. Klang irgendwie glaubwürdig.

»Gut. Ja, Leute, ich muss leider los. Zwei Mordfälle und eine todkranke Freundin warten auf mich. War schön, mit euch zu plaudern. Man sieht sich.« Er stand auf und reichte Thorsten die Hand zum Abschied.

»Du willst schon gehen? Aber wir fangen doch gerade erst mit unserer kleinen Feier an«, protestierte der enttäuscht dreinblickend. »Ich wollte euch noch die anderen Mitreisenden vorstellen. In einer Stunde sollten sie alle hier eintreffen.«

»Ein andermal gerne, Thorsten. Aber heute eilt es mir fast ein wenig. Nichts für ungut.«

Sein Handy spielte das Lied vom Tod. Er trat einen Schritt beiseite und ging ran.

»Max? Bist du das?«

»Ja, Anneliese, wer sonst? Ist mein Handy.«

»Stimmt. Sorry. Ich bin ganz durcheinander. Stell dir vor, Moni ist aufgewacht.« Sie ließ der überraschenden Neuigkeit ein ausgelassenes Kichern folgen.

»Was? Kein Schmarrn?« Alles wurde leicht ihn ihm und um ihn herum. Endlich mal gute Nachrichten.

»Kein Schmarrn. Sie redet sogar. Die Ärzte sprechen von einem Wunder.« Anneliese gackerte und gluckste vor Freude und Erleichterung.

»Ich fahr sofort los. Servus.«

Er legte auf.

»Ich muss weg. Moni ist wach. Bis demnächst«, rief er Thorsten, Judy und Josef zu, während er aus dem Zimmer stürmte.

»Aber äh …« Josef blickte ihm mit großen Augen und offenem Mund nach.

27

»Wir haben ihn!«

»Wen?«

»Den Fixer, der Moni zusammengeschlagen hat.« Die Freude in Franz' Stimme war nicht zu überhören. »Diesen Ronald Beerwein.«

»Wie denn das?« Max wollte nicht glauben, was er hörte. Er sperrte sein Auto ab und spurtete zum Haupteingang des Harlachinger Krankenhauses hinüber, während er weiter telefonierte.

»Du wirst es nicht glauben. Wir haben einfach bei ihm zu Hause angeklopft. Er hat uns aufgemacht und uns angeschaut, als kämen wir von einem anderen Stern.«

»Nicht zu fassen. Der muss sich ja absolut sicher gefühlt haben.«

»Und dicht bis unter die Haarspitzen war er auch. Keine Ahnung, was er alles eingeworfen hatte. Jedenfalls hat er vorhin fein säuberlich gestanden. Auch dass er das im Krankenhaus war. Natürlich erst, nachdem wir ihm einen Schuss in Aussicht gestellt hatten, wenn er redet. Na ja, und Bernd …«

»… hat ein bisschen mit der einen oder anderen kräftigen Kopfnuss nachgeholfen«, vervollständigte Max den Satz grinsend, während er die Glastür der Klinik aufstieß.

»Genau. Woher weißt du das?« Franz lachte glücklich.

»Ich kenne euch alle lang genug.« Max musste noch breiter grinsen, obwohl er Franz' Gefangenen am liebsten auf der Stelle selbst gründlich in die Mangel genommen hätte. Umgebracht, wie er sich das vorgenommen hatte, hätte er ihn wohl nicht. Aber einen Denkzettel, den er nie wieder vergessen würde, hätte er ihm auf alle Fälle verpasst. Egal, das Schwein war gefasst und wanderte lebenslänglich hinter Gitter. Also Schwamm drüber. Vielleicht ließ man seinen Mitgefangenen über Umwege zukommen, dass er es gerne mit Kindern trieb. Ach was, lass doch den Schmarrn, Raintaler. Oder willst du dich etwa mit so einem auf eine Stufe stellen? Nein.

Er bog hurtig in den Gang ein, der zur Intensivstation führte.

»Wie auch immer. Jedenfalls war er wohl vorher schon ein paar Mal bei Moni in der Kneipe gewesen«, berichtete Franz weiter. »Sie hat ihm immer mal wieder ein Bier ausgegeben, meint sie. Weil er chronisch pleite war, aber eigentlich einen ganz netten Eindruck gemacht hatte.«

»Und aus lauter Dankbarkeit schlägt er sie dann halb tot?« Max konnte es nicht fassen. Er wusste um Monikas großzügiges Samaritertum allen möglichen Leuten gegenüber, denen es gerade nicht so gut ging, und er hatte sie oft genug davor gewarnt, dass sie damit nur einen Haufen Ärger anziehen würde. Aber dass sie so gnadenlos für ihre Gutmütigkeit bestraft wurde, hätte er selbst in seinen schlimmsten Befürchtungen nicht für möglich gehalten.

»Er wollte diesmal kein Bier, sondern Geld für Stoff von ihr. Der Typ ist in seinem näheren Umfeld als Gewalttäter bekannt. Wurde aber noch nie dafür angeklagt.«

»Und es steckt auch sicher kein Auftraggeber hinter der Sache?«

»Sieht nicht so aus.«

»Verdammter Wichser!« Bei seinem Mordfall in Machtlfing würde Max der Kerl also nicht weiterhelfen. Soviel war klar. Er atmete tief durch.

»Meine Rede. Auf jeden Fall haben wir ihn. Die Sache ist wasserdicht. Moni hat ihn auf der Zeichnung, die wir mithilfe von Annie und den Krankenschwestern anfertigen ließen, gleich als Täter erkannt. Genau wie die Schwestern und Annie.«

»Was? So fit ist sie schon wieder?« Max kratzte sich verwirrt am Kopf. Hatte man nach solch schweren Kopfverletzungen nicht diese Aussetzer in der Erinnerung? Dass Monika nicht zimperlich war, wenn es um Prügeleien ging, wusste er längst. Immerhin hatte sie wie er den schwarzen Gürtel in Jiu-Jitsu und den zweiten Dan obendrein. Aber dass sie dermaßen hart ihm Nehmen war, hatte er bisher noch nicht feststellen können. Gott sei Dank. Sie war auch noch nie so schlimm verletzt gewesen. Zumindest seit sie sich kannten. Von der Zeit davor hatte sie ihm Ähnliches auch noch nie erzählt.

»Schaut ganz so aus. Na, was sagst du jetzt?«, erkundigte sich Franz.

Max konnte vor seinem inneren Auge regelrecht sehen, wie seinem alten Freund die Brust vor Stolz anschwoll.

»Gut gemacht, Herr Hauptkommissar. Und warum hat der miese Dreckskerl den Anschlag im Krankenhaus unternommen?«

»Was denkst du wohl? Er wollte natürlich verhindern, dass Moni gegen ihn aussagt, sobald sie aufwacht. Schließlich hat sie ihn erkannt.«

»Das wusste er?«

»Wenn nicht er, wer dann?«

»Stimmt auch wieder. Blöde Frage. Sicher hat er keine Maske oder so was getragen, sonst hätte Moni ihn auch gar nicht erkennen können. Danke, mein Freund. Du hast was gut bei mir. Mein Gott, bin ich froh, dass mich bei der Sache nun doch keine Schuld trifft. Wenigstens das.«

Max war vor Monikas Tür angelangt. Er hielt an. Da schau her, auf einmal schien sich alles doch noch zum Guten zu wenden. Jetzt fehlte nur noch, dass er den Mörder der Höfners erwischte und die Sache mit dem Ufo über Machtlfing aufklärte, und das mit diesem Drohanruf. Ach ja, Josef musste er natürlich auch noch zur Vernunft bringen. Nicht dass der alte Depp am Ende wirklich mit Judy und Thorsten ins All davon sauste. Kleine Tränen der Erleichterung stahlen sich in seine Augenwinkel.

»Wie schaut es mit deinen Ermittlungen in Machtlfing aus, Max?« Franz klang ein Stück sachlicher und ernster als zuvor.

»Ich bin dran, Franzi. Der reine Wahnsinn. Da unten sterben die Leute wie die Fliegen, wie du ja selbst weißt. Es gibt ein paar Verdachtsmomente, aber keine echte Spur. Erzähl ich dir aber später noch ausführlicher. Ich gehe jetzt zu Moni rein.«

»Okay. Ich schau morgen mal bei ihr vorbei, wenn sie ausgeschlafen hat.«

»Alles klar. Bis später.«

»Servus.«

»Halt. Wart mal, Franzi. Sag den Wachen bitte noch, dass sie mich reinlassen sollen. Die schauen mich schon die ganze Zeit über so böse an. Brauchen wir sie überhaupt noch?«

»Bis wir das mit deinem Drohanruf vollständig gelöst haben, bleiben sie auf jeden Fall da. Gib sie mir mal.«

Er reichte dem ihm am nächsten sitzenden der drei stoisch dreinblickenden Uniformierten sein Handy. Der stand auf und hörte eine Weile lang schweigend zu. Dann gab er Max das Handy zurück.

»Kann rein«, teilte er seinen sitzengebliebenen Kollegen knapp nickend mit.

Maulfaul wie die urigsten Oberpfälzer und schauen dabei aus wie die grimmigsten Russen, wunderte sich Max verstohlen grinsend. Wahrscheinlich macht das die Nähe zur tschechischen Grenze da oben. Da ist Russland dann auch nicht mehr weit. Ist doch so. Der Osten ist und bleibt nun mal der Osten. Bis China auf jeden Fall.

Er betrat das Krankenzimmer und blieb gleich darauf erstaunt stehen. Anneliese saß auf Monikas Bettrand. Sie hielten Händchen und sprachen miteinander. Nie hätte er gedacht, dass sich ein halbtoter Mensch so schnell wieder so gut erholen konnte. Aber so war das halt. Das Leben belehrte einen immer wieder eines Besseren.

»Servus, ihr beiden.«

»Max!« Anneliese erhob sich langsam. Sie sah müde und glücklich zugleich aus.

»Schön, dass du da bist«, flüsterte Monika.

»Ja, hallo. Wer ist denn da wieder unter den Lebenden?«, erwiderte er mit gedämpfter Stimme. Natürlich ist sie immer noch total fertig, Raintaler. Logisch. Alles andere wäre auch nicht normal.

Er näherte sich ihnen auf leisen Sohlen und begrüßte zuerst einmal Anneliese mit einem flüchtigen Küsschen auf die Wange.

»Ich lass euch dann mal alleine«, meinte die daraufhin verständnisvoll lächelnd und schickte sich an, den Raum zu verlassen.

»Aber du kommst wieder«, rief ihr Monika flüsternd nach.

»Logisch.« Anneliese grinste, winkte ihnen noch einmal zu und verschwand hinter der Tür.

»Wie geht's dir, Moni?« Max setzte sich auf die Bettkante, ergriff ihre Hand und streichelte sie sanft.

»Kopfweh.«

»Kein Wunder. Gott sei Dank hast du so eine harte Birne.«

»Keine Witze, bitte«, wehrte sie mit schmerzverzerrtem Gesicht ab. »Wenn ich lache, tut es noch mehr weh.«

»Franzi hat den Kerl erwischt.«

»Ich weiß. Hab ihn erkannt.« Sie zeigte auf den Tisch zu ihren Füßen, auf dem das Bild des Polizeizeichners lag.

Ihr Anblick zerriss ihm nach wie vor das Herz. Verdammt noch mal, wie klein und zerbrechlich sie aussieht in diesem riesigen weißen Bett, sagte er sich. Hoffentlich ist sie bald wieder obenauf.

Warum wurde uns das wahre Ausmaß der Liebe zu unseren Liebsten erst immer dann bewusst, wenn sie von uns gingen oder drohten, von uns zu gehen? Sahen wir ihre Anwesenheit und das, was sie uns gaben, vorher als zu selbstverständlich an? Frei nach dem Motto: Um das, was ich habe, muss ich mich nicht mehr bemühen? Waren unsere Beziehungen wirklich so stark von schnöden Besitzgedanken geprägt? Das musste ab sofort alles anders werden. So viel war sicher.

»Der Kerl kann nur froh sein, dass ich ihn nicht vor Franzi erwischt habe«, murmelte er mit rauer Stimme.

»Ist okay, Max. Er ist es nicht wert. Ich lebe ja noch.« Sie lächelte schwach.

»Da war ich mir in letzter Zeit gar nicht so sicher, dass das so ist.« Er weinte. Teils aus Erleichterung. Teils, weil ihn die Tatsache, dass sie beinahe gestorben wäre, nach wie vor tief bestürzte.

»Was ist mit deinem Fall in Machtlfing? Bezahlt dich Franzi gut?«, fragte sie, nachdem er sich wieder gefangen hatte.

Sie schien sich wirklich an alles zu erinnern. Sagenhaft.

»Der Fall ist verzwickt. Ein Haufen falsche Spuren und jede Menge Spinner. Und Franzis Bezahlung ist lausig. Aber sobald du hier rauskommst, gehen wir davon groß essen. Dafür reicht's auf jeden Fall.«

»Machen wir.« Sie lächelte sanft. »Ich bin müde«, meinte sie dann.

»Alles klar. Schlaf dich aus. Ich komme morgen wieder«, erwiderte er.

»Bleibst du noch, bis ich eingeschlafen bin?«

»Logisch.«

28

Max brachte Anneliese nach Hause, die im Flur auf ihn gewartet hatte. Sie würde Monika morgen Mittag wieder besuchen, wenn sie ausgeschlafen sowie ihre Post und ein paar andere Dinge erledigt hätte.

Nachdem er sie direkt vor ihrer Villa, die nur ein paar Hundert Meter von der Klinik entfernt lag, abgesetzt hatte, machte er sich ebenfalls auf den Heimweg. Er versuchte währenddessen bereits zum dritten Mal, Josef zu erreichen, aber der ging auch diesmal nicht ran. Wahrscheinlich lag er längst bei sich zu Hause im Bett und träumte selig von fernen Welten, unendlich weiten Stränden, fruchtbaren Feldern und Judy im Lendenschurz. Moment mal, es war gerade mal halb sieben. Da war Josef bestimmt noch nicht im Bett. Auf gar keinen Fall. Herrje, es würde ihm bei den Ahlbecks doch nichts zugestoßen sein. Oder zerknitterte er dort gerade irgendwo mit Judy die Laken? Als kleine Vorübung zu den anstehenden Fortpflanzungsritualen auf dem Exoplaneten Kepler 22b. Merkwürdig, dass er nicht ranging. Hör schon auf, Gespenster zu sehen, Raintaler. Wahrscheinlich hat dich das alles nur zu sehr mitgenommen.

Er parkte auf dem Parkplatz vor seinem Haus, nahm seine Pistole samt Holster aus dem Handschuhfach, behielt beides in der Hand und stieg erschöpft die Treppen in die zweite Etage hinauf. Genau wie Annie würde er sich zunächst einmal eine gründliche Dusche gönnen, dann seine E-Mails checken, eine Kleinigkeit essen und anschließend früh schlafen gehen.

»Herr Raintaler. Guten Abend. Wie geht es Ihnen?« Seine zaundürre Nachbarin kam ihm mit wehendem Haar im obligatorischen hellen Sommermantel entgegengeeilt.

»Geht so, Frau Bauer. Wenig Schlaf, viel Aufregung.« Er lächelte sie wie immer freundlich an.

»Suchen Sie die vermaledeiten Burschen, die Ihre Wohnung demoliert haben?« Ihre gütigen wasserblauen Augen musterten ihn neugierig. »Wie man sieht, sind Sie sogar bewaffnet.« Sie zeigte auf das Holster und die Pistole in seiner linken Hand.

»Ja mei. Die Verbrecher sind gefährlich.« Er musste grinsen. Eine göttliche alte Dame. Herrlich, wie interessiert sie in ihrem Alter immer wieder an seinen Ermittlungen war. Bestimmt hatte sie sämtliche Krimis von Agatha Christie und Sir Arthur Conan Doyle im Regal. Und die von George Simenon ebenfalls.

»Ein Kommissar ist halt immer schwer beschäftigt.« Sie nickte wissend.

»Exkommissar, Frau Bauer.« Wie oft hatte er ihr wohl schon gesagt, dass er nicht mehr bei der Kripo arbeitete. Hundert Mal? Das reichte nicht.

»Ach was. Einmal Kommissar, immer Kommissar, Herr Raintaler. Sie erwischen sie auf jeden Fall alle.« Ihr bewundernder Blick ließ nicht den geringsten Zweifel an ihrer Feststellung.

»Hoffen wir das Beste. Wo geht es denn so spät noch hin?«

»Ich geh noch eben ums Eck in den Supermarkt, bevor er zumacht.«

»Soll ich Ihnen tragen helfen?«

»Nein danke. Es ist nicht viel. Nur ein paar Zigaretten für meinen Bertram und ein paar Äpfel. Ach du lieber Gott. Beinahe hätte ich es vergessen. Wie geht es denn Ihrer Monika? Ist sie wieder wohlauf?«

»Sie ist vorhin aufgewacht. Scheint alles einigermaßen heil überstanden zu haben. Gott sei Dank. Glück gehabt.«

»Ach wie schön. Erfreulich. Grüßen Sie sie ganz herzlich von mir. Alles Gute, Herr Raintaler. Ich muss mich sputen.«

»Alles klar. Gruß an Ihren Bertram.«

»Mach ich. Auf Wiederschauen.«

Während sich die alte Dame auf den Weg machte, sperrte Max seine Tür auf.

»Hier könnte auch mal jemand aufräumen und putzen«, murmelte er grimmig grinsend, während er eintrat.

Er zog seine Cowboyboots aus und schaltete gleich darauf den Computer ein. Vielleicht hatte Charlie ihm etwas Neues per E-Mail geschickt. Im Moment konnte er wirklich selbst die kleinste Information bezüglich der Morde in Machtlfing gebrauchen.

Im selben Moment, als er seine Lederjacke in Ermangelung eines funktionstüchtigen Kleiderhakens im Flur auf dem Couchtisch ablegte, ertönte ein mächtiger Knall von draußen. Alarmiert eilte er zum Fenster. Herrschaftszeiten, sprengten sie etwa schon wieder irgendwo in der Nähe eine Fliegerbombe aus dem Krieg? War man sich denn seiner Haut heutzutage nirgends mehr sicher? Verdammte Idioten. Gott sei Dank hatten die Scheiben der heftigen Erschütterung standgehalten. Eine Nacht im Kalten hätte ihm heute gerade noch gefehlt. Er schaute hinaus. Dann hielt er schlagartig den Atem an.

»Nein, das nicht!«, rief er kurz darauf. »Das jetzt nicht auch noch!«

Wahnsinn! Das musste er sich sofort genauer ansehen. In Windeseile zog er seine Stiefel wieder an und raste auf die Straße hinunter.

»Ihr Schweine!«, brüllte er laut los, als er Frau Bauer nicht weit von seinem lichterloh brennenden R4 entdeckte. Die Flammen schlugen hoch. Dicke schwarze Rauchwolken schraubten sich in den Thalkirchner Abendhimmel hinauf. Es stank nach verbranntem Benzin, Plastik und Gummi.

Seine Nachbarin kauerte mit verwirrtem Blick auf dem Asphalt. Aus einer Wunde in ihrem Kopf floss Blut und färbte ihre grauen Haare rot. Er raste, so schnell er konnte, zu ihr hin, bückte sich zu ihr hinunter, hob sie auf, trug sie von dem brennenden Wagen weg und setzte sie in sicherer Entfernung vorsichtig auf einer Bank wieder ab.

»Wieso?«, brüllte er danach erneut ins Leere. Vielleicht hatten der oder die Täter sich in der Nähe versteckt und hörten ihn. Konnte doch sein. »Wieso tut ihr das, ihr Wichser? Eine unschuldige alte Frau? Sie hat doch niemandem etwas getan!«

Er fummelte mit zitternden Fingern sein Handy aus der Hosentasche und rief Franz an. »Ein Sprengstoffanschlag auf mein Auto. Meine alte Nachbarin ist verletzt. Direkt hier vor meinem Haus. Bitte kommt schnell. Bringt den Notarzt mit und die Feuerwehr. Servus.« Noch bevor Franz etwas erwidern konnte, legte Max wieder auf.

Frau Bauer jammerte über Kopfschmerzen, war aber offenbar bei vollem Bewusstsein. Gott sei Dank, nichts Schlimmes. Er beruhigte sich wieder etwas und sah sich auf der Straße um. Vielleicht befanden sich der oder die Kerle ja wirklich noch in der Nähe. Auf geht's, Raintaler. Hol deine Waffe von oben und schnapp sie dir. Jetzt gibt es kein Pardon mehr. Ab sofort herrscht Krieg!

Er bat den jungen Mann, der neben Frau Bauer stand, auf sie aufzupassen, bis der Notarzt da wäre. Dann lief er los. Wenig später war er mit seiner Pistole in der Hand wieder auf der Straße zurück. Gott sei Dank hatte er sie vorhin nicht im Handschuhfach vergessen. Eine neue zu besorgen, hätte nur wieder einen Haufen Rennerei und Aufwand bedeutet. Die Schaulustigen, die sich inzwischen überall eingefunden hatten, wichen ängstlich aufschreiend zurück.

»Keine Angst! Ich bin Privatdetektiv!«, rief Max ihnen zu. »Hat jemand etwas gesehen? Ist irgendwer davongelaufen?«

»Ein Mann ist vorhin in einem schwarzen Porsche davongerast, als ich zum Bäcker rüber ging«, antwortete eine blonde Frau, die ihre Einkaufstaschen links und rechts neben sich abgestellt hatte. »Er hatte ein Starnberger Kennzeichen. Kurz darauf hat es gekracht, und dieses Auto dort brannte.« Sie zeigte auf Max' guten alten R4.

»Wie sah er aus?« Max näherte sich ihr.

»Der Mann?«

»Ja.«

»Keine Ahnung. Es ging alles so schnell.« Sie zuckte ratlos mit den Achseln.

»Verdammter Mist«, fluchte er laut. »Auf jeden Fall, danke. Bleiben Sie bitte noch da, bis die Polizei eintrifft. Die brauchen Ihre Aussage.«

»Gut. Mach ich.« Sie sah ihn mit großen Augen an und nickte gehorsam.

Ihm wurde kurzfristig bewusst, dass er furchterregend aussehen musste, mit der Waffe in der Hand und seinem vor Wut sicherlich leicht irren Blick. Dann machte er sich zielstrebig daran, die Umgebung abzusuchen. Vielleicht hatte die Zeugin doch nur einen harmlosen Passanten gesehen, der es eilig gehabt hatte, und der wahre Attentäter lief noch irgendwo hier herum oder versteckte sich.

Als er eine gute Viertelstunde später von der erfolglosen Suche nach ihm zurückkehrte, war die Feuerwehr bereits da und löschte seinen Wagen. Ein junger kahlrasierter Notarzt mit runder Brille auf der Nase kniete bei Frau Bauer.

Max stellte sich neben ihn. »Was ist mit ihr?«, wollte er wissen. »Ich bin ihr Nachbar. Raintaler.«

»Sieht schlimmer aus, als es ist.« Der Mann in der orangenfarbenen Jacke nickte ihm zuversichtlich zu. »Aber zur Sicherheit nehmen wir sie mit. Morgen kann sie wahrscheinlich schon wieder nach Hause.«

Sie packten Frau Bauer auf eine Trage und verstauten sie im Krankenwagen. Während sie kurz darauf mit ihr davonfuhren, blickte Max ihnen immer noch geschockt nach.

Verdammt noch mal. Frau Bauer verletzt. Die harmloseste und netteste alte Dame, die man sich nur vorstellen konnte. Sie hatte ihn seit dem Tod seiner letzten Verwandten, Tante Isolde, regelmäßig mit Kuchen und Essen versorgt, hatte ihm die Wäsche gewaschen, ihn aufgemuntert, wenn er Streit mit Monika hatte. Jetzt wäre sie beinahe draufgegangen. Von einer Sekunde auf die andere. Was gewesen wäre, wenn er sie zum Einkaufen begleitet hätte, so wie er es ihr oben vorgeschlagen hatte, wollte er gar nicht wissen. Vielleicht hätten sie dann noch näher bei seinem Auto gestanden, als es explodierte und dann … Auf jeden Fall musste er sich nachher um ihren Bertram kümmern. Der gehbehinderte alte Mann brauchte seine Tabletten und sein Abendessen. Was war das alles nur für eine riesengroße beschissene Scheiße!

Eins stand nun auf jeden Fall fest. Seine Gegner waren brandgefährlich. Noch gefährlicher an der ganzen Situation war, dass er sie nicht kannte. Die Dreckskerle konnten also jederzeit erneut überraschend aus dem Nichts zuschlagen. Gott sei Dank hatte Max keine Verwandten, die sie bedrohen konnten. Höchstens Monika. Aber die wurde gut bewacht.

Nachdem Franz gekommen war und sich selbst ein Bild vom Geschehen gemacht hatte, nahm ihn Max mit in seine Wohnung hinauf. Sie setzten sich. Max in den noch einigermaßen intakten Bürostuhl vor seinem Schreibtisch. Franz auf den Couchtisch.

Max wollte den Computer, den er vorher angemacht hatte, wieder ausschalten, da er gerade sowieso keinen Nerv gehabt hätte, E-Mails zu lesen. Doch während er die Maus in die Hand nahm, folgte er einer Eingebung und öffnete den Ordner mit den eingegangenen Nachrichten.

»Schau dir das mal an, Franzi«, meinte er wenig später.

»Was?«, wollte Franzi wissen. Er stand auf und näherte sich dem Bildschirm.

»Hier. Schau mal, was da steht.«

»Hände weg von Machtlfing«, lass Franz laut vor. »Sonst brennt nächstes Mal nicht nur dein Auto.«

»Da muss jemandem gewaltig die Düse gehen. Wahrscheinlich komme ich ihm immer näher.«

»Sieht so aus.«

»Der Absender ist natürlich unterdrückt.«

»Logisch. Wir haben es hier offenbar mit völlig gewissenlosen Burschen zu tun. Vielleicht so eine Art Mafia. Oder Terroristen. Eins sag ich dir: Du fährst nicht mehr alleine da raus. Nächstes Mal komme ich mit.« Franz machte ein entschlossenes Gesicht.

»Ja, ja, Franzi. Ich gebe dir Bescheid.« Max blickte schweigend vor sich hin. Wäre es langsam nicht an der Zeit, seinem Exkollegen von Brunos Kopien und Thorstens Raumschiffplänen zu erzählen, die gut versteckt in seinem Schlafzimmer unter den Bodendielen lagen? Nein. Er würde ihn bloß für verrückt erklären. In der ganzen Sache mussten erst noch ein paar handfeste Beweise her. Das war bisher alles noch viel zu schwammig. »Da wäre übrigens noch was«, meinte er nach einer Weile. »Eine Frau hat kurz vor der Explosion einen schwarzen Porsche mit Starnberger Kennzeichen davonrasen gesehen.«

»Mehr davon konnte sie nicht lesen?«

»Nein.«

»Weißt du eigentlich, wie viele schwarze Porsches es in Starnberg gibt?« Franz lachte humorlos.

»Keine Ahnung. 50?«

»Das wird nicht reichen. Da draußen wohnt das große Geld, wie du weißt.«

»Könnt ihr mir trotzdem eine Liste machen? Vielleicht fährt einer unserer bisherigen Verdächtigen mit so einem Geschoss durch die Gegend.«

»Logisch.«

»Jetzt bin ich also fast auch noch am Tod eines lieben Menschen aus meiner Umgebung schuld.« Max ließ den Kopf hängen und starrte trübsinnig vor sich hin.

»Geh, Schmarrn.«

»Doch. Hätten die Kerle es nicht auf mein Auto abgesehen gehabt, wäre ihr nichts passiert.«

»Und würde der Mai nicht Mai heißen, hätten wir jetzt November. Das ist alles bloß ein Riesenschmarrn, was du da denkst, Max. Du kannst nichts dafür. Der oder die Täter können etwas dafür, sonst niemand. Alle möglichen Leute hätten verletzt werden können. Hörst du mich?« Franz legte seinem alten Freund und Exkollegen die Hand auf die Schulter und sah ihn eindringlich an.

Max hob seinen Kopf. »Aber ganz unschuldig bin ich nicht«, widersprach er. »Ich hätte auch mit den Ermittlungen aufhören können.«

»Dann hättest du aber auch nie bei der Kripo arbeiten dürfen. Seit wann lassen wir uns denn von den Verbrechern unser Tun diktieren?« Franz hob fragend die Brauen.

»Hast recht. Gehen wir auf ein Bier?«

»Logisch, Max. Jagen wir die Kerle morgen weiter. Wir brauchen beide eine kleine Auszeit.«

»Ich gebe dem alten Bertram drüben bloß noch seine Tabletten und stell ihm etwas zu essen hin. Wie ich Frau Bauer kenne, hat sie sicher irgendetwas Vorgekochtes für ihn im Kühlschrank. Wartest du so lange?«

»Logisch.«

»Aber nichts durcheinanderbringen.«

»Logisch.« Franz grinste.

Max nahm den Wohnungsschlüssel der Bauers, den ihm seine Nachbarin vorhin auf der Bahre noch mit der Bitte, sich unbedingt um ihren Bertram zu kümmern, in die Hand gedrückt hatte. Dann überließ er Franz sich selbst und dem nach wie vor unfassbaren Chaos in seiner Wohnung.

29

Der Föhn hatte über Nacht aufgehört, und es war merklich kühler geworden. Obendrein nieselte es aus hellgrauen Wolken. Max war das Wetter egal. Sein ganzes Interesse galt seinem Fall, den er endlich zu Ende bringen wollte. Bevor in seiner Umgebung noch mehr Leute zu Schaden kamen. Er hatte vorhin einen Dienstwagen von Franzi zur Verfügung gestellt bekommen. Jetzt fuhr er damit direkt zu dem betrunkenen Arbeitslosen, der Irmi von der Klostermauer geschubst hatte, einem gewissen Herbert Schneider.

Beim Aufstehen heute Morgen war ihm eingefallen, dass der Bursche ebenso gut nur so getan haben konnte, als wäre er sturzbetrunken gewesen, als er Irmi umbrachte, und das Ganze bewusst gemacht hatte. Vielleicht sogar im Auftrag. Mit dem teuren Anwalt, den er an seiner Seite hatte, hätte dabei für ihn nicht viel schief gehen können, und die 1,4 Promille, die man in seinem Blut festgestellt hatte, waren für einen gestandenen bayrischen Gewohnheitstrinker so gut wie nichts. Da konnte so einer noch locker auf dem Seil tanzen. Franz hatte ihm die Adresse gegeben. Seine Leute waren bereits dort gewesen, hatten aber nichts aus ihm herausbekommen. Max wollte sich der Sache trotzdem noch einmal selbst annehmen. Er wäre nicht das erste Mal gewesen, dass er bei einem Verdächtigen weiter gekommen wäre als seine ehemaligen Kollegen.

Nachdem er vor Schneiders Haus in Moosach geparkt hatte, stieg er aus und klingelte an der Tür.

»Was wollen Sie? Es ist noch nicht mal neun«, ertönte kurz darauf eine heisere Männerstimme unwirsch von innen. »Wir kaufen nichts.«

»Raintaler, Privatdetektiv«, gab sich Max zu erkennen. »Ich hätte ein paar Fragen an Sie. Wegen der Sache in Andechs.«

»Aber die Bullen waren doch gestern schon da.«

»Vielleicht kommen sie auch morgen noch mal, stellen Sie sich vor. Und jetzt machen Sie endlich die Tür auf, Herr Schneider.«

Der Schlüssel drehte sich im Schloss, und kurz darauf erschien der spärlich behaarte Kopf eines unrasierten beleibten Mannes in Trainingsanzug und Filzpantoffeln. Das Unterhemd, das unter seiner Jacke hervorschaute, wies braune und gelbe Flecken auf. Er roch nach Bier und Knoblauch. Sein Gesicht war großflächig von Pickeln und Mitessern übersät. In der rechten Hand hielt er eine Bierdose aus dem Supermarkt.

Da schau her. Ein echter Frauenschwarm beim Frühstück, spottete Max unhörbar.

»Und?« Schneider sah ihn auffordernd an. Er bat ihn nicht herein.

»Was und?« Max blickte neutral zurück.

»Was wollen Sie wissen?«

»Falsch, Herr Schneider. So geht es schon mal los. Ich will nichts wissen. Ich weiß etwas.«

»Super. Soll ich jetzt raten, was? Wie bei ›Wer wird Millionär‹?«

Schneider nahm einen Schluck aus seiner Bierdose, wischte sich mit dem Handrücken über den Mund und stieß laut auf.

»Sie haben diese Kellnerin absichtlich umgebracht.«

»So ein Schmarrn. Ich habe euch doch schon hundertmal gesagt, dass ich besoffen war und dass es mir leidtut.« Schneider wich Max' Blick aus, während er sprach.

»Soll ich Ihnen auch sagen, wie es dabei hergegangen ist?« Max blickte ihm weiterhin stur mitten ins Gesicht.

»Nur zu. Wenn Sie sonst nichts zu tun haben.«

»Sie haben den Auftrag bekommen, sie von der Mauer zu stürzen. Dazu sollten sie betrunken, aber nicht zu betrunken sein.«

Man konnte ja mal einen Versuchsballon starten und es ihm direkt auf den Kopf zusagen. Oft genug hatte diese Taktik bestens funktioniert.

»Wer sollte mir denn so einen bescheuerten Auftrag gegeben haben?« Schneider grinste überlegen. Doch sein Blick flackerte.

»Derselbe, der Ihnen Ihren sauteuren Anwalt verschafft hat. Was hat er Ihnen eigentlich fürs Schubsen bezahlt? 10.000?« Weiter so, Raintaler. Der Kerl wackelt bereits.

»Sie spinnen doch.« Schneider tippte sich mit dem Finger an die Stirn. »Glauben Sie, wenn ich 10.000 Euro hätte, täte ich das Scheißzeug hier saufen?« Er hielt seine Bierdose hoch. »Außerdem sollte ich sie doch bloß erschrecken.«

»Wie bitte? Wen sollten Sie erschrecken?« Max musste das unbedingt noch einmal hören. Am besten langsam und zum Mitschreiben. War Schneider gerade wirklich so blöd und lieferte sich selbst ans Messer? Doch, doch. Es war so. Er hatte sich eindeutig verplappert. Ein Fehler, den viele Verdächtige machten, die besonders schlau sein wollten. Er musste weitaus betrunkener sein, als es den Anschein hatte.

»Na, diese Kellnerin auf dem Heiligen Berg.«

»Sie sollten sie also erschrecken?«

»Ja. Herrgott noch mal.«

»Also gab es doch einen Auftraggeber?« Max' Ton verschärfte sich.

»So in der Art. Mich hat so ein Kerl angerufen. Er hat gemeint, er kennt meinen Freund Karl vom Schafkopfverein.«

»Aha. Und dann?«

»Dann hat er gesagt, ob ich ihm einen Gefallen tun könnte, und diese Frau erschrecken. Es wäre bloß eine Gaudi. Er würde mir auch ein Bier ausgeben.« Schneider stieß erneut auf. Er roch dabei wie eine ganze Brauerei.

Max wandte sich ab. Herrschaftszeiten. Ob auf dem Land oder in der Stadt, die Säufer stinken alle gleich, dachte er, während er sich an Hias Moosleiter erinnerte. Am Abend ist ja nichts gegen eine Fahne einzuwenden. Da trinkt man wahrscheinlich sogar selbst mit. Aber so kurz nach dem Aufstehen? Pfui Teufel. »Und warum haben Sie das meinen Kollegen nicht gleich gesagt?«

»Sie haben nicht so direkt danach gefragt. Außerdem dachte ich, dass ich dann bloß noch mehr Ärger kriege. Ich kann keinen Ärger gebrauchen. Mich nervt meine bescheuerte Alte sowieso schon mehr als genug.« Schneider kratzte sich mit dem schmutzigen Nagel seines rechten Zeigefingers einen der großen Pickel neben seiner Nase auf. Blut und Eiter quollen daraus hervor und liefen ihm ein Stück weit übers Gesicht.

Ekelerregend und dumm wie Salat, dachte Max. Seine Frau hat das große Los mit ihm gezogen. »Würden Sie die Stimme des Anrufers wiedererkennen?«, fuhr er fort.

»Keine Ahnung.« Schneider zuckte nur mit den Achseln. Er stierte mit leeren Augen über Max' Schulter hinweg.

»Und wie sah der Gefallen nun konkret aus, den Sie ihm tun sollten?« Max wurde zunehmend unleidlich. Irgendetwas an Schneider brachte ihn auf die Palme. Der ungepflegte Zeitgenosse musste dafür nicht einmal den Mund aufmachen. War es der kaltschnäuzige, alles verachtende Blick, mit dem er dem Rest der Welt begegnete? Oder die Tatsache, dass er so offenkundig log? Max wusste es nicht. Er wusste nur, dass er ihn am liebsten grün und blau geschlagen hätte. Was er natürlich nicht tat. Dazu war er viel zu sehr Profi.

»Hab ich doch gerade gesagt. Ich sollte sie erschrecken. Schubsen oder so.« Schneider schien nicht zu ahnen, dass er geradewegs auf gewaltigen Ärger zusteuerte.

»Reden Sie doch keinen Scheiß, Mann. Seit wann erschreckt man eine Kellnerin, indem man sie schubst? Die wird doch hundertmal am Tag geschubst.«

Max reichte es endgültig. Kurzentschlossen packte er den wackelig auf den Beinen stehenden Alkoholiker am Kragen und drückte ihn mit aller Kraft gegen die Hauswand.

»Mach endlich dein Maul auf, du Arschloch, sonst mach ich dich platt!«, plärrte er dabei und verzog sein Gesicht zu einer furchterregenden Grimasse. »Hamma uns?«

»Na gut, lassen Sie los. Ich sag's Ihnen.« Schneider bekam kaum noch Luft.

Max lockerte seinen Griff und sah ihn auffordernd an. »Und?«

»Ich sollte sie über die Mauer schubsen.«

»Wie viel hat er dir dafür bezahlt. Red schon, Arschloch.«

»Nicht viel.«

»Was heißt nicht viel? Raus damit!«

Max holte seine Waffe aus dem Halfter und hielt sie Schneider an den Kopf. Er hatte sie vorhin rein vorsichtshalber eingesteckt, weil der Fall immer unübersichtlicher und dadurch auch für ihn selbst gefährlicher wurde. Normalerweise tat er so etwas wie gerade eben auch nicht. Aber manchmal heiligte der Zweck die Mittel. Selbst für jemanden, der wie er dem Besitz und Gebrauch von Waffen ansonsten eher kritisch gegenüberstand. Natürlich war sie nach wie vor gesichert. Das konnte der armselige Trottel vor ihm aber nicht wissen.

»Okay, okay. 5.000 habe ich bekommen. Sie liegen drinnen auf dem Tisch.« Schneider hob zum Zeichen der Aufgabe die Hände. Sein Gesicht erstarrte. Nur seine Augen bewegten sich ängstlich in ihren Höhlen hin und her.

»Na also. Geht doch.« Max steckte seine Pistole wieder ein. Er legte ihm Plastikhandschellen an, von denen er immer ein paar bei sich trug. »Haben Sie den Mann gesehen, als er Ihnen das Geld übergab?«

»Nein, er hat es in einer Mülltonne deponiert und mich angerufen.«

»In welcher Mülltonne?«

»Da vorne.« Schneider zeigte ein Stück weit die Straße hinunter.

»Und sie haben ihn garantiert nicht erkannt? Denken Sie daran, dass Ihre Strafe milder ausfällt, wenn Sie zur Ergreifung des Auftraggebers beitragen.« Max klang für einen Moment lang nicht mehr ganz so barsch wie vorher.

»Nein. Das heißt … Moment mal. Ich habe einen schwarzen Porsche wegfahren sehen, als ich gleich nach dem Anruf hinausging, um das Geld zu holen.«

»Starnberger Kennzeichen?«

»Woher wissen Sie das?«, staunte Schneider.

Max ließ ihn, ohne zu antworten, stehen und rief Franz an. »Servus, ich hab hier ein Singvögelchen für euch. Schneider hat mir gerade gestanden, dass er Irmi Randstetter mit voller Absicht im Auftrag eines Unbekannten umgebracht hat.«

»Ohne Schmarrn?«

»Ohne Schmarrn, Franzi. Haben deine Leute keine Lust mehr auf ihren Job?«

»Ich schicke dir sofort eine Streife vorbei, die ihn herbringt.«

Franz ging nicht weiter auf Max' ironische Nachfrage ein. Sicher war ihm die Sache so schon peinlich genug.

»Alles klar. Eins noch, Franzi. Schneider will einen schwarzen Porsche mit Starnberger Kennzeichen bei der Geldübergabe gesehen haben. Ich brauche dringend diese Liste mit den Starnberger Porsches.«

»Ist in Arbeit. Sonst noch was?« Franz klang diensteifrig und hochkonzentriert.

»Ja. Such mir bitte die Adresse von Irmis Verlobtem raus, diesem Roman Brandner, und schick sie mir aufs Handy. Ich knöpf mir den Burschen gleich mal vor. Ich warte hier aber erst noch mit Schneider auf die Streife.«

»Hoffentlich. Servus.«

Max rollte die Augen. Ausgerechnet der pampige Polizeiobermeister Bernd Günter und Polizeihauptmeister Werner Hehl, die Max schon in seiner frisch demolierten Wohnung genervt hatten, stoppten kurz darauf vor dem Haus. Dick und Doof! Er übergab ihnen den Mordverdächtigen dennoch höflich und vorschriftsmäßig. Danach hoffte er nur inständig, dass der ihnen unterwegs nicht abhandenkam.

Dafür kommt dieser widerwärtige Schneider garantiert nicht mit einer Geldstrafe oder Bewährung davon, dachte er, während er in sein geliehenes schnelles Auto stieg. Manchmal war die Welt eben doch gerecht. Nichts wie ab zu Monika ins Krankenhaus. Und dann geht's nach Machtlfing zu Brandner und vorher zu Josef. Seit gestern meldet sich der alte Dackel nicht mehr. Hoffentlich ist ihm nichts passiert.

Monika empfing ihn mit einem breiten Lächeln.

»Hallo, du süße Maus. Du siehst ja schon viel besser aus als gestern«, begrüßte er sie.

»Mir geht es auch viel besser. Aber du bist ja ganz nass.« Sie zeigte auf seine am Kopf klebenden Haare.

»Es nieselt. Egal. Keine Schmerzen?«

»Doch. Aber mit den Medikamenten kann man es aushalten. Komm mal zu mir.«

Sie klopfte mit der flachen Hand auf den freien Platz neben der Bettkante. Er folgte der Einladung nur zu gerne, setzte sich ganz nah zu ihr und nahm ihre Hand in seine Hände.

»Ich liebe dich sehr, Max«, kam es daraufhin unvermittelt aus ihrem Mund. Sie bedachte ihn mit einem zärtlichen Blick.

»Ich dich auch«, erwiderte er, beugte sich zu ihr hinunter und küsste sie zärtlich.

»Ich hab über uns nachgedacht«, fuhr sie danach fort.

»Ich auch. Andauernd.«

»Und?«

»Nichts. So halt.« Er zuckte mit den Achseln.

»Wir sollten deinen langgehegten Wunsch endlich in die Tat umsetzen.«

»Welchen Wunsch?« Er blickte irritiert drein.

»Dass du mich heiraten willst.«

»Äh, wie? Was?«

»Heiraten.«

»Du willst, … äh, ich meine, ich soll, äh, … wir sollen heiraten? Jetzt auf einmal doch?« Max hatte mit allem Möglichen gerechnet, nur nicht damit. Jahrelang hatte er sie immer wieder danach gefragt, und nun, wo er sich geschworen hatte, sie nie wieder damit zu belästigen, kam sie von selbst auf ihn zu. Nicht zu fassen. Wie ging denn das? Voodoo? Der liebe Gott? Irgendwelche Engel? Eine sonstige Art von Magie? Oder war ihre Kopfverletzung doch schlimmer, als es den Anschein hatte.

»Man kann seine Meinung schließlich ändern.«

»Und wo ist der Haken?«, erkundigte er sich misstrauisch. »Ist hier irgendwo eine versteckte Kamera?«

»Kein Haken. Auch keine Kamera.«

Sie zog ihn zu sich hinunter und sie küssten sich erneut. Ein bisschen länger und ein bisschen wilder als gerade eben. Aber nicht zu wild. Schließlich war sie erst auf dem Weg zur Genesung und noch lange nicht gesund.

30

»Was ist denn mit dir los? Es ist fast Freitagmittag. Ein ganz normaler Wochentag. Geh halt wenigstens ans Telefon.«

Max bedachte seinen Freund und Vereinskameraden Josef Stirner, der halbnackt vor ihm in der Haustür seiner Machtlfinger Villa stand, mit einem vorwurfsvollen Blick. Man konnte an dessen Gänsehaut deutlich erkennen, dass er fror. Kein Wunder bei dem bescheidenen Wetter. Die Temperatur war inzwischen auf magere 13 Grad abgesunken. Dazu hatte sich ein kräftiger Landregen eingestellt.

»Freitagmittag sagst du? Sorry, Max. Ich hatte echt keine Zeit.« Josef fuhr sich ein paar Mal mit beiden Händen durch die verstrubbelten Haare. Dann zog er den Gürtel seines Bademantels enger, den er sich offenbar nur schnell zum Türaufmachen übergestreift hatte.

»Fortpflanzungsübungen für ferne Welten?« Max musste grinsen. Wehe, wenn sich alte Männer verliebten. Sie machten sich unter Garantie mit irgendetwas zum Deppen. Und sei es bloß, dass sie den heißblütigen ausdauernden Lover mimten, der sie eigentlich längst nicht mehr waren. Hatte Josef etwa zu viele von diesen kleinen blauen Wunderpillen erwischt? Die Beule in der unteren Region seines bunt mit Drachen und Schriftsymbolen bedruckten japanischen Kimonos, die offensichtlich selbst von der eisigen Kälte hier draußen nicht klein zu kriegen war, ließ zumindest darauf schließen.

»Äh, so in der Art.« Josef errötete und trat leicht verlegen von einem Bein auf das andere.

»Wie lang schon?«

»Seit gestern Abend.«

»Viagra?«

»Woher weißt du …?«

»Ich war bei der Kripo. Schon vergessen?« Max lachte laut. »Außerdem ist es nicht zu übersehen. Respekt.« Max zeigte grinsend auf Josefs Schritt. »Und? Fliegst du mit zum Mars?«

»Keine Ahnung.« Josef zögerte. »Also, Max … im Moment ist es gerade nicht so günstig …«

»Kein Problem, Tiger. Ich muss sowieso noch einen Verdächtigen besuchen, Irmis Verlobten. Habe übrigens den Kerl, der Irmi umgebracht hat, überführt. Es war ein klarer Mordauftrag.«

»Gratuliere, Herr Exkommissar. Du kriegst sie alle.« Josef hielt halbscharig lächelnd den Daumen nach oben. Morde und Täter schienen ihn gerade nicht im Mindesten zu interessieren. »Und wer hat den Mord in Auftrag gegeben?«, fügte er dennoch hinzu.

Max war völlig klar, dass ihm die Frage mehr oder weniger höflichkeitshalber gestellt wurde. »Frag mich noch mal, wenn ich bei ihrem Verlobten war«, erwiderte er, während er sich zum Gehen umdrehte.

»Ach, Max. Stopp! Wie geht es übrigens Moni? Hätte ich fast vergessen.«

»Gut. Sie ist wach. Wird alles wieder.« Max blieb noch einmal kurz stehen und blickte zufrieden grinsend über die Schulter zurück.

»Gott sei Dank. Da bin ich aber echt froh. Dann viel Glück. Mittagessen beim Alten Wirt?«

»Logisch, Herr Hobby-Detektiv. Servus. Und mach

nicht so wild. In unserem Alter kriegt man schnell einen Herzkaschperl, wenn man es übertreibt. Gruß an Judy.«

»Geht klar. Servus.« Josef errötete erneut, während er schnell die Tür zuzog.

Max stieg leise vor sich hinlachend in den geliehenen BMW, der ihn vorhin im Eiltempo hier herausgebracht hatte. Also dann, auf zu Roman Brandner.

Das Haus von Irmis Verlobtem lag, wie Marianne es gesagt hatte, etwas außerhalb vom Ort direkt am Waldrand. Ein alter stellenweise verfallener Hof. Überall auf dem Grundstück standen Autos herum. Alte, neue. Mit Reifen, ohne Reifen. Verrostet, frisch poliert. Etliche ausgebaute Teile lagen fein säuberlich gestapelt daneben. Betrieb der Kerl hier einen Schrottplatz oder eine Reparaturwerkstatt? Franz hatte in seiner SMS doch geschrieben, dass er Postbote war. Na gut, man würde sehen. Vielleicht war das mit den Autos nur ein Hobby. Platz genug dafür war auf jeden Fall vorhanden.

»Herr Brandner?« Max klopfte laut an die alte, von Zeit und Wetter verwitterte Holztür.

»Wer ist da?«, kam es unwirsch von innen zurück.

Merkwürdig, er klang wie eine Frau. Oder war es eine Frau?

»Raintaler, Kripo München.«

»Um was geht's?«

»Um den Tod von Irmi Randstetter.«

Es dauerte eine Weile, dann wurde die Tür langsam von innen aufgeschoben. Ein altes Mütterlein im hellblauen Hauskittel streckte ihren Kopf heraus. Ihr faltiges Gesicht wurde von einem weiß-rot-karierten Kopftuch mit Fransen an den Kanten umrahmt, aus dem ein paar graue Strähnen hervorlugten. In der linken Hand hielt sie einen halbgefüllten Fressnapf. Offenbar hatte sie gerade vorgehabt, ihre Katze zu füttern.

»Was ist mit der Irmi?«, fragte sie. Ihre dunkelgrünen Augen funkelten misstrauisch.

»Die Irmi ist tot. Wissen Sie das nicht?«

»Was? Tot?« Sie starrte ihn ungläubig an.

»Ja, aber das müssten Sie doch längst wissen.« Max kratzte sich nachdenklich am Kopf.

»Ich weiß nichts.« Sie zuckte nur mit den Achseln. »Mir sagt ja keiner was.«

»Aha. Und wo ist Ihr Sohn? Der Roman?«

»Der Roman?«

»Ja.« Max blickte sich beiläufig auf dem Grundstück um, während er auf ihre Antwort wartete.

»Auf seinem Zimmer. Er zieht sich an.«

»Ich müsste ihn sprechen.«

»Er kommt gleich runter. Aber …« Sie schüttelte den Kopf.

»Ja?«

»Ich bin nicht seine Mutter. Ich bin die Oma.«

Sie ließ ihn mit dieser für sie offenbar wichtigen Klarstellung stehen, schlurfte zum rechten Hauseck hinüber, stellte den Fressnapf auf dem Boden ab und rief nach ihrer Katze.

Wenig später tauchte John Wayne in der Tür auf. Zumindest sah der riesige Cowboy vor Max genauso aus wie der amerikanische Oscarpreisträger. Jeans, Westernstiefel, Sporen, Revolvergurt, Winchester, Westernhemd, Lederweste, Halstuch, Hut. Alles da, wo es hingehörte. Alles wie in ›Rio Bravo‹. Roman Brandner hätte sich jederzeit als Double von *The Duke*, wie man Wayne in Amerika auch heute noch oft nannte, ausgeben können. Wäre nur die Frage offengeblieben, ob er ebenfalls etwas gegen Menschen mit anderer Hautfarbe hatte.

»Wer sind Sie?«, dröhnte er mit dunkler selbstbewusster Stimme.

»Grüß Gott, Herr Brandner. Raintaler mein Name. Ich bin Privatdetektiv und hätte ein paar Fragen an Sie, wegen des Todes Ihrer Verlobten Irmi Randstetter.« Max war die ausgesuchte Höflichkeit in Person. »Ist sie das?« Er zeigte ihm das Foto, das ihm Franz aufs Handy geschickt hatte.

Roman nickte nur. »Die Polizei aus Starnberg war aber bereits hier. Ich habe denen alles gesagt, was ich weiß.«

»Darf ich Ihnen trotzdem selbst noch ein paar Fragen stellen? Am besten drinnen. Es ist ziemlich ungemütlich hier draußen.« Max zeigte auf seinen nassen Kopf.

»Wenn's sein muss. Kommen Sie rein.«

Roman führte ihn in eine Stube, die von oben bis unten wie ein Saloon im Wildwestfilm eingerichtet war. Links von ihnen erstreckte sich ein gut vier Meter langer Tresen, dahinter ein ebenso langes, mit großen Spiegeln versehenes Regal, in dem sich die besten Whiskeys aneinanderreihten. In der Mitte des Raumes befanden sich drei runde Tische mit je fünf Stühlen. Im hintersten Eck stand ein Klavier. An den Wänden hingen Gewehre und Revolver sowie ein monströser ausgestopfter Wildsaukopf.

»Gemütlich haben Sie's hier. Laufen Sie eigentlich immer als Cowboy rum?«, fragte Max, während er sich staunend umsah.

»Ist das wichtig?«

»Nein. Bloß so.«

»Ich muss gleich zum Line Dance. Bin da in so einem Westernclub.«

»Zur Mittagszeit?«

»Wir haben heute eine Feier. Essen, trinken, tanzen.«

»Freitag Mittag? Euch geht's ja gut.«

»Was dagegen?« Der beeindruckend große und breite Hausherr bot Max einen Stuhl an und setzte sich ihm dann gegenüber.

»Nein. Keineswegs.« Max schüttelte lächelnd den Kopf. Groß zu trauern scheint der Gute nicht um seine dahingeschiedene Verlobte, dachte er. »Fahren Sie einen Porsche, Herr Brandner?«

»Ich? Schaue ich etwa so aus, als würde ich in so ein albernes Spielzeug reinpassen?« Der breit gebaute Postbote verschränkte die kräftigen Arme vor der Brust und lehnte sich zurück.

»Ehrlich gesagt, nein.«

»Na, sehen Sie. Ich habe 17 Autos. Zehn davon fahren. Aber ein Porsche ist garantiert nicht darunter.«

Er scheint die Wahrheit zu sagen, Raintaler. Nächste Frage. »Kennen Sie einen Herbert Schneider?«

»Nein. Nie gehört.« Roman schüttelte den Kopf.

»Aber er kennt Sie.«

Man konnte es ja noch mal mit einer kleinen Falle versuchen. Bei Schneider hatte es schließlich auch funktioniert.

»Schön für ihn. Ich kenne ihn jedenfalls nicht.« Roman blickte Max gleichmütig an. Seine dunkelbraunen Augen und seine Miene verrieten keine Gefühlsregung.

Er log ganz offensichtlich wirklich nicht. Hatte Irmis Tod dann doch eher etwas mit Bruno und dessen lebensgefährlichen Unterlagen zu tun? Vielleicht hatte er ihr davon erzählt und sie hatte demjenigen, den er damit erpresste, ebenfalls gedroht. Etwa doch Thorsten Ahlbeck? Schmarrn. Thorsten war unschuldig. Das war doch längst geklärt.

»Sie scheinen nicht besonders um Ihre Verlobte zu trauern«, sprach Max seinen Gedanken von gerade eben aus.

»Würden Sie um eine Frau trauern, die kurz vor ihrer Hochzeit mit einem anderen ins Bett gegangen ist?« Roman bekam einen roten Kopf. Dieses Thema schien ihn zu berühren.

»Wenn ich sie wirklich geliebt hätte … schon.«

»Ich habe sie geliebt!«, brüllte Roman schlagartig außer sich vor Zorn los. »Aber dass sie mich mit diesem Bruno beschissen hat, das werde ich ihr nie verzeihen. In 100 Jahren nicht! Ausgerechnet mit dem Sex-Bruno.« Er drosch heftig mit der Faust auf den Tisch, sodass der Aschenbecher darauf einen kleinen Satz in die Höhe machte.

»Bruno Höfner?«

»Ja, genau. Recht geschieht es ihm, dass er tot ist.« Roman haute erneut auf den Tisch, dass es nur so krachte.

»Wo waren Sie denn in der Walpurgisnacht?«

»Ich? Warum?«

Es sah so aus, als würde nicht mehr viel fehlen, dann wäre der tobende Wildwestanhänger geradewegs auf Max losgegangen. Wohl einfach, weil sonst gerade niemand da war, an dem er seinen grenzenlosen Hass hätte auslassen können.

»Reine Routine.« Max hielt den Ball bewusst flach. Er hatte nicht die geringste Lust, sich mit diesem rasenden

Stier hier auf eine Prügelei einzulassen. Wahrscheinlich würde ihn der Bursche mit einem einzigen Schlag gegen die Wand klatschen. Wenn er ihn nicht vorher mit seiner Winchester oder seinem Colt erschoss.

»In Rosenheim, wenn Sie es genau wissen wollen. Bei meinem Bruder. Die haben da nämlich ein noch schöneres Maifeuer als wir hier bei uns.«

Roman sah mit seiner Knollnase und den rot glänzenden, abstehenden Ohren sowieso nicht besonders attraktiv aus. Aber sein nun nur noch von blankem Hass verzerrtes Gesicht hatte überhaupt nichts Schönes mehr an sich. Wieso hatte Irmi nur so einen hässlichen Vogel heiraten wollen? War Geld der Grund? Sein Besitz hier draußen war sicher nicht zu verachten. Hatte er sie sonstwie in der Hand gehabt? Merkwürdig. Sie war doch sehr hübsch gewesen. Das war sogar noch auf dem Foto ihrer Leiche zu erkennen gewesen, das Franz per SMS geschickt hatte. Sie hätte einen wie Roman gar nicht nötig gehabt. Kein Wunder, dass sie vor der Hochzeit noch ausgiebig mit dem schönen Bruno herummachen wollte. Was trieb manche Menschen nur zu ihrem Tun? Na gut. Hier im Wilden Westen des Starnberger Sees war Max auf jeden Fall fertig. Da war nichts zu holen, was seine Mordfälle betraf. Roman Brandner hatte ein Alibi für die Walpurgisnacht. So viel stand fest. Porsche hatte er auch keinen. Gut, den konnte man sich auch leihen. Aber Schmarrn. Er hatte nicht gelogen, was Schneider betraf. Kannte ihn wohl wirklich nicht. Er war's nicht und Schluss.

»Gut, Herr Brandner. Das war's auch schon.«

Max erhob sich aus seinem Stuhl. Brandner stand ebenfalls auf und schüttelte ihm kräftig die Hand.

»Ist da hier draußen bei euch eigentlich normal, dass man bis an die Zähne bewaffnet zum Tanzen geht?«, wollte Max noch wissen, bevor er ins Freie hinaustrat.

»Was ist schon normal?«, kam die prompte Antwort.

»Stimmt auch wieder. Servus.«

31

Max bog gerade auf den mit spiegelnden Pfützen übersäten Parkplatz vom Alten Wirt ein, als sich sein Handy bemerkbar machte. Er ging ran.

»Und?« Monika war dran.

»Was und?«, erwiderte er.

»Du bist mir noch eine Antwort schuldig.«

»Also gut.«

»Also gut?«

»Ja.«

»Ja?«

»Ja. Natürlich.«

»Kümmerst du dich um den Papierkram beim Standesamt, während ich gesund werde?«

»Ja.«

»Ich liebe dich, Max.«

»Ich dich auch.«

Sie legte auf.

Max strahlte stolz wie Oskar über das ganze Gesicht, während er den Autoschlüssel aus dem Zündschloss zog. Er blickte kurz hinter sich, um zu sehen, ob jemand in der Nähe war. Dann machte er seiner Freude lauthals Luft. »Sie will mich doch! Scheiße noch mal! Herrschaftszeiten! Wir werden heiraten! Jawohl!« Er ballte seine rechte Faust zur Beckerfaust, während ihm ein paar kleine Freudentränen über die Wangen rutschten.

Bevor er sein Handy wieder auf Standby schaltete, überflog er noch kurz die Liste mit den Autos, die ihm Franz inzwischen geschickt hatte. Weit mehr als 200 schwarze Porsches waren im Landkreis Starnberg gemeldet. Eine Armengegend war das hier auf keinen Fall. Aber das wusste man ja auch nicht erst seit gestern.

Sein Handy spielte erneut das ›Lied vom Tod‹.

»Raintaler.«

»Josef hier. Kannst du zu Thorsten rausfahren und uns dort treffen. Er will uns etwas Wichtiges zeigen, meint er.«

»Was kann das sein? Hat er irgendwo noch einen Palast gebaut? Oder gehört ihm jetzt Neuschwanstein?«

»Ich weiß es nicht. Auf jeden Fall klang er, als ginge es um Leben und Tod.« Josef hörte sich ernsthaft besorgt an.

»Na gut. Ich komme hin. Es gibt schon zu viele Tote bei diesem Fall. Noch einen kann ich nicht gebrauchen.«

Es hörte zu regnen auf. Der Himmel riss auf und die Sonne zeigte sich, als wollte ihm der Herrgott damit persönlich versichern, dass seine Entscheidung richtig war. Er legte auf und startete den Motor, während er, immer noch überglücklich über Monikas Anruf, leise vor sich hinsang.

Josef und Judy standen vor der Einfahrt. Sie fuhren gemeinsam zum Haus hinauf, wo sie bereits von Thorsten erwartet wurden. Er musste sie durch die Kameras, die über dem großen Eingangsportal zum Grundstück installiert waren, beobachtet haben.

»Hallo, meine Lieben. Schön, dass ihr gekommen seid.« Zur Abwechslung heute einmal im dunklen Geschäftsanzug machte er wie immer einen fröhlichen Eindruck.

Jemand, der am Telefon klingt, als ginge es um Leben und Tod, sieht normalerweise anders aus, sagte sich Max. »Schön, dass wir da sind«, erwiderte er. »Josef meinte, es gäbe etwas wahnsinnig Wichtiges.«

»Das stimmt genau. Ich bitte euch ganz bewusst zuerst einmal nicht ins Haus.« Thorsten lächelte geheimnisvoll. »Vorher muss ich euch nämlich dringend etwas zeigen.«

»Da sind wir aber gespannt. Was, Josef?« Max nickte seinem Freund verärgert zu. Es ging also um Leben und Tod? Wie konnte der gute Stirnerbub sich bloß so einwickeln lassen?

»Aber sicher.« Josef wich Max' vorwurfsvollem Blick aus. Er nahm Judy in den Arm, die direkt neben ihm stand, und küsste sie auf die Wange.

»Bitte folgt mir in den Park. Wie geht es übrigens deiner Freundin, Max?«

»Gut. Sie ist wieder wach. Wird alles wieder.« Sobald er von Monika sprach, stahl sich ein Lächeln auf Max' Gesicht.

»Na bestens. Der Strohmeier Rudolf kann was. Habe ich dir doch gleich gesagt.«

Thorsten marschierte zielstrebig am Haus vorbei auf den hinteren bewaldeten Teil des ausgedehnten Grundstücks zu. Die anderen drei folgten ihm im Gänsemarsch. Fünf Minuten später kamen sie vor der riesigen Halle an, die Max bei ihrem ersten Besuch bereits von der Dachterrasse aus gesehen hatte. Sie wirkte heute, wenn man nun so direkt davor stand, noch um ein beträchtliches Stück imposanter. An der ungefähr 200 Meter langen Seitenwand befand sich ein riesiges Schiebetor, das sich bis zum an die 30 Meter hohen Dach hinauf erstreckte. Bestimmt gut ein Drittel der Seitenfläche konnte damit geöffnet werden. Daneben gab es noch einen wesentlich kleineren Eingang für Fußgänger.

Will er uns jetzt seinen Fuhrpark zeigen?, fragte sich Max. Cool. Vielleicht ist ein neues Auto für mich dabei. Da fällt mir ein, ich kam noch gar nicht dazu, um mein gutes altes Auto zu trauern. Na gut, dann holen wir das halt jetzt nach. Mein geliebter R4. Du warst der beste Freund, den man sich vorstellen konnte. Du warst immer zuverlässig. Zumindest meistens. Äh, oft. Na ja, vielleicht doch eher selten. Gut, um der Wahrheit die Ehre zu geben, warst du eigentlich andauernd kaputt. Trotzdem werde ich dich sehr vermissen. Deine Türen, deine Motorhaube, den Kühlergrill, die herrlich geschwungene Linie deiner Dachkante, deine gleichmäßig rostbraune Farbe, deine kleinen schnuckeligen Reifen, die Lenkradschaltung, den Geruch deiner Fahrerkabine, deine umlegbaren Rücksitze und somit den vielen Platz in deinem Hinterteil, dein unnachahmliches Motorgeräusch beim Anfahren, deinen laut vor sich hinknatternden Auspuff. Mein gutes altes Auto. So viele gemeinsame Jahre haben wir verbracht. So viele Verbrecher gejagt. Über Landstraßen, Stadtstraßen, Bergpässe und Autobahnen sind wir gerauscht. Sogar ins Ausland hat es uns einige Male zusammen verschlagen. Du hast mein Gepäck und mich selbst getragen. Und manchmal auch noch Monika, Frau Bauer, Franzi, Josef und viele andere.

Ich danke dir von Herzen dafür. Auch wenn ich so einige Male schrecklich über dich geflucht habe, ich war dir dennoch immerzu in hingebungsvollster Abhängigkeit treu ergeben. Ich habe dich geliebt. An manchen Tagen sogar mehr als mich selbst. Friede sei deiner Seele. So.

»Kommt! Hier geht's lang.« Thorsten hielt ihnen die kleine Tür neben dem monströsen Schiebeportal auf.

Nachdem sie eingetreten waren, kamen sie zunächst in einen großen Vorraum. Die Wände waren rundherum mit mannshohen Spinden zugestellt. Wahrscheinlich zogen sich die Mitarbeiter hier um, bevor sie seine Autos reparierten und pflegten.

Thorsten öffnete zwei der Schränke und zauberte vier weiße Overalls daraus hervor. »Bitte zieht das hier über. Wir dürfen keinen Staub in die Halle bringen«, klärte er seine Besucher auf, während er ihnen die pergamentartigen Kleidungsstücke übergab. »Die hier sind für eure Schuhe«, fuhr er fort und händigte ihnen dabei je ein Paar weiße Plastiküberzieher aus.

Zuletzt reichte er ihnen noch weiße Kopfbedeckungen, die wie Duschhauben aussahen. Dann betrat er mit ihnen eine Schleuse, in der sie bequem zu viert Platz fanden.

»Wegen der Bakterien«, teilte er ihnen lächelnd mit.

»Wir schauen aus wie Außerirdische«, bemerkte Max amüsiert. »Bei der Kripo läuft nur die Spurensicherung so durch die Gegend.« Ich habe noch niemanden gesehen, der so ein Aufhebens um ein paar Autos machte, dachte er weiter. Vielleicht hatte der gute Thorsten ja doch einen kleinen Sprung in der Schüssel. Einen so unfassbaren Haufen Geld wie er zu besitzen, konnte einen bestimmt auch in die tiefsten Sinnkrisen stürzen. Wenn man alles haben konnte, was man nur wollte, fehlte doch irgendwann jeglicher innere und äußere Regulator. Oder doch nicht? Schwer zu sagen. Max hatte sich selbst noch nie in einer vergleichbaren Lage befunden. So wie die meisten Menschen auf dieser Welt. Da hätte man schon einen schwerreichen Spezialisten zurate ziehen müssen, wenn man es jetzt ganz genau hätte wissen wollen.

Nachdem sie gründlich gereinigt waren, ertönte eine Art Schiffssirene. Gleich darauf öffnete sich die hintere Tür der Schleuse mit einem schmatzenden Geräusch. Thorsten ging voraus in die Halle. Max folgte ihm. Judy und Josef, die schon die ganze Zeit über wie die Teenager miteinander alberten, flirteten und Küsschen austauschten, kamen mit kleinem Abstand Arm in Arm hinterher.

»Was ist denn *das*?« Max traute seinen Augen nicht.

»Wow!«, ertönte es hinter ihm aus Josefs Mund. »Unfassbar!«

»Da staunt ihr, was?«

Thorsten zeigte stolz auf den riesigen weißen Raumgleiter, der vor ihnen in der monströsen Werkshalle stand. Er hatte das Aussehen und die Ausmaße eines Space Shuttles der NASA. An die 50 Mechaniker standen und liefen um ihn herum, trugen Teile, befestigten, schweißten etwas oder lasen in irgendwelchen Plänen. Ungefähr 20 weitere, genau wie die vier Besucher weißgekleidete Mitarbeiter saßen auf einer halbrunden Empore rechts von ihnen vor einer langen Reihe von Computerbildschirmen. Das Weltraumfahrzeug selbst trug an der Seite die Aufschrift ›Kepler 22b‹.

Sapperlot, also doch, dachte Max. Thorsten war in der Lage, ins All zu fernen Welten aufzubrechen. Er hatte nicht gelogen. Und so wie es aussah, ging es auch noch tatsächlich nach Kepler 22b. Wahrscheinlich hatte er die weltweit besten Spezialisten für sein Projekt engagiert.

Bruno, der hier auf dem gesamten Grundstück für die Bepflanzung zuständig war, musste davon Wind bekommen haben. Dann hatte er Thorsten erpresst, damit an die Öffentlichkeit zu gehen, wenn er ihm nicht einen Haufen Geld geben würde. Daraufhin hatte der ihn umbringen lassen, weil er Angst hatte, dass sein Projekt damit in die Hosen gehen würde. Logisch. Alles andere wäre viel zu kompliziert gewesen.

Aber manchmal war das Leben auch nicht ganz so einfach, wie es zunächst den Anschein hatte. Vielleicht lohnte es sich ja doch, erst einmal zu sehen, was der reiche Eremit noch alles an Überraschungen auspackte.

»Allerdings staune ich da«, gab Max zu. »Und das habt ihr alles hier gebaut?«

»Nein. Wir haben ein originales Space Shuttle gekauft und es dann etwas optimiert«, verkündete Thorsten mit Besitzerstolz in der Stimme. »Da seid ihr platt, was?«

Max und Josef nickten mit offen stehendem Mund. Judy lächelte nur wissend.

»Komplett platt.« Max betrachtete bewundernd die riesigen Düsenantriebe im hinteren Teil des futuristisch anmutenden Fluggerätes. »Man kann also einfach so ein Space Dings bei der NASA kaufen?«

»Ganz so einfach ist es nicht«, erwiderte Thorsten lachend. »Man braucht schon beste Beziehungen.«

»Und? Funktioniert auch alles?«

»So gut wie alles.«

»Was fehlt?« Max riss seinen Blick vom Shuttle los und sah Thorsten direkt ins Gesicht.

»Der Antrieb hat noch Macken. Aber wir arbeiten an einer Lösung. In ein paar Wochen sollten wir soweit sein.« Thorsten klang absolut zuversichtlich.

»Schon in ein paar Wochen? Tatsächlich?« Max wollte einfach nicht glauben, dass man mit einem am Ende doch relativ kleinen NASA-Shuttle, das bisher höchstens ein paar Mal zu einer Weltraumstation hinaufgeflogen war, gut 600 Lichtjahre überwinden konnte. Da war man doch jahrelang unterwegs. Allein der Proviant, den man mitnehmen musste, hätte ein Schiff von weitaus größeren Ausmaßen benötigt.

»Wollt ihr mal reingehen?« Thorsten schaute sie fragend an.

»Gerne? Hast du schon Getränke an Bord?« Josef grinste frech.

32

»Bitte versprecht mir noch mal, dass ihr niemandem gegenüber ein Wort von der Sache hier verliert.« Thorsten zeigte auf den riesigen Hangar hinter ihnen, den sie gerade wieder verlassen hatten.

»Natürlich«, erwiderte Max.

»Logisch«, schloss sich Josef an. »Hoch und heilig. Ehrenwort.«

Er gab Judy ein lautes Küsschen auf die Wange. Es musste das 423. an diesem frühen Nachmittag gewesen sein. Sie quittierte es mit einem quietschenden Kichern.

»Ich möchte euch gerne ins Haus auf einen Drink einladen«, fuhr Thorsten fort. »Und später gehen wir zum Abendessen in den Alten Wirt. Da wartet eine weitere Überraschung auf euch. Okay?«

»Ich könnte einen Drink gebrauchen.« Max strich sich über den stacheligen Dreitagebart in seinem Gesicht, der inzwischen bereits ein ausgewachsener Fünftagebart war. Er musste sich nun aber wirklich bald mal rasieren. Sonst würde es am Ende vielleicht doch nichts mit der Hochzeit werden, weil Monika keine Lust hatte, einen Igel zu küssen.

»Ich auch«, stimmte Josef zu. »Die Cola im Space Shuttle hat mich noch durstiger als vorher gemacht.«

»Coke is not good. Too much sugar!«

Anscheinend wussten alle Frauen diesseits und jenseits des Atlantiks, was gesund und was nicht gesund war. Hatten Männer einfach kein Händchen für solche Dinge? Es sah ganz so aus.

In der Bibliothek war bereits aufgedeckt. Kaffee, Tee, eisgekühlter Champagner sowie bunte Kanapees mit Lachs, Kaviar, Schinken und Käse warteten auf dem gläsernen Couchtisch darauf, verzehrt zu werden. Sie setzten sich. Max aß mit großem Appetit. Immerhin hatte er seit heute Morgen nichts mehr zwischen die Zähne bekommen. Josef folgte seinem Beispiel. Nach der letzten Nacht hatte er offensichtlich einiges an Energie zurückzugewinnen. Auch Judy ließ es sich schmecken.

Nachdem Thorsten wegen eines wichtigen Telefonats

das Zimmer verlassen hatte, blickte Judy Max und Josef ernst an.

»Please, nix glauben meine Vater. Die Antrieb is unmöglich. Alle wissen, nur meine Vater nicht«, eröffnete sie ihnen leise mit ihrem unnachahmlichen Akzent.

»Wie? Was?«

Max sah sie verständnislos an. Auch Josefs Blick drückte nur blankes Staunen aus.

»The Space Shuttle. Die Antrieb, nix funktionieren«, wiederholte sie.

»Der Antrieb funktioniert nicht?« Max schaute immer noch irritiert drein. Sie hatten doch gerade mit eigenen Augen gesehen, dass mit dem Raumgleiter alles zum Besten war.

»Die nächsten 100 Jahre nix. For sure.« Judy nickte bestimmt.

»Ja aber, Thorsten hat doch …«, warf Josef ein.

»Meine Dad sein krank«, unterbrach sie ihn. »Seit meine Mom gestorben, er verlieren die reality.«

»Wieso das denn?« Max nahm sich ein Kaviarbrot und biss herzhaft hinein.

»Meine Mom haben Suicide gemacht nach die Scheidung. Dad meinen, er schuld daran. Seitdem Schock und crazy in die Kopf, sagt die Doktor.«

»Also verbringst du den Sommer gar nicht bei deiner Mutter in Florida?« Max zog erstaunt die Brauen hoch.

»Nein, ich leben dort alleine.«

»Und das Raumschiff in der Halle? Alles bloß Schmarrn?«

»Schmarrn?«

»Nonsens all? Shuttle?«

»Yes. Daddy wissen nix, dass er krank. In die Halle er hat nur eine … wie sagt man … Spielzeug.«

»Ist aber ein großes Spielzeug.« Max gönnte sich auf den Schock gleich noch ein Kaviarbrot.

»And why you not tell him die Wahrheit?«, mischte sich Josef radebrechend ins Gespräch.

»I want a happy daddy!«

»Kann man verstehen. Wer will den nicht«, meinte Max. Er schluckte den letzten Bissen seines Kanapees hinunter und goss sogleich einen großen Schluck Champagner nach. Na bravo. Thorsten war nicht ganz dicht. Man war also offenbar auch als Schwerreicher nicht gegen einen seelischen Absturz immun. Max hatte es bereits geahnt, als er ihnen letztes Mal das Filmchen über das Universum gezeigt hatte. Das änderte natürlich alles. Auch bezüglich der Causa Höfner. Oder war Bruno ebenfalls davon überzeugt gewesen, dass es mit dem Shuttle wirklich ab ins Weltall ging? Logisch. Musste ja so sein, sonst hätte er die Kopien doch nicht so aufwendig versteckt. Und wahrscheinlich war er nicht der Einzige gewesen. Herrgott, ein echter Scheißfall. Alle fünf Minuten war alles anders. Eigentlich wollte man doch bloß in aller Ruhe ein paar Hochzeitsvorbereitungen treffen und gegebenenfalls mit guten Freunden ein Glas Bier trinken. Das hier war doch alles viel zu durchgeknallt. Da blickte doch kein Schwein mehr durch. Aber wirklich.

Thorsten kam zurück. »Entschuldigung, Leute. Das konnte nicht warten. Ein geschäftlicher Anruf.« Er schnappte sich ein Lachsbrot.

»Die Brotzeit ist wirklich vom Feinsten, Thorsten«, bemerkte Max, der inzwischen bereits beim fünften Kaviarbrot angelangt war. Als Nächstes würde er auch eins von den Lachsbrötchen probieren. Fisch war gesund und insbesondere der Lachs auch noch voller wertvoller Fettsäuren. Das hatten Franz' Diätberaterin und Ehefrau Sandra neulich zumindest behauptet. War das nicht bei dem Frühstück in Josefs Villa gewesen? Doch, doch. Genau. Egal. War jetzt nicht wichtig.

Er musterte Thorsten verstohlen und musste unvermittelt an den alten Schlager von Daisy Door aus den 70ern denken: ›Du lebst in deiner Welt‹. Er hatte den Titel damals in der deutschen Krimiserieserie ›Der Kommissar‹ gehört, und der Text hatte ihn mitten ins Herz getroffen. Obwohl er nie Schlagerfan gewesen war. Thorsten lebte also in seiner eigenen Welt, die mit der Realität nur rein äußerlich zu tun hatte. Aber taten wir das nicht alle? Jeder auf seine Art? Wer von uns befand sich schon ununterbrochen völlig objektiv im Hier und Jetzt? Außerdem sah man ihm die Meise unter seinem Pony gar nicht an. Er wirkte völlig normal. Hatte Judy wirklich die Wahrheit gesagt, was ihn betraf?

Max lief hinaus, um Brunos Kopien aus dem Auto zu holen, die er dort heute Morgen im Handschuhfach deponiert hatte. Er musste sie Thorsten unbedingt sofort zeigen. Musste wissen, ob sie mit dem Bau seines Raumschiffes zusammenhingen.

Wenig später war er damit zurück bei den anderen.

»Thorsten, würdest du dir das bitte mal ansehen?« Er winkte ihren Gastgeber herbei. »Sind das deine Unterlagen?«

»Ja, eindeutig«, erwiderte der, nachdem er die Formeln auf der ersten Seite überflogen hatte. »Woher hast du sie? Sind das die Kopien von Bruno?«

»Ja. Bist du sicher, dass sie von dir sind?«

Konnte man einem offensichtlich Geistesgestörten glauben?

»Absolut. Wann mag er die nur gestohlen haben? Sie liegen normalerweise immer gut verschlossen im Safe.« Thorsten schüttelte nachdenklich den Kopf.

»Es sind Handyaufnahmen.«

»Ach so. Dann kann er sie höchstens gemacht haben, als sie einmal außerhalb des Safes liegengeblieben waren. Vielleicht hier in der Bibliothek. Das passiert mir schon mal. Nobody is perfect.«

»Oh, Daddy. Mein Schuld. Ich haben sie neulich vergessen auf die Tisch hier. I remember now.« Judy zeigte auf den gläsernen Couchtisch, auf dem sich momentan nach wie vor etliche der wohl besten Kanapees der Welt stapelten.

»Was wolltest du denn damit, Darling?«

»Nichts. Du haben ihnen gelesen und dann du bist weggefahren ohne ihnen aufräumen … und ich auch habe ihnen vergessen in die Safe zu … äh, legen.«

»Und Bruno war im Haus?«

»Yes. Mit mir.«

»Was? Du und Bruno?« Thorsten runzelte überrascht die Stirn.

»Nur einmal. Du waren in Hamburg.« Sie sah beschämt zu Boden.

Da schau her, also war doch etwas zwischen ihr und dem Gärtner gewesen. Wusste ich's doch, stellte Max fest. Ich habe es mir schon beim letzten Mal fast gedacht. Ihre Augen haben sie verraten, als sie über ihn sprach. Sie hat also auf jeden Fall klar gelogen, als sie sagte, sie hätte ihn nur flüchtig gekannt. Und sie hat auch schon beim Frühstück nach der Walpurgisnacht gelogen, was Bruno betraf.

Wahrscheinlich ist ihr die kleine Affäre sauber peinlich. Oder war es doch etwas Ernsteres mit ihm gewesen? Herrje. Ich hätte sie von Anfang an richtig in die Zange nehmen sollen, dann wäre ich womöglich längst viel weiter. Auf jeden Fall scheint sie generell Spaß an ihren Fortpflanzungsübungen zu haben.

»Na gut. Ist auch egal.« Thorsten machte eine wegwischende Handbewegung. »Auf jeden Fall wissen wir jetzt, dass Bruno die Papiere fotografiert haben muss. Aber er hat mich, wie gesagt, nie damit erpresst. Das schwöre ich bei allem, was mir heilig ist.«

»Hast du gesehen, wie er sie fotografiert hat, Judy?« Max kam das alles auf einmal höchst unwahrscheinlich vor. Bruno war angeblich nur einmal mit ihr im Haus gewesen. Und dabei sollte er zufällig Thorstens Papiere entdeckt haben, von denen er sofort wusste, dass es sich um etwas Wichtiges handelte? Der alte Schwerenöter hatte doch sicher ganz andere Sachen im Kopf gehabt, wenn ihm die ausnehmend hübsche junge Dame des Hauses schon einmal Einlass gewährte.

»Nein. No.«

»Dann wissen wir auch nicht, ob er es wirklich getan hat.« Max blickte ernst in die Runde. »Es kann auch jemand anderes gewesen sein.«

»Stimmt«, pflichtete ihm Thorsten bei.

»Na gut. Einen Versuch war's wert. Auf jeden Fall wissen wir aber jetzt, dass es deine Papiere sind, hinter denen der Mörder der Höfners höchstwahrscheinlich her ist.«

»Fragt sich bloß noch, warum?« Thorsten nahm sich ein Lachsbrötchen vom Teller und goss Champagner in sein Glas.

»Vielleicht will *er* dich damit erpressen.«

»Dann muss er sich aber beeilen. Sonst bin ich nicht mehr hier.« Der Raumfahrer in spe lachte laut.

So einer wie Thorsten sollte in einer Traumwelt leben? Kaum zu glauben. Der Mann hatte einen schärferen Verstand als so manch anderer, der sich selbst als Realist bezeichnete. Dennoch schien er ab und zu ein zerstreuter Professor zu sein und Dinge liegen zu lassen, die man besser nicht liegen ließ.

»Es ist also öfter mal vorgekommen, dass dein Daddy vergaß, wichtige Papiere in den Safe zurückzulegen. Stimmt's, Judy?«

»Yes. Er haben das doch gesagt.«

»Ich weiß. Und waren zu diesen Zeiten ebenfalls Fremde im Haus?«

»Ich nix wissen.«

»Bestimmt war es so, Judy. Hier tanzen doch andauernd irgendwelche Freunde von dir herum. Ich habe keine. Außer Max und Josef natürlich.«

Thorsten grinste die beiden verschmitzt an. Dann trank er einen großen Schluck Champagner.

»Okay. Maybe.«

»Aber an einen genauen Vorfall wie den mit Bruno kannst du dich nicht erinnern? You don't remember exactly?«

»Nein. Sorry.« Judy schüttelte langsam den Kopf.

Merkwürdig. Auf einmal wusste sie von nichts mehr. Log sie erneut? Versuchte sie, jemanden zu decken? An die Sache mit Bruno hatte sie sich doch auch genauestens erinnert. Na ja. Aber auch erst, nachdem sie zweimal diesbezüglich gelogen hatte. War sie, was Bruno betraf, etwa nur so offen, weil der schon tot war und ihm sowieso nichts mehr passieren konnte?

»Okay. Schade.« Max verstaute die Kopien in der Innentasche seiner schwarzen Lederjacke.

»Und? Was sagt ihr nun, Max und Josef? Seid ihr alle beide dabei, wenn wir bald abheben?« Thorsten klang fröhlich und aufgeräumt. Er schien bester Dinge zu sein.

»Ich sag es mal so«, erwiderte Max. »Bevor ich meinen Mordfall nicht gelöst habe, kann ich hier auf keinen Fall weg. Danach geht es dann erst mal ans Heiraten. Und was Moni und ich nach den Flitterwochen machen, steht noch in den Sternen.«

»Aber ihr könnt doch auch auf der Kepler heiraten. Ich als Kapitän darf offiziell Trauungen vornehmen.«

»Ach wirklich?« Max' Lächeln gefror zu einer künstlichen Grimasse. Herrschaftszeiten, hört das denn gar nicht mehr auf, fluchte er inwendig. Allerhöchste Zeit, dass ich aus der kranken Nummer hier wieder rauskomme.

»Also, ich täte schon mitkommen. Habe ich ja letztes Mal schon gesagt.« Josef grinste Thorsten an, danach Judy, dann Max.

War der Stirner jetzt endgültig auch gaga? Hatte er denn immer noch nicht geschnallt, dass das alles hier bloß ein aufgeblasener sinnloser Schmarrn war? Er musste Judy gerade doch genauso gut zugehört haben wie Max. Oder wollte er ihrem Gastgeber bloß nicht seine Illusionen nehmen? Zuzutrauen wäre es ihm.

»Wie dem auch sei. Ich möchte euch nun noch etwas ganz Besonderes zeigen«, fuhr Thorsten fort.

Etwas ganz Besonderes? Hatte das Raumschiff noch nicht gereicht? Obwohl es natürlich nicht flog. Was hatte er denn jetzt noch in petto?

»Kommt bitte mit mir in die Kühlkammer.« Thorsten

ging gar nicht weiter auf Max' Zögern ein. Ihm schien auf seltsame Weise klar zu sein, dass der sich am Ende sowieso fürs Mitkommen entscheiden würde.

»In die Kühlkammer? Gibt es japanisches Rindfleisch für jeden?«, witzelte Max.

»Wartet es ab.« Ihr Gastgeber und Raumschiffkapitän in spe tat weiterhin geheimnisvoll.

Die Kühlkammer befand sich im Keller. Als sie vor der großen Stahltür ankamen, gab Thorsten einen Pin-Code in das Zahlenschloss daneben ein. Kurz darauf öffnete sich das Portal ruckartig. Eisige Dampfwolken schlugen ihnen entgegen.

»Kommt rein und staunt, Leute.«

Thorsten zeigte mit der Hand auf ein riesiges Stahlregal. Es hatte an die 30 Fächer pro ein Meter breitem Feld, reichte bis zur Decke des überdimensionalen Kühlschrankes, in dem sie gerade standen und zog sich über alle vier Wände hin. Nur die Tür blieb davon ausgespart. Jedes der Fächer war bis zum Rand mit verschlossenen Reagenzgläsern in Reagenzglashaltern à 20 Stück gefüllt. Die Deckel der Reagenzgläser waren bunt, jeweils eine andere Farbe pro Feld.

»Was ist denn das? Künstliche Viren? Biologische Waffen? Antibiotika?« Max fasste sich baff vor Staunen an den Kopf.

»Nichts von alledem. Das hier sind Stammzellen unserer Tier- und Pflanzenwelt.« Thorsten grinste stolz.

»Du meinst, daraus kann man Tiere und Blumen klonen?« Max hatte darüber in der Zeitung gelesen und Berichte im Fernsehen gesehen. Aber richtig vorstellen konnte er sich das mit dem künstlichen Leben aus der Retorte heute noch nicht.

»Jede bekannte Tierart und die wichtigsten Bäume, Moose, Blumen, Gräser und Sträucher. Jawohl. Das hättet ihr nicht gedacht, was?« Thorsten grinste noch ein Stück stolzer.

»Auf gar keinen Fall«, kam es von Max zurück. Er war durchaus beeindruckt. »Aber wozu brauchst du die alle? Ich denke, du suchst einen bewohnbaren Planeten.«

»Genau«, fügte Josef hinzu. Wohl einfach nur, damit er auch mal wieder etwas sagte.

»Man will sich doch auch zu Hause fühlen in der Fremde. Oder etwa nicht? Ihr seht, ich habe an alles gedacht.«

»Schaut so aus, Thorsten.« Max pfiff anerkennend durch die Zähne. Eine moderne Arche Noah. Nur dass dein Antrieb nicht funktioniert, hast du vergessen, dachte er weiter. Oder lügt Judy, was das betrifft? Steckt sie am Ende sogar in den Mordsachen Höfner und Irmi Randstetter mit drin? Weiß man's? Knifflig. Ja, der Wahnsinn! Will der Typ doch glatt mit der gesamten Erde nebst Bewohnern im Gepäck verreisen. Allein schon die Planung verdient Respekt. Auch wenn er angeblich spinnt.

»Aber wenn du schon alle Tierarten dabei hast, dann nimmst du doch sicher auch eine ausgesuchte Samenbank mit. Was haben Josef und ich dann als Arterhalter noch zu tun?« Max grinste in Josefs Richtung.

Der schüttelte entschieden den Kopf. »Was du da sollst, frag ich mich auch, Max«, meinte er breit zurückgrinsend. »Aber wozu ich dabei bin, weiß ich genau.« Er strich Judy, die direkt neben ihm stand, mit einer zarten Geste über das Haar.

Der Stirner ist doch nicht ganz dicht. Glaubt der immer noch, dass er ins All fliegt? Was muss man dem eigentlich noch alles verklickern, dass er endlich kapiert, dass er hier auf unserer schönen Erde bleiben muss? Gemeinsam mit der guten alten Umweltverschmutzung, knapp werdenden Ressourcen, abschmelzenden Gletschern und Polkappen und einer immer kleineren immer reicheren Oberschicht bei den Menschen. Es gibt kein Entrinnen, auch wenn's noch so schön wäre.

»Also gut. Das mit Judy war nur ein Scherz. Ich möchte einfach ein paar zuverlässige Freunde dabei haben«, erwiderte Thorsten milde lächelnd. »Wie man deutlich sehen kann, bin ich nicht mehr der Jüngste, und ein Spaziergang wird das Ganze nicht. Da bin ich mir ziemlich sicher.«

»Logisch. Wird ja auch ein Flug zu den Sternen.« Max lachte. Bietet seine eigene Tochter nur so zum Spaß feil. Einen komischen Humor hat der Bursche schon.

»All zu lange sollten wir auch nicht mehr damit warten. Der Untergang ist nah!«

Thorstens letzte Bemerkung kam Max irgendwie bekannt vor. Richtig. Das war doch normalerweise der Text der alten Rosi.

33

»Ist denn schon wieder Fasching?«

Max staunte nicht schlecht, als er um kurz nach 18 Uhr gemeinsam mit Josef und den beiden Ahlbecks den Alten

Wirt betrat. Gut 100 verkleidete Gäste hatten sich zu der geschlossenen Gesellschaft, die am Eingang angeschrieben gewesen war, eingefunden. Max erkannte einige der Mechaniker und Wissenschaftler aus der Fertigungshalle auf Thorstens Grundstück wieder. Natürlich war Marianne da. Aber auch Hias, die alte Rosi und einige andere, die Max hier draußen während seiner Ermittlungen kennengelernt hatte, saßen an alle Tische verteilt und plauderten munter miteinander. Sobald sie Max, Josef und die Ahlbecks erblickten, verstummten sie.

»Hallo, Leute. Schön, euch zu sehen!«, rief Thorsten ihnen über Max' Kopf hinweg von der Tür aus zu.

»Hallo, Thorsten!«, erschallte es im Chor zurück.

Dann kehrte wieder absolute Stille ein.

Wie eine Schulklasse auf dem Maskenball. Max schaute neugierig von einem zum anderen. Wieso trugen denn alle diese seltsamen Kostüme? Hias zum Beispiel hatte einen Taucheranzug an. Marianne war in einen glitzernden rosafarbenen Overall geschlüpft. Andere wiederum zeigten sich in hautengen Jogging- und sonstigen Sportanzügen sowie Skioveralls unterschiedlichster Couleur. Da schau her, Doktor Strohmeier aus dem Harlachinger Krankenhaus war ebenfalls gekommen. Ganz in Weiß, wie es sich für einen Arzt gehörte, und mit Gattin, wie es den Anschein hatte. Sogar die alte Rosi hatte sich fesch gemacht. Sie trug einen schwarzen Hosenanzug, und auf ihrem Kopf wackelten, wie bei einigen anderen auch, zwei lange silberne Antennen. Alle Gäste trugen Plastiküberzieher über den Schuhen. War das hier alles eine Art Neufassung der Rocky Horror Show? Würde sich gleich der Regisseur zu erkennen geben?

»Lieber Max, lieber Josef«, ergriff Thorsten erneut das Wort. »Herzlich willkommen zu unserer Machtlfinger Space-Night!«

Tosender Applaus folgte, immer wieder unterbrochen von rhythmischen Thorstenrufen. Bis dieser die Hand hob und damit erneut schlagartig Schweigen eintrat. Eins war auf jeden Fall schon mal klar: Er schien hier im Moment eindeutig der Chef im Ring zu sein.

»Und jetzt, liebe Freunde«, sprach er weiter. »Jetzt bleibt mir nur noch eins zu sagen: Feiern wir gemeinsam den Abschied!«

Der darauffolgende Applaus nahm die Lautstärke eines startenden Düsenjets an.

Max stutzte. Das war doch langsam alles nur noch total crazy. Machtlfinger Space-Night? Waren das etwa doch Außerirdische hier? Würden Josef und er von ihnen entführt werden? Hatte jemand Drogen in die Kanapees bei den Ahlbecks gemischt? War das mit Thorstens Realitätsverlust am Ende ansteckend? Er schüttelte heftig den Kopf und hoffte, dass er sich den ganzen Wahnsinn hier nur einbildete. Aber was wäre dann? Irgendwer musste ihn dann auf jeden Fall ins Krankenhaus bringen, damit man ihm dort eine Beruhigungsspritze verpasste.

»Na, was sagst du jetzt?«, riss ihn Thorsten aus seinen wirren Gedanken, nachdem die Umsitzenden ihre Tischgespräche wieder aufgenommen hatten.

»Keine Ahnung. Was soll das Ganze?« Max schüttelte achselzuckend den Kopf.

»Das ist eine Abschiedsparty.«

»Hast du gerade schon gesagt. Wer wird denn verabschiedet?«

»Na wir alle.«

»Wir alle?«

»Logisch.«

»Moment mal, Thorsten. Ich steh da im Moment wohl irgendwie auf dem Schlauch. Du meinst, wir verabschieden uns alle? Von wem denn?«

»Von der Erde.«

»Aha. Und wieso? Ich denke, es dauert noch eine Weile, bis du deinen Raketenantrieb fertig hast.«

»Das war gelogen.« Thorsten grinste schelmisch.

»Ach wirklich? Und wann soll's ungelogen losgehen?«

»Sehr bald.«

»Na super! Hoffentlich kann ich meine Moni dann schon mitnehmen.« Mach das Spielchen mit, Raintaler. Sonst läuft der Typ am Ende noch Amok. Bei Verrückten kann man nie genau wissen, was als Nächstes kommt.

»Sicher kannst du das. Rudolf Strohmeier hat mir versprochen, dass sie spätestens zum Start wieder fit ist. Außerdem kommt er mit und sorgt für sie. Irre, was?« Thorsten strahlte wie ein Honigkuchenpferd auf Sommerurlaub.

»Total irre. Gibt es auch Bier bei dieser Party hier? Ich brauch dringend eins. Hab schon Risse im Gesicht.« Max fuhr sich mit der Zunge über die rauen Lippen.

»Ich auch«, mischte sich Josef ins Gespräch.

»Na klar. Hinter dem Tresen haben wir Holzfässer mit Andechser Bergbock. Noch Fragen offen?« Thorstens strahlender Blick wirkte fast grimassenhaft.

Wenn er nicht aufpasst, bekommt er zu seinem schleichenden Realitätsverlust auch noch eine Gesichtslähmung, sagte sich Max, während er zum Tresen hinüberging. Dort nahm er zwei Halbegläser für sich und Josef von der Spüle und schenkte ihnen ein.

Abba erklang. Da wird sich unser Stirnerbub aber freuen, dachte er. Noch im selben Moment blickte er kopfschüttelnd zu Josef hinüber, der gleich nach dem ersten Takt angefangen hatte, mit Judy das Tanzbein zu schwingen.

Er ließ das volle Bier für seinen beschäftigten Freund stehen und gesellte sich zu zwei vielleicht 30 Jahre alten Frauen mit angeklebten Spockohren und knallroten Miniröcken.

»Na, kommt ihr mit?«, fragte er leutselig.

»Wohin?«, wollte die kleinere von beiden mit einem misstrauischen Seitenblick auf ihn wissen.

»In die neue Welt natürlich.«

»Ach so. Klar. Thorsten zahlt alles, sagt Judy.«

Ihr werdet euch noch umschauen. Wie wollt ihr denn überhaupt dort hinkommen?, fragte er lautlos. Mit Thorstens Raumschiff? Lachhaft. Außerdem hätten darin, selbst wenn es fliegen könnte, höchstens zehn Leute Platz und nicht 100. Und wer sollte denn die Unterkünfte bauen auf dieser neuen Welt? Ach ja, richtig. Thorsten zahlte alles! Auch die Bauarbeiter, die auf dem neuen Planeten bloß auf zehn dahergeflogene Erdenkaschperln und ihre buntbedruckten Geldscheine warteten? Wer würde für das Essen sorgen? Und wer sollte euch vor den wilden Tieren dort beschützen? Oder bastelte Thorsten an weiteren Raumgleitern? Zuzutrauen war es ihm.

»Also alles ein lebenslanger Urlaub?«, sagte er.

»Logisch. Juhu!«

Alle beide hoben die Arme in die Höhe und begannen zu hüpfen und zu kreischen.

Die alte Rosi näherte sich ihnen. Als sie vor ihm anhielt, lächelte sie und drückte ihm ein Handy in die Hand.

»Für mich?«, fragte er verwirrt.

»Es gehört deinem Freund.«

»Welchem.«

»Dem kleinen Dicken vom Maifeuer.«

»Franzis Handy? Wo hast du es her?« Und wieso kannst du auf einmal ganz normal reden? Merkwürdig.

»Es lag auf der Wiese.«

»Wieso habt ihr euch eigentlich alle verkleidet?« Er deutete auf die wackelnden silbernen Antennen auf ihrem Kopf.

»Judy wollte, dass alle in ihrer liebsten Weltraumverkleidung kommen.«

»Und wieso?«

»Weil Thorsten es sich so gewünscht hat.« Sie zuckte arglos mit den Schultern.

»Und ihr macht alle, was sich Thorsten wünscht?«

»Ja. Der Untergang ist nah.«

Sie lächelte geheimnisvoll, drehte sich um und verschwand genauso schnell, wie sie gekommen war.

Nur ein Augenzwinkern später fand sich Josef neben ihm ein. »Trinkst du immer allein?«

»Dein Bier wartet da drüben.« Max zeigte auf das volle Glas, das er zwei Meter hinter sich auf dem Tresen stehen gelassen hatte. Josef holte es sich. Dann stießen sie miteinander an.

»Wo ist Judy?«, erkundigte sich Max.

»Sie musste kurz raus. Mit einer Freundin telefonieren.«

»Bist du schwer verliebt?«

»Schon.«

»Aber den Schmarrn mit dem Raumschiff glaubst du nicht wirklich, oder?«

»Ein reines Museumsstück, sagt Judy.«

Na also. Josef war doch nicht von allen guten Geistern verlassen. Gott sei Dank.

»Und die Leute, die daran arbeiten?«

»Alles bezahlte Schauspieler und Arbeitslose, sagt Judy. Genau wie hier. Sie hat das alles bloß inszeniert, damit ihr alter Herr ein bisserl Freude hat.«

Josef trank einen Schluck und zeigte anschließend mit dem Glas ins Lokal.

»Du meinst, die … sind alle bezahlt, damit sie bei Thorstens Wahnvorstellungen mitmachen? Rosi auch?« Max kratzte sich überrascht am Kopf. Also bin ich doch nicht verrückt. Gott sei Dank. Ich hatte diesbezüglich fast schon ein paar kleine Zweifel. Nur fast natürlich. Logisch, bin ja nicht ganz blöd.

»Rosi auch. Die kriegen alle einen Haufen Schotter, Essen und Freibier bis zum Abwinken dafür. Was hast du denn gedacht? Wer glaubt denn heutzutage schon an Raumschiffe, die Lichtjahre weit fliegen können.«

»Du hast vorhin bei Thorsten zumindest den Eindruck gemacht.«

»Alles Schmarrn. Ich tue Judy bloß einen Gefallen.«

»Unbezahlt?«

»Logisch.«

»Der Hammer.« Max stand eine Weile lang nur noch sprachlos staunend da. »Ich geh mal raus. Mit Moni telefonieren«, fuhr er dann fort. »Stell dir vor, sie hat gemeint, dass sie mich heiraten will.« Er grinste glücklich über den Rand seines Bierglases hinweg.

»Dich? Das sollte sie sich aber besser noch mal gründlich überlegen.« Josef grinste auch. Eher dreckfrech als glücklich.

»Depp. Bis gleich.«

Beide lachten. Max ging hinaus.

34

Als er sich auf den Weg zu seinem geliehenen Auto machte, um sich bequem zum Telefonieren hineinzusetzen, vernahm er hinter einem mannshohen Gebüsch eine Stimme, die ihm bekannt vorkam.

»Du waren das?«

Judy. Sie unterhielt sich offenbar mit jemandem. Wollte sie nicht eine Freundin anrufen? Egal. Was ging es ihn an? Er marschierte weiter.

»Aber ich habe es doch für uns beide getan«, erwiderte eine junge Männerstimme, die Max ebenfalls bekannt vorkam.

Seine berufsbedingte Neugierde siegte nun doch. Vorsichtig schlich er um das Gebüsch herum, um den Kerl zu erkennen, der mit ihr sprach. Herrje. War das nicht dieser arrogante Kleiber? Na sauber. Hoffentlich wusste Josef, auf was er sich mit der verzogenen Göre einließ.

Schadenfroh grinsend spazierte er zu seinem Auto, setzte sich hinein und wählte die Nummer von Monikas Zimmer im Harlachinger Krankenhaus.

»Hast du das heute Nachmittag wirklich ernst gemeint?«, fragte er, sobald sie sich meldete.

»Todernst.«

»Geschworen?«

»Geschworen.«

»Ich liebe dich.«

»Ich dich auch.«

»Gute Nacht.«

»Gute Nacht, Max.«

Wie die Teenager, dachte er, während er auflegte. Weil das Handy gerade schon einmal eingeschaltet war und er noch keine Lust hatte, zu den Verrückten im Alten Wirt zurückzukehren, sah er sich die Liste der Stuttgarter Edelsportwagen, die Franz ihm heute Mittag geschickt hatte, jetzt einmal etwas genauer an. Da schau her. Kleiber junior fuhr auch einen schwarzen Porsche. Wahrscheinlich vom reichen Bürgermeisterpapi gesponsert. Wie sollte er sich die Nobelkarosse auch von seinem Polizistengehalt leisten können? Völlig unmöglich. Tja, so ein reicher Papi hatte seine Vorteile. Eindeutig. Max hätte auch gerne einen gehabt. Aber er wollte nicht meckern. Er hatte bis zum Tod seiner Eltern immer viel Liebe von ihnen bekommen und immer genug zu essen gehabt. Das war auch was wert. Er steckte sein Handy ein und machte sich auf den Rückweg.

»Und dann machst du mit diesem Arschloch Bruno rum, und dein Vater will mich auf einmal nicht mehr auf diese ferne Welt mitnehmen. Dabei liebe ich dich doch.«

Die beiden waren offenbar noch nicht fertig mit ihrem Gespräch. Aber was wusste Kleiber von Thorstens Reiseplänen? Und seit wann glaubte er an ferne Welten? Er hatte Bruno Höfner doch immer nur als UFO-Spinner abgetan.

Da fragst du noch, Raintaler? Offensichtlich hat er was mit Judy. Und das nicht erst seit gestern. Sieht doch ein Blinder. Wenn einer richtig verliebt ist, glaubt er an alles Mögliche. Auch an Dinge, an die er vorher nicht geglaubt hat. Das weiß doch jeder.

»Aber es geben keinen ferne Welt. Warum du nicht verstehen?« Judy klang ungeduldig.

Weinte sie? Max meinte, das dafür typische Zittern in ihrer Stimme vernommen zu haben.

»Natürlich gibt es sie. Und wir fliegen gemeinsam dorthin. Schau mir in die Augen, Kleines.«

Was sollte Kleibers Bemerkung wegen Judy und Bruno gerade? Sie hatte doch nur einmal etwas mit Höfner gehabt. Hatte sie zumindest behauptet. War da etwa doch mehr gewesen? War Kleiber auf Bruno eifersüchtig gewesen? Offensichtlich. Es klang zumindest danach. Moment mal. Hatte er eben nicht ›Schau mir in die Augen, Kleines‹ gesagt? Logisch, er hatte doch immer wieder solche Filmzitate drauf, als Max mit ihm zu tun gehabt hatte: ›Ich komme wieder‹ oder ›Hasta La Vista‹ zum Beispiel. Arnold Schwarzenegger als Terminator. Kannte man ja. Noch mal Moment mal. Die Drohbotschaft auf Max' Anrufbeantworter war doch auch ein Filmzitat gewesen. Ein aufgenommenes zwar, aber ein Filmzitat. Hier roch doch etwas eindeutig oberfaul.

Max' Gehirnzellen liefen auf Hochtouren. Hatte Kleiber Bruno etwa aus Eifersucht umgebracht? Und Ruth hatte er ebenfalls aus blinder Eifersucht auf dem Gewissen, weil sie mit Bruno zusammengewesen waren? Sippenhaft eines Wahnsinnigen? War es mit Brunos Kurzgeliebter, Irmi, dasselbe gewesen? War Kleiber Herbert

Schneiders Auftraggeber gewesen? Und das Attentat auf Max' Auto und Frau Bauer? Hatte das auch er zu verantworten? Beide Male war ein schwarzer Porsche gesehen worden. Er fuhr einen.

Aber wieso hatte er Judy verschont? Eifersuchtswahn schien also doch eher nicht sein Motiv gewesen zu sein. Sonst hätte er sie in seiner Raserei sicher auch umgebracht. Egal. Irgendwelche Gründe würde er schon gehabt haben. Hauptsache, Max hatte endlich eine heiße Spur. Hatte Kleiber vielleicht etwas von Brunos Kopien gewusst? Lag da der Schlüssel zu allem begraben? Über Thorstens Raumschiff wusste er auf jeden Fall Bescheid. Mist. Wie konnte er den Kerl nur zum Reden bringen? Kein Staatsanwalt der Welt würde aufgrund von wilden Vermutungen und ein oder zwei vagen Indizien einen Prozess ins Rollen bringen.

Er folgte einer spontanen Eingebung und lief leise zu seinem Auto zurück. Dort rief er Franz an.

»Franzi, bitte schick mir die Handynummer von diesem Ewald Kleiber aus der Starnberger Inspektion. Ich brauche sie dringend und sofort.«

»Na gut. Bekommst du gleich. Und sonst?«

»Wenn du meinen Haupttatverdächtigen an den Morden von Irmi Randstetter sowie Ruth und Bruno Höfner mitnehmen willst, setzt du dich am besten in deinen Dienstwagen und bist pünktlich in einer Stunde um kurz vor 20:00 Uhr hinter dem Alten Wirt in Machtlfing. Ich verabrede mich dort mit dem Kerl. Wenn er hinkommt, ist das so gut wie ein Geständnis. Bring deine Leute mit.«

»Wir sind unterwegs.«

Sie legten auf. Max wartete, bis Franz die SMS mit Kleibers Handynummer schickte. Dann rief er den arroganten Polizeiobermeister an. Seine eigene Rufnummer unterdrückte er dabei natürlich.

»Kleiber.«

»Ich weiß Bescheid über Irmi und die Höfners«, flüsterte Max mit verstellter Stimme. »Heute Abend um Punkt acht hinter dem Alten Wirt in Machtlfing. Bring 100.000 Euro mit, sonst gehst du für deine Morde in den Bau.« Dann legte er auf.

Keine zwei Minuten später hörte er einen Porschemotor aufheulen. Er ging zurück auf die Party.

Als er zur Tür hereinkam, sah er Judy aufgelöst an der Bar stehen. Josef war bei ihr und tröstete sie. Er eilte zu ihnen hinüber.

»Was war da draußen los, Judy?«, erkundigte er sich mit strengem Exkommissartonfall. »Und jetzt will ich nur die Wahrheit hören. Sonst nichts. No lies! Okay?«

»Hey, hey, hey! Geht das nicht ein bisschen freundlicher?« Josef stellte sich zwischen sie.

»Nein. Dafür ist die Sache zu ernst. Geh mir aus dem Weg.« Max starrte seinen Freund und Mannschaftskollegen an, als würde er ihm jeden Moment den Kopf abreißen.

»Na gut. Aber besonders nett ist das wirklich nicht.« Josef wich der drohenden Gewalt.

»Es geht um Mord. Da bin ich nun mal nicht nett. Also was war da draußen mit Kleiber?« Max wandte sich erneut an Judy.

»Er … er sind … crazy«, stammelte sie unter Tränen. »Er sagen, er haben Bruno gekillt. Wegen mich und dem Unterlagen von Daddy's Space Shuttle.« Sie blickte hilflos zu Max auf. »Wir mussen dem Polizei holen.«

»Dachte ich's mir doch.« Max schlug sich mit der rechten Faust in die linke Handfläche. Mehr brauchte er im Moment gar nicht zu wissen. »Passt auf, ihr zwei. Zu keinem ein Wort.« Er drehte sich einmal vollständig um die eigene Achse, um sicherzugehen, dass sie von niemandem belauscht wurden. »Judy, dein Handy. Her damit. Josef, pass gut auf sie auf. Sie darf auf keinen Fall telefonieren. Darf Kleiber nicht warnen. Na ja. Macht sie wohl eh nicht, so wie sie drauf ist. Aber egal. Auf jeden Fall totale Nachrichtensperre. Hamma uns?«

Na also. Eine Zeugin gab es auf jeden Fall schon mal. Fehlte nur noch, dass Kleiber um 20:00 Uhr hinter dem Lokal antanzte und sich damit selbst überführte.

35

Franz traf um 20 vor acht ein. Er hatte zwei Einsatzwagen im Schlepptau, bis unters Dach voll mit vermummten SEKlern.

»Warum hast du nicht gleich eine Armee mitgebracht?«, begrüßte ihn Max kopfschüttelnd, während die Einsatzkräfte sich im Gras und hinter den Bäumen und Büschen auf der Rückseite des Lokals verteilten.

»Wenn es um einen dreifachen Mörder geht, wie du angedeutet hast, habe ich gerne Verstärkung dabei.« Franz zog seine eigene Dienstwaffe aus dem Achselholster und überprüfte sie. »Keine Angst. Die Jungs vom Sondereinsatzkommando sind mindestens genauso professionell wie wir.«

»Versteckt wenigstens die Einsatzwagen. Wenn der Bursche sie sieht, haut er doch gleich wieder ab.«

»Nur die Ruhe. Hatte ich eh vor. Bin ja auch nicht ganz blöd.«

Franz gab entsprechende Direktiven.

»Wie bist du überhaupt auf den Burschen gekommen?«, fuhr er dann wieder an Max gewandt fort.

»Ich habe ihn zufällig mit seiner Freundin belauscht und eins und eins zusammengezählt. Allerdings wäre ich ihm früher oder später auch so auf die Schliche gekommen. Sein schwarzer Porsche und sein Filmtick haben ihn verraten.«

»Sein Filmtick?«

»Er zitiert andauernd aus Filmen.«

»Ja und? Das ist doch nicht strafbar.«

»Der Drohanruf aus meinem AB war ebenfalls ein Filmzitat, wie du weißt.«

»Jetzt wo du's sagst. Stimmt.« Franz kratzte sich nachdenklich am Kopf. »Aber das reicht doch nicht, um ihn festzunehmen.«

»Und wenn er sich hier gleich selbst entlarvt, weil er auf meinen Erpresseranruf von vorhin eingeht?«

»Beweis ihm das erst mal. Hast du Zeugen für deinen Anruf? Sonst redet der sich doch nur raus, wie er will.«

»Nein. Keine Zeugen für meinen Anruf. Aber ich hab was viel Besseres.«

»Was?«

»Später, Franz. Vertrau mir. Er kommt.« Max zeigte auf die Scheinwerfer, die sich ihnen näherten. Er begab sich langsam zum Haus, während er Franz bedeutete, sich bei den anderen zu verstecken.

Kleiber stieg aus seinem Porsche, nachdem er ihn auf dem Parkplatz abgestellt hatte. Max stellte sich hinter einen Baum und beobachtete ihn dabei, wie er näherkam. Hatte der Kerl eine Waffe in der Hand? Nein, sah nicht so aus. Er führte lediglich einen Aktenkoffer mit sich. Logisch. 100.000 passten nicht ohne Weiteres in eine Brieftasche. Im fahlen Licht, das im Dreimeterradius aus den Toilettenfenstern des Lokals in den hinteren Teil des Gartens fiel, blieb der unsympathische junge Polizeiobermeister stehen und wartete.

Max beobachtete ihn noch eine Weile lang. Dann trat er aus seinem Versteck hervor. »Guten Abend, Kleiber.«

»Sie? Aber was …?«

»Ich weiß alles über Brunos Unterlagen, seinen Tod, Ruths Tod und Irmis Tod«, unterbrach ihn Max. »Ich habe Beweise. Und ich hoffe, Sie haben das Geld dabei.«

»Scheißprivatschnüffler, mieser. Was willst du schon wissen?«

»Na, na, na. Wir wollen doch nicht unhöflich werden. Oder wollen Sie lieber in den Knast? Und denken Sie nicht mal dran, eine Waffe zu ziehen. Ein Freund von mir hat Ihren Kopf genau im Visier.«

»Du bluffst doch bloß.« Kleiber schnaubte verächtlich.

»Wollen Sie es drauf ankommen lassen?«

»Welche Unterlagen meinst du überhaupt?«

Er beißt an, Raintaler. Jetzt bloß nicht nachlassen. »Die hier.« Max zog das Deckblatt von Brunos Kopien aus der Innentasche seiner Lederjacke, das er vorhin im Auto wohlweislich eingesteckt hatte, und reichte es ihm.

»Und was soll das sein?«, fragte Kleiber, während er flüchtig draufblickte. Seine Stimme wackelte. Sein Gesicht versteinerte. Er musste den großgeschriebenen Namen ›Geheimakte Kepler 22b‹ selbst bei der schlechten Beleuchtung hier draußen sofort erkannt haben.

»Pläne für einen Raumflug, bei dem Sie auf jeden Fall nicht dabei sind.«

»Woher willst du das denn wissen, du Arsch? Logisch bin ich dabei. Judy hat es mir versprochen.« Kleiber machte große Augen. Anscheinend war ihm gegen Ende seiner Antwort doch noch aufgegangen, dass er sich gerade gründlich verplappert hatte.

Max grinste nur. Immer das Gleiche. Die Emotionen und der Leichtsinn brachen früher oder später jedem Täter das Genick. Auf selbstgefällige Zeitgenossen wie Kleiber traf dies ganz besonders zu.

»Mussten Bruno und die anderen wegen dieser Papiere sterben?«, hakte er nach.

»Schmarrn. Das war ich nicht.« Kleiber blickte zur Seite. Nicht zu übersehen, dass er log.

»Doch.«

»Dann beweis es mir doch erst mal, du Penner. Vielleicht warst du es ja.« Der überhebliche Bürgermeistersprössling reckte herausfordernd das Kinn nach vorne.

»Sicher nicht. Ich habe in allen drei Fällen ein Alibi.«

»Eben nicht. Ruth Höfner starb, als du in ihrem Haus etwas gesucht hast.« Kleiber grinste hämisch.

»Sie war schon tot, bevor ich reinkam. Aber woher wollen Sie das wissen? Waren Sie da und haben mich gesehen?«

»Äh, nein. Natürlich nicht«, erwiderte Kleiber sichtlich überrascht und wohl auch verärgert darüber, dass er sich erneut verplappert hatte. »Ein Informant hat es mir erzählt.«

»Und wer soll das gewesen sein? Ruths Mörder? Warum haben Sie ihn denn nicht gleich verhaftet?«

»Red doch keine Scheiße, Mann. Du drehst mir doch bloß das Wort im Mund rum. Also gut. Hier ist dein Geld. Ich habe mit der Sache nichts zu tun. Aber ich will nicht, dass mein Vater das von dem Raumschiff erfährt.«

Es sah zwingend so aus, als wollte Kleiber die Sache hier so schnell wie möglich hinter sich bringen.

Der war es, dachte Max. Eindeutig. Wenn nicht, fresse ich einen Besen samt Putzfrau und Eimer.

Kleiber reichte ihm den Aktenkoffer. »Woher weiß ich, dass du nicht noch mehr willst?«, wollte er unterdessen wissen.

»Gar nicht«, erwiderte Max.

Er öffnete den Koffer und überflog die Anzahl der Scheine darin. Dann rief er laut: »Franzi, er gehört euch!«

»Hände hoch, Kleiber!«, ertönte daraufhin Franz' Stimme. »Und dann keine Bewegung mehr. Zwinkern Sie nicht einmal.«

Von allen Seiten kamen die schwarz gekleideten Männer des SEK auf sie zu. Die Waffen im Anschlag.

»Du verdammtes Schwein!«, stieß Kleiber an Max' Adresse hervor. »Du hast mich reingelegt.«

Der hob nur die Brauen und zuckte mit den Achseln. »Kennst du Frau Bauer?«, fragte er dann.

»Frau Bauer? Nie gehört.«

»Aber an mein Auto erinnerst du dich.«

»Sei froh, dass du die Schrottmühle los bist«, plärrte Kleiber. »Ich hab dir doch bloß einen Gefallen getan.«

Max trat nah an ihn heran, holte blitzschnell aus und schlug ihm mit der flachen Hand kräftig ins Gesicht. »Das war für Frau Bauer, die deinen Anschlag Gott sei Dank überlebt hat.«

»Leck mich doch, Arschloch!«

»Er gehört dir, Franzi. Du siehst ja selbst, dass er es war.« Max schüttelte nur mitleidig den Kopf.

»Abführen«, ordnete Franz an.

»Ihr Arschlöcher!«, tobte Kleiber weiter. »Ihr habt keine Ahnung, mit wem ihr euch da einlasst. Mein Vater macht euch alle platt. Jeden Einzelnen von euch.«

Ob er auch so einen happy daddy wie Judy hat, fragte sich Max grimmig grinsend. Sicher nicht. Wahrscheinlich ist seiner sogar ziemlich unhappy über seinen missratenen Spross. Ein mehrfacher Mörder als Sohn eines Bürgermeisters. Das ging ja gar nicht. Was sagten denn da die Wähler? Und die Nachbarn?

»Du wolltest mir vorhin noch was mitteilen«, meinte Franz, sobald Kleiber außer Hörweite war. »Als er hier angefahren kam.«

»Richtig.«

»Und was?«

»Ich habe eine Zeugin. Kleiber hat ihr vorhin den Mord an Bruno Höfner gestanden, sagt sie.«

»Sag das doch gleich.« Franz rieb sich erfreut die Hände. Seine Miene hellte sich deutlich auf.

»Jetzt weißt du's ja. Sie heißt Judy Ahlbeck. Wohnt mit ihrem Vater hier in der Nähe. Josef kennt sie auch. Sogar ziemlich gut.« Max grinste stolz. Wieder mal erfolgreich einen Fall gelöst, Raintaler, sagte er sich. Und ein bisserl Geld gibt es sogar auch noch dafür.

»Wir laden sie vor. Super Arbeit, Max.«

Sie spazierten zu Franzis Wagen hinüber, den er vorhin ganz hinten auf dem Parkplatz abgestellt hatte.

»Sag mal, Max. Wegen meinem Handy …«

»Ja?«

»Hast du es gefunden?«

»Was glaubst du denn?«

»Na ja. Ich weiß nicht. Wohl eher nicht, was?« Franz blickte enttäuscht drein.

»Was wäre denn, wenn es vorhin jemand bei mir abgegeben hätte?«

»Nein. Hör auf. Wirklich? Du hast es? Wo ist es? Sag schon.« Franz blieb stehen und packte ihn an der Schulter.

»Hier.« Max zog das Telefon, das ihm Rosi vorhin auf der Party übergeben hatte, aus der Hosentasche. »Ist das deins?«

»Das ist es. Verdammt noch mal. Das ist es wirklich. Siehst du den kleinen Kratzer da? Es ist mir neulich im Biergarten runtergefallen. Genial.« Franz führte einen kleinen Freudentanz auf. »Wo war es?«

»Keine Ahnung. Rosi hat es mir vorhin gegeben.«

»Welche Rosi?«

»Die alte Rosi.«

»Aha. Egal. Hauptsache, es ist wieder da. Meinst du, dass es noch funktioniert?«

»Bestimmt.« Was hätte Max auch sonst antworten sollen. Ausprobiert hatte er es jedenfalls noch nicht.

Franz schaltete es ein. »Tatsächlich. Der Akku ist sogar noch halbvoll. Saugeil! Da soll noch mal einer was gegen die Finnen sagen.«

»Tut das einer?«

»Nein. Keine Ahnung. Auf jeden Fall vielen Dank für alles, Max.« Franz stieg in seinen Wagen. »Du bist und bleibst einfach ein Ass. Morgen Mittag Verhör?«

»Logisch. Ich bin dabei. Eins hab ich dir übrigens noch gar nicht gesagt. Bruno besaß ein paar Kopien von wichtigen wissenschaftlichen Unterlagen. Zumindest glaubte er wohl, dass sie wichtig waren. Ich glaube, Kleiber hat dasselbe gedacht und ihn nicht nur aus Eifersucht umgebracht.«

»Umso besser. Ein doppeltes Motiv, eine Zeugin und ein Fastgeständnis. Da kann morgen nicht mehr viel anbrennen.«

»Sieht ganz so aus.« Max nickte.

Franz schloss die Tür und startete den Motor. Als er ums Eck verschwunden war, ging Max zur Party zurück. Jetzt hatte er sich ein paar Biere verdient. Soviel war sicher.

36

»So, Herr Kleiber. Dann erzählen Sie uns doch einmal, wo Sie in der Walpurgisnacht waren.«

Franz hatte das Bandgerät eingeschaltet, das bei Verhören immer mitlaufen musste, und blickte seinem Tatverdächtigen neugierig in die Augen.

Max saß daneben und sagte erst einmal gar nichts. Erstens durfte offiziell sowieso nur Franz die Befragung vornehmen. Außerdem zeigte die Erfahrung, dass es die Täter ab und an verunsicherte, wenn ihnen jemand schweigend gegenübersaß. Er hatte gestern auf der Party noch einiges getrunken und gut gegessen. Über den Flug zu den Sternen war nicht mehr geredet worden. Thorsten war wohl der Meinung gewesen, dass diesbezüglich alles gesagt war. Max hatte zum Schluss noch mit Marianne und Judy getanzt. Dann hatte er sich von Thorstens Chauffeur Simon heimfahren lassen. Den Dienstwagen, den Franz ihm geliehen hatte, würde nachher einer seiner Leute auf dem Parkplatz vom Alten Wirt abholen. Das hatte ihm sein alter Freund und Exkollege vorhin versichert.

»Erst mal möchte ich sagen, dass ich mit der Gesamtsituation unzufrieden bin.« Kleiber grinste frech.

»Kenne ich«, erwiderte Franz. »›Der Schuh des Manitu‹ mit Bully Herbig und Christian Tramitz, 2001.«

»Richtig. Respekt.«

»Also gut, Herr Kleiber, Sie haben Ihren Spaß gehabt. Und jetzt zur Sache. Wo waren Sie in der Walpurgisnacht?

»Ich war mit einem Kollegen auf Streife. Wie sich das für einen pflichtbewussten Polizisten gehört.«

Dir wird das Grinsen schon noch vergehen, dachte Max, während er den beiden konzentriert zuhörte. Der Franzi weiß, was er tut.

»Und Sie haben dabei einen Unfall mit Bruno Höfner verursacht. Einen gezielten Unfall.«

»Schmarrn. Ich will einen Anwalt.«

»Den bekommen Sie, Herr Kleiber. Aber ich sag Ihnen eins vorweg: Wenn Sie hier freiwillig gestehen, wird das vom Gericht bei der Zumessung Ihres Strafmaßes berücksichtigt.« Franz klang wie ein väterlicher Freund.

»Nix als Schmarrn. Verarschen kann ich mich selber.« Kleiber verschränkte die Arme vor der Brust und glotzte stur auf den Tisch.

»Reden Sie, Mann. Wir kriegen es doch sowieso raus. Außerdem haben Sie Judy Ahlbeck den Mord an Bruno Höfner gestanden.«

»Die Fotze lügt doch wie gedruckt.«

»Na gut. Dann lassen wir sie ebenfalls inhaftieren.«

»Tut das. Und meinen Alten könnt ihr gleich dazu sperren.«

»Ihren Vater?« Franz' Miene war unbeweglich.

»Richtig. Das eingebildete Arschloch bescheißt doch jeden, wie er will. Von so einem kann man doch bloß so weit wie möglich weg wollen.«

»Nun, wenn Sie gestehen, können wir Ihnen diesbezüglich vielleicht helfen. Eine Hand wäscht die andere. Stimmt's, Max?«

»Stimmt.« Max nickte bedächtig. Dann schoss er seinerseits den nächsten Pfeil ab: »Schade, dass Thorsten Ahlbeck Sie nicht mit nach Kepler 22b nehmen wollte.«

»Ich habe dir schon mal gesagt, dass er mich mitnehmen wollte, Arschloch«, erwiderte Kleiber aufbrausend.

»War es nicht eher so, dass er auf Judys ausdrücklichen Wunsch lieber Bruno mitnehmen sollte? Weil Sie Judy vor vier Wochen mit Ruth Höfner betrogen hatten?« Max ließ sich genauso wenig wie Franz von tobenden Verdächtigen beeindrucken. Schon lang nicht mehr. Judy hatte ihnen vorhin alles aus ihrer Sicht erzählt. Allein ihre Aussage würde ausreichen, den Burschen hier lebenslänglich einfahren zu lassen.

»Schmarrn. Das mit Ruth war bloß ein kleines Intermezzo. Nichts Ernstes. Judy hat es mir längst verziehen. Ich habe sie danach sogar zweimal besucht.«

»Sie hat Ihnen verziehen? Da hat sie uns aber etwas anderes gesagt.«

»Die lügt. Die lügt andauernd.«

Damit hat er wohl nicht ganz unrecht, dachte Max. Aber ob es, speziell das hier betreffend, genauso ist, bleibt zu bezweifeln. »Ist es so, dass Bruno von den geheimen Reiseplänen der Ahlbecks wusste?«

»Keine Ahnung. Bestimmt hat Judy ihm davon erzählt. Außerdem wusste das gesamte Dorf davon.«

»Und die geheimen Kopien, die ich bei ihm zu Hause gefunden habe? Was hat es mit denen auf sich?«

»Ich will einen Anwalt.«

»Darf ich, Franzi?« Max legte seine Hand aufs Bandgerät, sah Franzi fragend an und schaltete es auf dessen Kopfnicken hin ab. »Wir wissen alles«, fuhr er dann an Kleiber gewandt fort. »Und Hauptkommissar Wurmdobler und seine Leute werden es dir anhand von Fingerabdrücken und DNA-Spuren sowieso nachweisen. Du hast nicht die geringste Chance, Burschi. Also mach besser endlich deinen Mund auf oder du sitzt bis zu deinem letzten Atemzug in einer gemütlichen kleinen Zelle. Das gebe ich dir auch gerne schriftlich.« Er lehnte sich wieder in seinem Stuhl zurück.

»Und? Wie schaut's aus?«, hakte Franz bei dem jetzt hektisch lippenkauenden Kleiber nach.

»Wenn ich rede, sperrt ihr meinen Alten dann auch wirklich ein?« Er schien zu begreifen, dass sein Widerstand zwecklos war.

»Wir tun jedenfalls unser Bestes.«

Franz und Max nickten gleichzeitig.

»Na gut. Was wollt ihr wissen?«

Franz schaltete das Bandgerät wieder ein. »Wie ist Bruno Höfner gestorben?«, fragte er dann.

»Ich habe ihn in der Walpurgisnacht getroffen. Er hat mich mit Thorstens Unterlagen erpresst.«

»Wie das denn?« Max hatte Franz zwar vor dem Verhör über alle Zusammenhänge informiert. Aber da er sich sicher war, dass er besser in der Materie drinsteckte, übernahm er erneut das Zepter. Wichtig auf dem Band waren ohnehin lediglich die Antworten des Täters.

»Bruno hatte mich ein paar Tage vorher wieder einmal im Revier aufgesucht, wegen irgend so einer bescheuerten Ufomeldung. Dabei muss er die Unterlagen auf meinem Schreibtisch entdeckt und fotografiert oder kopiert haben, als ich kurz zum Chef musste. Unser Kopierer steht im Flur. Da kann jeder dran.«

»Sie hatten Thorstens geheime Unterlagen?«

»Ja, ich habe sie bei Thorsten zu Hause mit meinem Handy fotografiert. Bei meinem zweiten Besuch bei Judy nach der Sache mit Ruth. Sie lagen da einfach so auf dem Couchtisch herum.«

»Und was wollten Sie damit?« Max fragte, obwohl er die Antwort bereits zu kennen meinte.

»Ich wollte Thorsten damit unter Druck setzen, auf jeden Fall mich statt Bruno mitzunehmen.«

»Hatte Judy Ihnen also doch noch nicht verziehen?«

»Ja. Nein. Ich meine, sie war immer noch sauer auf mich. Ja.« Kleiber blickte zu Boden. Er pulte nervös an seinen Nägeln.

»Wie wollten Sie Thorsten denn unter Druck setzen?

Jeder im Dorf wusste doch ohnehin über seine Pläne Bescheid.«

»Aber die mussten dichthalten. Thorsten und Judy haben sie schließlich gut dafür bezahlt.«

»Wer hat Ihnen denn das erzählt?«

Max und Franz blickten gleichermaßen interessiert drein.

»Judy. Wer sonst? Aber wenn zum Beispiel mehrere Leute und irgendwann die ganze Welt von Thorstens Plänen erfahren hätten, wäre das ein Desaster für ihn gewesen. Er hätte doch niemals alle Menschen mitnehmen können.«

»Nur die Machtlfinger.«

»Genau.«

»Und Sie durften nicht mit, weil Sie Judy mit Ruth Höfner betrogen hatten.«

»Wie schon gesagt. Ja. Sie hat es mir wohl bis heute nicht verziehen. Ausgerechnet sie. Die steigt doch mit jedem ins Bett, der mit dem kleinen Finger winkt.«

Das hätte Josef gerade nicht unbedingt hören müssen, dachte Max, trotz der ernsten Situation amüsiert. Wie war das noch mit den alten Männern, die sich mit jungen Hasen zum Deppen machten?

»Aber noch bevor Sie Thorsten dazu erpressen konnten, doch lieber Sie statt Bruno mitzunehmen, hatte Bruno Sie mit seinen Kopien erpresst. Wollte er alles verraten? Woher hatte er denn gewusst, dass es Thorsten Ahlbecks Unterlagen waren?«

»Na eben weil Ahlbeck jedem im Dorf, den er mitnehmen wollte, von seinem Unternehmen Kepler 22b erzählt hatte.«

»Nur Sie wollte er nicht mitnehmen. Obwohl Sie doch unbedingt so weit wie möglich von Ihrem Vater weg wollten.«

»Nicht nur von meinem Vater. Meine ganze Familie ist ein Horror. Seit ich klein bin, werde ich von denen bloß gehänselt. Wie blöd ich wäre, nichts würde ich auf die Reihe bringen und so weiter. Lauter solche Sachen. Das hält kein Mensch lange aus. Glauben Sie mir.«

Mein Gott, Bürscherl. Wenn du nur ansatzweise wüsstest, was andere Leute aushalten müssen, denen es nicht so gut geht wie dir, würdest du dich abgrundtief schämen. Max hatte nichts als Verachtung für den ab jetzt sicher nicht mehr porschefahrenden Jammerlappen auf der anderen Seite des Tisches übrig. »Und wie konnte Bruno Sie nun genau erpressen?«

»Na wie wohl? Sie haben es doch selbst gerade gesagt. Er hat mir damit gedroht, Thorstens Projekt zu kippen, indem er die Kopien an meinen Vater und an die Presse weitergeben würde, wenn ich ihm nicht eine Million Euro in bar zahlen würde. Da wäre ich doch nie weggekommen. Thorsten hätte er außerdem verraten, dass ich die Kopien von seinen Unterlagen gemacht hätte, um ihn zu erpressen. Sodass der mich bestimmt nicht mehr mitgenommen hätte, selbst wenn er wegen dem ganzen Wirbel doch noch einen Frühstart hingelegt hätte.« Kleiber atmete tief durch. Er sah deutlich mitgenommen aus.

»Glauben Sie eigentlich immer noch im Ernst, dass Thorsten Ahlbeck mit seinem Raumschiff zu fernen Welten aufbricht?«, wollte Max als Nächstes wissen.

»Natürlich. Noch diese Woche soll es losgehen, hat Judy gestern Abend gemeint.«

Unfassbar. Wie dämlich konnte man eigentlich sein?

»Gut, Herr Kleiber. Wie ging es weiter? Wie haben Sie Bruno Höfner getötet?«

»Ich habe ihm bei der Geldübergabe in der Walpurgisnacht das Genick gebrochen. Ich mache seit meiner Kindheit Kampfsport. Da ist so etwas eine Kleinigkeit.«

War der Kerl etwa auch noch stolz auf seine Taten? Es hörte sich zumindest so an.

»Und danach haben Sie Bruno in den Straßengraben gelegt.«

»Ja.«

»Und woher kommen seine Schädelverletzungen?«

»Ich habe zur Sicherheit noch mit meiner Waffe draufgehauen.«

»Und Ruth Höfner?« Max staunte über so viel Kaltblütigkeit und so wenig Reue. War dieser Mensch vor ihnen aus Holz oder aus einer neuen Metalllegierung? Ein Terminator aus der Zukunft?

»Sie hat mich erwischt, wie ich in Brunos Haus nach den Unterlagen suchte. Sie wusste darüber Bescheid. Hat mir vorher am Telefon damit gedroht, mich zu verraten. Genau wie er. Ich war also den einen Erpresser los, schon hatte ich den nächsten am Hals. Da habe ich es mit ihr wie mit Bruno gemacht. Zack, Genick umgedreht. Fertig.«

»Und danach haben Sie die Anrufe auf Ruths Handy gelöscht.«

»Ja.«

»Warum?«

»Weil Sie mich damit angerufen hat, als Sie mich erpressen wollte. Die Spur hätte zu mir geführt. Nicht blöd, was?«

Da war er wieder, dieser seltsame Kleinkindstolz des Verdächtigen. Er schien eine größere Macke zu haben, als es zunächst den Anschein gehabt hatte. Oder stellte er sich absichtlich als Vollidiot hin? Dann blieb nur zu hoffen, dass sein Luxusanwalt keinen Erfolg damit haben würde, ihn aufgrund verminderter Schuldfähigkeit aus der Sache herauszuhauen.

»Und Irmi Randstetter hat Sie ebenfalls erpresst?«

»Ja. Bruno muss der Schlampe was gesteckt haben, als er mit ihr rumgemacht hat. Jedenfalls wollte sie 100.000 Euro von mir. Wenigstens keine Million wie er. Aber ich lass mich generell nicht erpressen. Von so einer schon gar nicht.«

»Aber von mir schon?«

»Na ja. Blöd. Selbst schuld.« Kleiber ließ frustriert den Kopf sinken.

»Und dann haben Sie Herbert Schneider beauftragt, Irmi Randstetter von der Mauer zu schubsen.« Franz wollte auch mal wieder etwas sagen. Schließlich war er der leitende Beamte bei den Ermittlungen.

»Ja, Herrgott noch mal.«

»Warum dieses Mal kein Genickbruch?« Franz hob fragend die Brauen.

»Es erschien mir eleganter so. Außerdem würde man so keinen Zusammenhang zwischen ihrem Tod und dem der Höfners herstellen, dachte ich.«

Womit du nicht ganz unrecht hattest, Bursche, sagte sich Max. Fast habe ich mir an diesem Fall auch die Zähne ausgebissen. »Haben Sie mich dabei beobachtet, wie ich Brunos Kopien aus dem Haus der Höfners eingesteckt habe?«, fuhr er laut fort.

»Ja. Durch das Fenster.«

»Warum kamen Sie nicht herein und haben mir das Genick gebrochen?«

»Ihre Kollegen oder besser Exkollegen kamen gerade. Außerdem wussten Sie nichts über Thorstens Raumschiff. Die Papiere hätten Ihnen nicht viel genützt.«

»Haben sie aber doch, wie man sieht.«

»Ja mei.« Kleiber zuckte mit den Achseln.

»Haben Sie eine Drohnachricht auf meinem Anrufbeantworter hinterlassen?«

»Ja. Ich habe sie aus einem Film zusammengebastelt. Nicht schlecht, was? Vor allem Bruno war schwierig. Ich musste jeden Buchstaben einzeln schneiden, weil in dem Film gar kein Bruno vorkam.« Kleiber grinste flüchtig.

Sein psychotisches Imponiergehabe schien nicht gespielt zu sein. Max sah zunehmend schwarz für eine ordnungsgemäße Verurteilung. Auf der anderen Seite war das aber auch nicht sein Bier, sondern das des Richters. »Nicht schlecht, Herr Kleiber, wirklich. Woher wussten Sie denn, wer ich bin?«

»Na, was meinen Sie wohl? Ich habe Sie fotografiert. Der Rest war ein Kinderspiel. Ich bin Polizist.«

»Ohne Blitz?«

»Ohne Blitz. Stellen Sie sich vor. Die heutige Technik ist großartig.«

»Und warum heißt es in Ihrer Botschaft, dass ich die Finger von Bruno und den Ufos lassen soll? Bruno kapiere ich. Aber was soll das mit den Ufos?«

»Damit wollte ich Verwirrung stiften. Genial, oder?«

»Sehr genial. Haben Sie meine Wohnung durchsucht, Herr Kleiber?« Max blickte ihn eindringlich an. Das mit der zerstörten Wohnung nahm er mindestens genauso persönlich, wie den Anschlag auf sein Auto und Frau Bauer.

»Nein.«

»Nein?«

»Nein. Ich war es nicht.«

»Aber Sie wissen, wer es war?«

»Ich habe einen Bekannten angerufen. Der hat dafür jemanden engagiert, den ich nicht kenne. Er hat aber nichts gefunden.«

»Natürlich nicht. Ich bin ja nicht auf der Brennsupp'n dahergeschwommen.«

»Schaut so aus.« Eine Mischung aus verblassender Arroganz, Respekt und Unterwürfigkeit legte sich über Kleibers Miene. Er war am Ende.

»Was sollte die Person denn finden?«

»Brunos Kopien.«

»Ich denke, die hätten mir nichts genützt.«

»Vielleicht doch.«

»Und wegen einem ›vielleicht doch‹ habt ihr Arschlöcher mir meine Bude demoliert? Ich glaub, ich spinne. Jetzt werde ich aber gleich richtig sauer.« Max lief rot an vor Wut.

»Ja mei.« Kleiber senkte den Blick.

Wenn er auch eins der größten Arschlöcher aller Zeiten ist, wenigstens weiß der Kerl, wann er verloren hat, dachte Max.

Weder er noch Franz hatten noch weitere Fragen an den Verdächtigen. Sie brachen das Verhör ab. Sollten sich Staatsanwalt und Gericht der Sache annehmen. Blieb nur zu hoffen, dass Kleiber auch wirklich seine verdiente Strafe bekam.

Nachdem der geständige Polizist wieder in seine Zelle gebracht worden war, hatten sich Max und Franz für abends im Biergarten verabredet, um ihren Triumph gebührend zu feiern. Vorher wollte Max noch kurz bei Monika vorbeischauen.

Jetzt trat er auf die Straße vor dem Revier hinaus und blickte erleichtert und zufrieden in den bayrischen Frühjahrshimmel hinauf. Da schau her. Weit und breit keine Ufos zu sehen. Sein Handy klingelte.

»Raintaler.«

»Max? Josef hier.«

»Servus. Hast du noch schön gefeiert mit deiner Judy?«

»Das schon, aber …«

»Aber was?«

»Judy. Sie ist seit heute Morgen verschwunden, geht auch nicht ans Handy.«

»Heute Morgen war sie bei uns.«

»Aha. Sie ist aber immer noch nicht erreichbar. Thorsten auch nicht. Genau wie Marianne. Der Alte Wirt ist zu.«

»Merkwürdig. Da sollte doch normalerweise geöffnet sein.«

»Allerdings, Max. Aber es kommt noch besser. Ich bin gerade beim Haus der Ahlbecks draußen. Die Haushälterin hat mir aufgemacht.«

»Ja und?«

»Thorsten und Judy sind nicht hier.«

»Sie sind also beide nicht zuhause, und sie gehen nicht an ihre Handys. Na und?« Max runzelte erstaunt die Stirn. Auf was wollte Josef bloß hinaus? »Vielleicht sind sie unterwegs und haben die Handys ausgeschaltet.«

»Mag sein. Aber die Halle ist auch weg.«

»Welche Halle?«

»Die mit dem Raumschiff.«

»Geh, so ein Schmarrn Josef. Das gibt es doch gar nicht. So eine riesige Halle kann doch nicht über Nacht verschwinden.« Max schüttelte den Kopf.

»Eben schon, so wie es ausschaut«, beharrte Josef. »Ich kapiere es auch nicht.«

»Hör schon auf. Hast du was getrunken?«

»Nein. Ich bin stocknüchtern.«

»Die ganze Halle ist also weg? Ohne Schmarrn?« Max wollte immer noch nicht glauben, was ihm sein Freund da erzählte. »Und das Raumschiff?«

»Auch weg.«

»Die Mechaniker?«

»Weg. Alle sind weg. Der reine Wahnsinn.«

»Geh hör doch auf.« Der spinnt doch komplett, der Gute, sagte sich Max. Da haben wir wieder mal den besten Beweis dafür, wie sehr die Liebe den Verstand verwirren kann.

»Glaub's mir einfach oder komm am besten her und schau es dir selbst an.«

»Du meinst also … echt …?« Max kratzte sich, nach wie vor an Josefs Geschichte zweifelnd, langsam am Hinterkopf.

»Ja, meine ich.« Josef klang jetzt wieder einigermaßen gefasst.

»Aber das gibt es doch gar nicht.«

»Eben doch.«

»Das ist echt gruselig, Josef.«

»Wem sagst du das?«

»Unglaublich.«

ENDE

Weitere Krimis finden Sie auf den folgenden Seiten und im Internet: www.gmeiner-verlag.de

Michael Gerwien
Mordswiesn
978-3-8392-1421-3

»Packender, feuchtfröhlicher Raintalerkrimi mit spannenden Informationen über Oberbayern und die Wiesn.«

Ende September. Das weltberühmte Oktoberfest ist in vollem Gange, die Stimmung im Bierzelt kocht. Exkommissar Max Raintaler und sein alter Freund Franz Wurmdobler bekommen jeweils 100 Euro von einem ihnen fremden Immobilienwirt aus Grünwald geschenkt. Einzige Bedingung: Sie müssen das Geld noch am selben Abend vertrinken. Keine zwei Stunden später ist der edle Spender tot. Er wurde mit einem Maßkrug erschlagen. Max und Franz machen sich gemeinsam auf die Suche nach dem Täter.

Wir machen's spannend

Miachel Gerwien
Isarhaie
978-3-8392-1386-5

»Packend, urig, humorvoll!«

Der Münchner Exkommissar Max Raintaler stolpert auf dem Nachhauseweg vom Griechen in Untergiesing über die Beine einer auf dem Boden liegenden, toten Frau. Offenbar wurde sie erstochen. Max ruft per Handy seinen alten Freund bei der Kripo zur Hilfe. Am nächsten Morgen wacht er in einer Gefängniszelle auf und weiß nicht mehr, wie er dort hingekommen ist. Wieder auf freiem Fuß nimmt Max die Ermittlungen auf, die ihn in die höchsten Kreise der Stadt führen …

Michael Gerwien
Isarblues
978-3-8392-1307-0

»Spannendes Insiderwissen, authentisch verpackt in bayerischen Dialogwitz mit gekonnt ironischen Untertönen.«

Mitte August. Ganz München stöhnt unter einer unerträglichen Hitzewelle. Nur die schattigen Biergärten können hier noch Abhilfe schaffen. Der Münchner Exkommissar Max Raintaler wird von seinem Freund Heinz Brummer, einem erfolgreichen Schlagerkomponisten, um Hilfe gebeten. Ihm wurden die Rechte an fünf Liedern gestohlen und Max soll sie wieder herbeischaffen. Es geht dabei um Millionen. Max macht sich auf die Suche nach den Tätern. Plötzlich geschieht ein angeblicher Mord … und noch einer.